T0284151

La amiga del jaguar

Emmanuel Carrère

La amiga del jaguar

Traducción de Álex Gibert

EDITORIAL ANAGRAMA
BARCELONA

Título de la edición original:
L'Amie du jaguar
Flammarion
París, 1983

Ilustración: © «Stairwell», Jenna Barton

Primera edición: junio 2024

Diseño de la colección: Julio Vivas y Estudio A

© De la traducción, Álex Gibert, 2024

© Emmanuel Carrère, P.O.L Éditeur, 2007

© EDITORIAL ANAGRAMA, S. A., 2024
    Pau Claris, 172
    08037 Barcelona

ISBN: 978-84-339-2201-4
Depósito legal: B. 3126-2024

Printed in Spain

Liberdúplex, S. L. U., ctra. BV 2249, km 7,4 - Polígono Torrentfondo
08791 Sant Llorenç d'Hortons

Para Muriel

En torno a los quince años de edad, Victor tuvo un sueño que se repitió tres veces. Las tres despertó sobresaltado, pero a tiempo, empapado en sudor, aterrado hasta el punto de depositar todas sus esperanzas de supervivencia en la luz de la lámpara. Podía ver el interruptor fosforescente a unos treinta centímetros de él, el cable que cruzaba la mesilla de noche, junto a la cama donde él temblaba aterrorizado. Pero era incapaz de alargar el brazo para apretar el pulsador de pera, en el que cifraba, si no la salvación, sí al menos la posibilidad de una tregua. Cada vez permaneció así un tiempo que se le antojó infinito, dilatado hasta abarcar su vida entera, y se debatía contra el último instante de la pesadilla, mirando fijamente la pera luminosa y el despertador, con sus manecillas también luminosas a la altura de sus ojos abiertos, para seguir el lento transcurrir de los minutos. Con una lucidez que no mitigaba en absoluto el miedo que lo atenazaba, Victor se iba fijando plazos y se juraba que cuando el minutero llegara al cuarto o la media (nunca supo de qué hora) sacaría de la cama el brazo derecho, doblado ahora bajo su cuerpo, y encendería la luz. Un día, tras la segunda manifestación de la pesadilla y en previsión de una tercera, llegó al extremo de reconstruir la escena al sol de la tarde, ejercitándose para ejecutar el gesto

9

liberador lo más rápido posible, sin hacerse la menor ilusión sobre la utilidad que tendría aquel entrenamiento cuando volviera a encontrarse entre la espada y la pared. Pero de algún modo había que llenar la espera.

No había en aquella parálisis ningún miedo particular a los monstruos que hubieran podido atrapar su mano en la fracción de segundo que tardaría en alcanzar el interruptor, ni certeza alguna de que la luz pudiera ahuyentar a esos monstruos. El pánico le impedía llevar a cabo el movimiento, pero su inhibición no respondía al barrunto de que el gesto entrañara el menor peligro. El sueño no giraba en torno a sus terrores acostumbrados, no había ningún fantasma agazapado bajo la cama o insinuado en el vuelo de la camisa sobre el respaldo de la silla. Aquella forma vagamente humana que se movía al menor soplo de aire solo le daba miedo si ponía toda su buena voluntad en persuadirse de que, como había leído en alguna parte, su visión bastaba para espantar a cualquier naturaleza imaginativa, como la que él se preciaba de poseer.

La pesadilla era siempre la misma. Consistía en una sola imagen visualizada a la perfección, la imagen de un libro abierto. Habría podido identificar el libro, pero en el sueño no prestaba atención al nombre del autor ni al título, y en cada uno de sus tres despertares se reprochó aquel descuido, tanto más estúpido cuanto que sabía que el nombre y el título figuraban en lo alto de cada página: el nombre a la izquierda y el título a la derecha o quizá, si se trataba de una colección de cuentos, el título de la colección a la izquierda y a la derecha el de cada relato. Además, conocía el sello en el que se había publicado el libro, una serie editada en rústica con un diseño bastante feo, especializada en la literatura fantástica, que por aquel entonces empezaba a consumir de forma bulímica. Recordaba con absoluta precisión el grano del papel –deslucido y rugoso, desagradable al tacto–, la tipografía de caracteres chatos, los defectos de impresión, las erratas, las líneas repetidas, los renglones que a menudo se torcían al final de la página.

Dos de esas páginas constituían el objeto del sueño. Eran las últimas páginas de una historia, de eso estaba seguro. La de la izquierda estaba repleta de letras, que formaban un texto compacto interrumpido por un único punto y aparte. La de la derecha era solo media página, en realidad, porque allí terminaba la historia. Las últimas palabras estaban impresas en cursiva. Evidentemente, se trataba de un cuento de terror con un desenlace inesperado, contenido en esas últimas palabras. Debían de ser palabras inocuas, cuyo espantoso significado solo podía entenderse en su contexto.

En el sueño, Victor se limitaba a leer o, mejor dicho, a temer que su lectura lo condujera hasta el último párrafo antes de tener la fortuna de despertar y enfrentarse al terror más bien lenitivo –de eso era consciente en el momento mismo de afrontarlo– que sucedía a la pesadilla. Tanto era así que la mayor parte del sueño –cuya duración, como suele suceder, no podía medirse, ni siquiera en unidades internas– consistía en una serie de artimañas y aplazamientos, de atentísimas relecturas de la página izquierda con el solo objeto de retrasar el momento de abordar la página derecha, la página que, como un tobogán, habría de conducirlo en un soplo a la catástrofe, a esas palabras en cursiva de las que, apenas vislumbradas, apartaba la mirada. Una vez llegara al comienzo de la página derecha no habría más aplazamientos. Todas las maniobras que aún le estaban permitidas en la página precedente resultarían ridículas: una fuerza irresistible, alimentada por su propia curiosidad, lo impulsaría hacia el horror sin darle tiempo a entretenerse, a retroceder, a predecir el momento en que el despertar acudiría en su rescate. Ya habría llegado.

Cavilando sobre ello durante la vigilia, llegó a convencerse de que el texto de aquellas dos páginas, aquel texto inimaginable, rebosante de un terror tal que habría de matar a quien leyera sus últimas palabras, no era sino el resumen del sueño a través del que el propio texto se había abierto paso hasta su cerebro. De hecho, el texto no hacía más que medir los progresos del lector atrapado en su sueño, se limitaba a seguir y observar el avance de su lectura hasta el último párrafo. Decía así: «El último párrafo, las últimas palabras, son tan espantosas que, como la gorgona, convierten en piedra a quien las lee. Para quien llega a leerlas no hay despertar posible, el sueño ha terminado. Y tú llegarás muy pronto. Los periodos de gracia y las ensoñaciones incoherentes sobre lo que haya sucedido antes terminarán. No tienen otro sentido que el de conducirte hasta esas palabras. Un poco más y habrás llegado. Ya está. Ahí estás». En definitiva, el texto se limitaba a glosar la fatalidad de su lectura. Y a su entender, la recurrencia del sueño solo podía significar una cosa: el progreso de la lectura. En cada sueño sucesivo despertaría un poco más tarde, un poco más allá en la lectura de aquella historia, del lamentable y sarcástico comentario de ese mismo avance. Hasta que un día llegara al final de la página derecha, es decir, a la mitad de aquella página, y ¡había que ver lo corta que era esa mitad, lo abominablemente conciso que había sido su autor!

El sueño se repitió solo tres veces, sin darle ocasión de evaluar cuánto había avanzado en la lectura. Durante meses temió su regreso, su conclusión –cada vez más próxima, no le cabía duda– y las fuerzas obsesivas que militaban en él para que el sueño lo asaltara de nuevo. Convencido como estaba de que la frase en cursiva era mortal de necesidad, durante sus horas de vigilia se desvivía en concebir nuevas astucias para evitar su lectura, consciente de que, a la postre, esas astucias solo servirían para acelerar su avance, pues habían sido previstas y proporcionaban de hecho el material del texto, cuyo contenido literal le estaba vedado. Y como ese contenido acabó por abarcar la suma de sus inquietudes al respecto, la página y media que ocupaba se dilató, se hipertrofió para dar cabida a los miedos de un año entero de cuasi-insomnio voluntario, de sueño irregular y atribulado, poblado de pesadillas periféricas empeñadas en recalcar con atroz ironía que no eran la buena, en disfrazar bajo el transparente camuflaje de otros sueños el miedo a que aquel se repitiera de veras.

Diez años después fue a parar a una gran habitación oscura, una biblioteca profusamente amueblada y decorada con bibelots asiáticos. Estaba sentado en el suelo, reclinado contra las estanterías que recubrían las paredes de arriba abajo, y sentía cómo se hundía bajo el peso de su espalda el lomo saliente de un libro cuyo título no conocía ni llegó a conocer. Paseaba la mirada por la habitación, de un lado a otro, desde la ventana, una vidriera en forma de rosetón azotada a intervalos regulares por las ramas desnudas de un castaño, hasta una de las dos puertas, no aquella por la que había entrado sino la otra, que acababa de cerrarse tras el doctor Carène y Marguerite. Luego la posaba en sus propias piernas semiflexionadas, en sus zapatillas deportivas, en sus manos inmóviles sobre el parqué. Registraba punto por punto estos detalles y muchos otros que sería tedioso –y sobre todo interminable– enumerar. Y aunque sus pensamientos escapaban solo a costa de gran esfuerzo, y de forma ilusoria, del exiguo espacio en el que se habían visto confinados, un espacio que en el futuro –sonrió– tendría tiempo de sobra de recorrer y explorar, y al que quizá acabaría por habituarse, pensó en la serie de acontecimientos que lo habían conducido hasta la biblioteca. Allí estaba –sobre este punto no se permitía dudar–, pero se preguntaba cómo había llegado y, más allá de la puerta por la que había entrado hacía un momento se extendía la duda, que lo invadía todo o lo habría invadido todo de haber quedado algún territorio por invadir, si aquel otro territorio –la totalidad

13

de su pasado– no se hubiera desmoronado de golpe. La puerta cerrada por la que acababa de entrar se abría ahora al vacío. Por lo que hacía a la otra, a la que tenía delante y le estaba vedada, sus secretos –la posible conspiración de Carène y Marguerite– debían renunciar lógica y simétricamente a toda clase de existencia, pues dimanaban de aquel pasado suprimido. Para mantenerse ocupado y amueblar de hipótesis una habitación en la que solo podía estar seguro de su presencia, pero no de los motivos de esa presencia, siempre podía inventar historias. Podía nombrar al dueño de la biblioteca, por ejemplo, y volver a ensamblar, como un relojero, los engranajes de la trampa en la que le había hecho caer, podía asignarle una cómplice e incluso atribuirle a esa cómplice la iniciativa de la emboscada, degradando así a Carène a un rango subalterno. Una cómplice, sí, una joven de gran belleza, huelga decir, a la que había conocido mientras daba un paseo, por pura casualidad.

Aquella noche había quedado con unos amigos que daban una fiesta y la invitó a ir con él una hora después de haberla abordado en un bar. Ella acababa de sacar un cigarrillo –el último: arrugó nerviosamente el paquete blando de papel– y buscaba en vano un encendedor en su bolso. Sin perder un instante, Victor bordeó la barra en la que estaba acodado y compró en el estanco del bar un cartón de la misma marca, que le tendió junto a su encendedor, diciéndole que no podía permitir que se le acabara el tabaco, pues de lo contrario podría marcharse, y eso a él le habría resultado insoportable. Ella sonrió, replicó que de todos modos podría haberla seguido, y accedió, una hora más tarde, a acompañarlo a la fiesta de sus amigos, a quienes él presentó sin remilgos, contándoles cómo se habían conocido. Para entonces, vaya uno a saber por qué, estaba convencido de que a ella no le

14

importaría la indiscreción, de que no tendría el menor reparo en pasar por una chica que se deja seducir así, por la calle, y que luego le sigue a uno a cualquier parte. Durante el resto de la noche los dos cerraron filas –incluso en su simpatía hacia sus perplejos amigos– con tanta naturalidad y una compenetración tal que los amigos en cuestión descartaron la mera posibilidad de aquel encuentro fortuito y supusieron que se conocían desde hacía tiempo e interpretaban ahora esa comedia por el mero placer de pasarse la pelota conforme a unas reglas más estrictas. A fin de cuentas, es probable que estuvieran en lo cierto.

Porque a lo mejor no se habían conocido hacía un rato, por la calle, sino en la fiesta misma, en aquella gran mansión junto al campo de golf, desde donde echaron a volar globos aerostáticos de papel. No llegaron juntos, ni siquiera habían cruzado una palabra, de tanta gente que había, pero Victor se había fijado en ella. Marguerite estaba con un hombre algo mayor que ella, un guaperas que debía de ser su marido o su amante, pensó. En torno a la medianoche, cansado del ruido y la conversación, se acercó a la pareja, le dirigió al hombre una vaga sonrisa de disculpa y le preguntó a ella, como si su marido o su amante fuera él: «¿Nos vamos?». Y ella le siguió. Así que salieron de allí y bordearon el campo de golf en silencio, como si se conocieran desde hacía tiempo, y así era probablemente, en efecto. Comoquiera que se hubieran conocido, ya se conocían de antes.

Y también podía ser que no se hubieran conocido en Biarritz a principios de octubre, sino mucho antes, en un pueblo abandonado de la región de Drôme frecuentado por vendedores de gorras parlanchines. O en la calle de Fleurus, en el

15

laboratorio de lenguas extranjeras donde oficiaba monsieur Missier, cuya historia le contaría Marguerite más adelante y, por caminos más bien tortuosos, acabaría conduciéndolo a la biblioteca. O en México, o en Dunkerque, o en el bar del hotel Bali, en Surabaya. Sobre ninguno de aquellos encuentros podía estar muy seguro, pues ni siquiera recordaba del todo el primero, el auténtico, el que por fuerza habían tenido que protagonizar. O más bien los recordaba todos con la misma precisión y no se decantaba por ninguno, de suerte que empezaba a dudar de haber conocido nunca a Marguerite. Y, por un efecto dominó similar al que regía la política del sureste asiático, sus dudas se extendían ahora a su pasado entero. ¿No habría sido Marguerite, en Biarritz, quien se lo había contado todo?

De todas las imágenes que tenía de ella y de su propia vida –que eran una y la misma cosa, por supuesto–, de todas las imágenes en las que su presencia en la biblioteca remitía a la incoherencia de un pasado que él no había podido vivir, puesto que estaba ahí desde siempre, la menos cuestionable o la que él prefería, que venía a ser lo mismo, era esta: Marguerite y él se encontraban en otra gran habitación de otra gran mansión, probablemente en la misma ciudad y en la misma época. A través de la puerta cristalera, abierta de par en par, se veía el mar gris y el color del cielo. Las hojas rojas que comenzaban a asomar en las copas de los árboles revelaban que era principios de otoño. A diferencia de la biblioteca, aquella habitación estaba vacía, despojada por completo de muebles, salvo por el gran colchón de gomaespuma en el que Marguerite y él pasaban horas sentados o tumbados. Estaban allí de okupas. Tal vez aquel recuerdo fuera producido e impuesto de forma retroactiva por la biblioteca, como todos los demás, pero si quería aferrarse a uno de ellos y elegir

–por arbitraria que fuera su elección– una imagen fiable antes de la última, aquella podía servir. Le tranquilizaba.

Porque siempre cabía imaginar lo siguiente: no –como todo le hacía suponer, empezando por su propia convicción– que aquella habitación vacía era un fragmento ilusorio de pasado concebido en la biblioteca, sino que la propia biblioteca y la confusa historia de conspiraciones grafológicas que lo había conducido hasta allí estaban siendo inventadas, imaginadas en ese preciso instante desde la habitación vacía junto al mar donde Marguerite y él, infatigablemente, con ternura y complicidad, no solo se contaban cómo habían llegado a aquella casa desierta, cómo se habían conocido y qué aventuras habían vivido desde entonces, sino también lo que iban a hacer a continuación, su porvenir común, que comprendía también su paso por la biblioteca. La biblioteca, Carène, el horror, eran solo futuros posibles, atisbados en algún momento del juego, al igual que Surabaya era solo un pasado posible sujeto a su capricho, al azar de la conversación. La verdad, el presente, se reducía a la gran habitación vacía en la que Victor no estaba solo ni asustado, sino apretado contra Marguerite en el colchón, abrazándola con todas sus fuerzas, haciendo muecas que ella no podía ver, pero intuía de inmediato en la imperceptible contracción de la piel en su nuca, junto a su oreja. Hacían el amor y conversaban sin descanso. Y así iba tomando forma el pasado de Victor, sus encuentros, Surabaya.

I

[...] antes de reunirnos con los demás, te lo digo en privado, viejo amigo: acepta por favor este modesto ramillete de paréntesis tempranos: (((()))). Quiero decir, de un modo nada florido, que deberías tomarlos ante todo como anuncios curvos, torcidos, de mi estado anímico y corporal al escribir este relato.

J. D. SALINGER
Seymour: una introducción

A los pocos días de llegar a Surabaya, Victor se compró un coche que no llegó a conducir mucho. En Java el tránsito rodado era caótico y azaroso, pero se regía por un principio inamovible: en aras de una circulación más fluida, la dirección general de tráfico de la isla imponía a los conductores unos rodeos enormes. El resultado era que uno no se detenía casi nunca y, en lugar de plegarse al dictado de los semáforos, describía las más desalentadoras circunvoluciones. De hecho, para llegar adonde uno se proponía sin infringir demasiadas normas había que buscar siempre la ruta más larga. Cuál era el camino más largo entre un punto y otro era una pregunta delicada, que preocupaba a Victor y le llevaría más tarde a atribuir al doctor Carène la misión, no de responderla, sino de establecer en ese ámbito unos récords que eran siempre facilísimos de batir, pues bastaba con dar un paso más que el último campeón homologado, con la amarga convicción de que, aun así, era un paso menos de los que daría el siguiente. Solo el agotamiento físico podía poner término provisional a una competición que suscitaba una viva rivalidad entre los alienados biarrotas a quienes se les planteaba. Los conductores javaneses, por su parte, sorteaban la cuestión y preferían infringir las normas, respetando ciertos límites de seguridad,

21

unos límites muy elásticos que podían ser ampliados de forma indefinida, aunque en este sentido el accidente mortal hacía las veces de tope (el método de Carène, en cambio, les negaba a sus adeptos tan definitiva conclusión, que muchos de ellos habrían considerado misericordiosa). Así las cosas, las autoridades decidieron instalar algunos semáforos, solo unos pocos. El nuevo sistema, inaugurado en Yakarta, y que a principios de los años ochenta comenzaba a hacer estragos en Surabaya, apelaba así a dos principios razonables pero mutuamente excluyentes y solo podía satisfacer a los conductores más audaces, dispuestos a cometer dos infracciones en lugar de una: circular sin dar rodeos y sin detenerse. La concepción del tráfico basada en el culto a la línea recta, que es el camino más corto entre dos puntos, solo puede imponerse, dada la cantidad de puntos que hay que conectar, a costa de numerosas intersecciones. El bucle sin fin aspira, por el contrario, al ideal inalcanzable de evitar toda intersección. En realidad, eran dos concepciones del mundo las que estaban en pugna y, poco antes de la llegada de Victor, un semiólogo estadounidense había pasado una larga temporada en Surabaya para estudiar la aventurada coexistencia de ambos sistemas de señalización. Apostado detrás de uno de los pocos semáforos de la ciudad, cuaderno en mano, como un escritor realista que observa los pequeños detalles veraces de la vida callejera, con las gafas negras bifocales sobre la frente sudorosa, el académico tomaba nota de la conducta de los automovilistas, conminados a elegir entre lo que él tenía por una actitud, una forma de pensar específicamente javanesa, y la influencia rival de Occidente. Después de varias sesiones de trabajo de campo, sin embargo, todo su edificio conceptual, basado en la oposición entre un Oriente filocíclico, transmigratorio, propenso por regla general a marear la perdiz, y el esprint espaciotemporal con los codos pegados al cuerpo característico de la mentalidad judeocristiana, se vino abajo al descubrir que, aunque la introducción de los semáforos podía atribuirse en efecto a la influencia americana, preponderante desde la llegada al poder de Suharto, el sistema de las circunvoluciones, que en teoría reproducían sobre el asfalto los meandros nativos del pensamiento javanés, había sido implantado por los soviéticos en tiempos de Sukarno. Aquella revelación ponía en entredicho el eje Norte-Sur en torno al cual había organizado el problema, que pasó a ser un banal enfrentamiento Este-Oeste en el que la tradición javanesa, lejos de verse ultrajada por el imperialismo, demostraba tan solo haber sido ignorada de principio a fin y bajo todos los regímenes políticos. El semiólogo liberal se mostró muy contrito, en un principio. Luego le dio la vuelta al problema y concluyó que, si un rasgo tan intrínsecamente javanés se les había impuesto desde el exterior a los propios javaneses, era preciso analizar el profundo conocimiento de la javanidad que revelaba la labor de los ingenieros, teóricos del código de circulación y, por supuesto, los semiólogos soviéticos (que eran los más aficionados a las normas de tránsito: todo encajaba), o bien las líneas directrices javanesas que, en sentido inverso, controlaban la estrategia política soviética en el mundo y, en última instancia, podían explicar la diplomacia del Kremlin, fuera este consciente o no, a partir de la trama argumental del *Ramayana*. Al final lo dejó correr y se marchó de la ciudad.

Poco después, cuando Victor vagaba ya por las calles de Surabaya, escribía todos los días una larga carta a Marguerite y, como veremos muy pronto, cubría a veces sus líneas manuscritas de trazos furiosos cuyo principal propósito era el de no dibujar ni representar nada en absoluto. La empresa era, por descontado, tan fútil como el ejercicio que Carène recomendaba a sus pacientes, pero al igual que este, presentaba la ventaja de distraer a quien se abandonaba a ella, y le procuraba el placer de recurrir a cualquier artimaña para rehuir el dibujo eficaz o figurativo, sin eludirlo del todo. En sus pintarrajos, Victor trataba de localizar todo relieve evocador, como el que se produce cuando dos líneas se cruzan y una de ellas parece interrumpirse, creando la ilusión de que pasa por debajo de la otra. Al final renunció a toda intersección, dejando que el papel se consumiera poco a poco en curvas monótonas jamás secantes y, por tanto, condenadas a enroscarse unas en otras, como las rodillas de los amantes que duermen en la postura llamada de la cucharita. Nervioso al principio, su trazo se iba ablandando en un movimiento carente de iniciativa, el que describía sobre el papel la mano casi inerte, salvo por los dedos, que a duras penas guiaban una pluma cada vez más lánguida.

Salía por costumbre al anochecer, a la hora en que se encendían los neones de un verde sucio y amarillento –el color de la esperanza– que rodeaban las cúpulas de las mezquitas de hormigón y los carteles publicitarios de las grandes avenidas, cuya rala y regular distribución le resultaba de lo más deprimente: no hay nada más desolador que esos carteles cuando aparecen dispersos, cada cincuenta o cien metros, en lugar de amontonarse y superponerse al estilo de Broadway, donde sus parpadeos se mezclan hasta que son indistinguibles unos de otros. En Surabaya se podían distinguir sin esfuerzo y no tardaba uno en descubrir que eran todos anuncios de medicamentos. Los había para cualquier dolencia: contra el resfriado, los cólicos, el mal aliento, olores varios, cánceres de todo tipo o granos. Para estos últimos, el cartel exhibía a una chica con el rostro arruinado por el acné, y cada uno de sus granos era una lucecilla roja como la sangre, de modo que la cara entera parpadeaba como un árbol de Navidad y la desgraciada chica aparecía y desaparecía de forma intermitente. Al principio, Victor merodeaba por las avenidas en su coche, un lujoso jeep Toyota que le había comprado a un chino. Pero por mucho que tratara de seguir la línea recta imaginaria que unía su punto de partida y de destino, sin detenerse ni desviarse en absoluto, siempre se perdía. Por eso, y pese a la considerable extensión de la ciudad, pronto se inclinó por recorrerla a pie, adentrándose en los barrios populares, donde las calles no eran más que estrechos pasajes flanqueados por vallas de chapa o tapias de ladrillo que le llegaban a la altura del hombro. Cuando torcía por uno de aquellos callejones desde una avenida, con la intención de llegar a la avenida contigua, solía ir a parar a una tercera avenida, paralela a la segunda, que al menos sobre el plano se situaba entre ambas, con lo que en teoría era imposible no haberla cruzado para encontrarse donde se encontraba. Aquel fenómeno incomprensible –a menos que quisiera uno ver la mano negra de la KGB– que trastornaba el espacio como una bomba trastorna el tiempo, se verificaba en todo momento y proporcionaba a Victor, súbitamente aquejado de idiocia topográfica, una buena excusa para sus vagabundeos. Le habría gustado no ver fracasar la geometría euclidiana algún día, verla ejercer sus derechos. Valga decir que nunca tuvo esa satisfacción.

A eso de las siete de la tarde los hombres se acuclillaban en el borde de la calle, de cara a la pared, con las nalgas sobresaliendo de la acera, en la postura que suele adoptarse en las letrinas turcas. Formando largas ristras de culos, charlando y fumando pitillos de clavo, cuyo perfume asalta al viajero desde su llegada a Java, desde que aterriza en el aeropuerto, como si fuera la esencia olfativa del calor que cae a plomo sobre sus espaldas, podían pasarse horas en aquella postura tan incómoda en apariencia, en que los calambres en los gemelos y los tobillos eran un riesgo menor comparado con la tortícolis contraída a fuerza de volver la cabeza hacia la calle para observar espectáculos menores que, de hecho, habrían perdido todo su interés si para contemplarlos no hubieran tenido que efectuar esa rotación, de todo punto inútil a los ojos de un extranjero. Victor se abría camino entre aquellos apacibles muros de humanidad, serpenteando al albur de las tapias de ladrillo que desplegaban por cada barrio sus laberínticos entramados. La gente lo abordaba y le hablaba. Él respondía educadamente, es decir, con una carcajada, y seguía adelante, dejando a su paso una estela de ecos risueños. Los javaneses se ríen a la menor oportunidad, pero las contracciones de sus músculos faciales no siempre responden a lo que nosotros llamaríamos regocijo o alegría. Cuando Victor les participaba su identidad obtenía siempre y por toda respuesta una risa breve, con la que le daban a entender que la información había sido registrada. Preguntado a todas horas por su nombre, su nacionalidad, su procedencia y su rumbo, pues ninguno de aquellos joviales hombres acuclillados que bordeaban las tapias y vallas como bajorrelieves omitía esas preguntas de cortesía, Victor avanzaba entre muros perforados de bocas y esculpidos de manos que a veces lo sujetaban, y entonces se presentaba, soltaba una carcajada y seguía su camino. Obligado a dar cada diez segundos las mismas respuestas a las mismas preguntas, Victor se observaba a sí mismo, se percataba con cierta sorpresa de los gestos que hacía y las palabras que pronunciaba, y se preguntaba en qué parte de la historia, cuya continuación ignoraba aún, irían a caer aquellos paseos. Y es que desde su encuentro con Marguerite, desde que se había separado de ella para irse a vivir a Surabaya, estaba convencido de que no vivía ya su vida corriente, sino una historia en la que él encarnaba al protagonista –convicción mediante la que en otro tiempo había tratado de animar el desierto de su vida, sin mucho éxito hasta la intervención de Marguerite–, y le resultaba la mar de emocionante imaginar en qué estadio de la propia historia se inscribía cada instante. Si de algo estaba seguro era de que su presente existencial –el de sus callejeos nocturnos, por ejemplo– no era el presente del relato, ordenado por intermediación de Marguerite y con su solícita colaboración. Sabía que aún no había llegado a ese presente narrativo y se decía que en algún momento habría una escena –vivida ya, quizá, sin darse cuenta, aunque lo más probable es que fuera una escena aún por llegar, puesto que aún no había estado en Biarritz– a partir de la cual se organizaría todo lo que la precediera y la sucediera. En algunas películas cuya narración es discontinua y sobre todo en los tráilers, que solo muestran fragmentos de secuencias, asistimos a las acciones de personajes de los que aún no sabemos nada: los vemos caminar, cruzar calles, contemplar las vías, llamar desde una cabina pública, practicar cunnilingus o disparar un revólver. De buenas a primeras, realizan acciones y pronuncian frases que no podemos entender ni ubicar en el relato. Del mismo modo, mientras deambulaba por Surabaya en aquella etapa temprana de su estancia, Victor se sentía provisionalmente despojado de identidad, de pasado, de futuro. Listo para servir, pero sin saber para qué. Se espiaba a sí mismo con la curiosidad que nos inspiran esos personajes aún desconocidos, de conductas inescrutables. Y veía tan solo a un muchacho más bien flaco, vestido con un pantalón claro de hilo y una camisa de rayas finas verdes y amarillas, que caminaba a buen paso entre tapias bajas, entre filas de hombres acuclillados y afables que lo interpelaban en versión original, y de aquel joven, que les respondía en la misma lengua, no conocía más que sus andares, su aspecto físico, el timbre de su voz, su risa automática. Regresaba a las grandes avenidas, pasaba por delante de oscuros escaparates que le devolvían su reflejo, y miraba entonces a aquel extraño cuya historia estaba a punto de comenzar, porque bien tenía que comenzar en algún momento, en aquel paseo, en sus desazones topográficas o en aquella mirada oblicua hacia su propia imagen, que no eran, como en el cine, nada más que un flashback. De hecho, lo más probable es que la historia no transcurriera en Surabaya. Él vivía cada escena en el presente, por supuesto, pues toda escena cinematográfica se desarrolla en el presente. Pero era el guión lo que, partiendo de un tiempo cero establecido de antemano, determinaba que ese ahora correspondía al pasado. Victor estaba viviendo un recuerdo. Solo quedaba construir la historia en la que aquel recuerdo, tal vez falso, inventado *a posteriori*, encontraría su razón de ser. Solo quedaba reunirse con Marguerite y dejar que ella se hiciera cargo.

Había días en que cedía a su costumbre de reprocharse su insatisfacción sistemática, a su manía de delegar en el futuro la responsabilidad de llevar a cabo todo lo que el presente le negaba y pensaba que el problema residía en su imaginación, demasiado doméstica, incapaz de concebir que aquel tiempo cero, el verdadero presente de la historia, pudiera tener lugar en Surabaya. Pero lo cierto es que allí estaba solo, separado de Marguerite (a menos, claro está, que aceptemos la hipótesis de que aún no se habían conocido). Además, aquel distante rincón donde había ido a instalarse solo lo excitaba por la imagen que pudiera tener de él en su propio mundo, un mundo que, todo hay que decirlo, era aún muy limitado. Su adolescencia había transcurrido entre libros ingleses escritos a principios del siglo xx, cuando Oriente era una inmensa y proliferante cantera de misterios y conspiraciones, un laberinto de fumaderos de opio y ciudadelas prohibidas donde se entretejía el destino de Occidente –si había que dar crédito al poder que la leyenda confería a aquellos mandarines de uñas desmesuradas y calma imperturbable– y, en todo caso, los sueños que lo rondaban. Un lento e insidioso fulgor procedente de la India, de China, de Malasia, iluminaba las paredes de casas de campo repletas de tallas de madera, grabados de caza y valiosas colecciones de budas, haciendo danzar espectrales arabescos, y Kipling, Conrad y Conan Doyle ponían por escrito sus recuerdos y sus obsesiones. Victor se había hecho de tal manera a aquellos terrores periclitados que le era imposible temer a los fantasmas que habitaban su casa, según se rumoreaba, hasta que estuviera de vuelta en Europa, hasta que comenzara la historia propiamente dicha, que tendría su semilla en aquel episodio de antaño. El relato, que se desarrollaría como en las aventuras de Sherlock Holmes en que una monstruosa venganza, incubada en la India, desembocaba al fin en Londres y desplegaba por los sucios callejones del Soho una mascarada de asesinos con la lengua cortada, estranguladores y viejos colonos temblando de paludismo, convencidos de haber llegado a la última etapa de una maldición que llevaba veinte años gestándose, desde que su acto sacrílego puso en marcha el mecanismo, ese relato, en fin, llegaría más adelante. En aquel momento, mientras deambulaba por las calles superpobladas o se sentaba en la veranda, rodeado de aquel jardín exuberante por el que pululaban hormigas rojas y espectros del gabinete de los horrores, Victor vivía un episodio del pasado, la explicación de la historia, que luego le tocaría a Holmes desentrañar. Pero la historia en sí comenzaba en el Soho o en la landa de Exeter, con el delicioso escalofrío de un mandarín de larga y rala barba de chivo que aparecía, como en un sueño, pero esta vez de verdad, sobre una duna cerca de Brighton, hundiendo sus sandalias en la arena blanca; y el gris del cielo, el verde de los prados y el blanco de las cercas que los delimitaban realzaban el resplandor de sus ropas, de las sedas escarlatas, como una mancha de sangre.

(En las pesadillas del opio, como acostumbran a tenerlas sobre todo los ingleses, Thomas de Quincey exploraba un Oriente de fantasía, ambarino, nebuloso, sanguinario, un Oriente mental que se ramificaba, ganaba terreno y avanzaba subrepticiamente por los pasillos de su cerebro, como en los del hotel Bali, donde risueños mandarines montaban guardia ante puertas siempre idénticas tras las que se cocían horrores y se perfilaban rostros de asesinos, de verdugos, lagos subterráneos, juncos cargados de cadáveres que atraían a enormes insectos zumbadores, osarios, voluptuosidades también y, de vez en cuando, un terrible estrépito de cristales rotos que le asustaba más que cualquier otra cosa. Al contemplar las estampas de Piranesi, De Quincey encontraba que sus cárceles ficticias tenían un punto oriental, precisamente porque Oriente parecía negado por todo aquel poderío romano de arquitecturas colosales. Era como si Piranesi hubiera grabado sus planchas sobre un fondo oriental monstruoso que luego se esforzaba en disimular, ennegreciéndolo, sombreándolo, entrecruzándolo de líneas hasta que aquel sueño desaparecía bajo otro que extraía de él su fuerza, como de un yacimiento oculto. Aquellos bloques titánicos, mal escuadrados, erizados de tablones y pasarelas, podían camuflar tormentos chinos, minaretes, templos en la jungla: pese a no estar dibujados, su horror distintivo afloraba a la superficie. Un día en que De Quincey no andaba chapoteando en aquel cenagal engañoso y se encontraba trabajando en su estudio, sobrio, sus criados aparecieron muy alarmados para decirle que había un malayo en la puerta. En efecto, un malayo gigantesco y semidesnudo, que hablaba tan poco inglés como De Quincey malayo –aunque sí le dirigió unas palabras en sánscrito–, aguardaba en el umbral, con el paisaje verde y blanco de Sussex a su espalda. Parecía un individuo pacífico, pero la barrera del idioma limitaba la conversación. Por las dudas, De Quincey le ofreció a su huésped un poco de opio, solo para experimentar los efectos de la droga en un personaje que salía –o eso pensó en un primer momento– de un sueño provocado por la droga, pero no llegó a experimentar nada, porque el malayo se marchó enseguida y nunca más se supo de él. Nadie lo había visto en el pueblo ni en las granjas vecinas, pero los criados de De Quincey podían dar fe de que este no había sido víctima de ninguna alucinación.

En Biarritz, más tarde, Victor le contó esta historia a Marguerite, que acababa de encontrarse con monsieur Missier.)

De las dificultades que le aguardaban en Surabaya lo previnieron antes de llegar. Una vez hubo aceptado el puesto más bien vago –comercial, sobre el papel– ofrecido por un organismo semipúblico, un chupatintas le pintó la ciudad con los colores más negros, bien por motivos personales, porque le interesaba que Victor rechazara el puesto, por una mala uva natural o, en fin, porque el pesimismo formaba parte del personaje que estaba obligado a interpretar. Aquel hombre parecía venido al mundo para ejercer las funciones subalternas, reservadas de costumbre a actores televisivos, del notario que, despachando la faena en la secuencia anterior a los créditos iniciales –ya no volverá a aparecer– le vende a la joven pareja la casa encantada, cuya imagen, filmada desde ángulos inquietantes, ocupará los créditos propiamente dichos, y juzga que es su deber informar a los futuros propietarios acerca de la retahíla de muertes sospechosas que han tenido la vieja mansión por escenario: un ahorcamiento, una decapitación con hacha y una defenestración, y eso solo en el último año. «Por supuesto –dice el notario–, no les darán ustedes ningún crédito a estas pamplinas, ya saben cómo corren los rumores, cómo se exagera y se saca de quicio el menor incidente desafortunado, pero, en fin, tenía que decírselo, ¿verdad?»

Además, a la manera de los actores de segunda fila que caracterizan sumariamente a sus personajes con un ceceo, una leve cojera que les permita blandir un bastón o incluso una pipa atascada, por cuyo caño pasan una y otra vez un bastoncillo de papel, el funcionario en cuestión recurría a constantes muletillas: como tanta gente, salpimentaba su discurso con giros parasíticos destinados a suplir la precisión de la que carecía, a subrayar que la palabra que iba a pronunciar era solo una aproximación, muy a su pesar, hilvanando sus «si me permite la expresión», «en cierto modo», «por así decirlo», y colocando todas estas perífrasis, estribillos de un monólogo confuso en general, delante de las únicas palabras claras, las que no requerían precisión, admisión de imprecisión suplementaria ni prudente atenuación. Con cara de circunstancias, le explicó a Victor que la ciudad no tenía muy buena fama, si le permitía la expresión, que la oficina donde iba a trabajar, por así decirlo, había estado a punto de cerrar en más de una ocasión, y que el contratista que en cierto modo le había precedido en el puesto no había soportado demasiado bien el ambiente –sobre el que no se pronunciaba– de, en fin, cómo le diría yo... de Surabaya. Una vez establecido el marco cronológico de aquel predecesor suyo de estatus incierto en la época en que desempeñaba su labor en aquella tierra de nadie llena de incertidumbres y encerronas, en la que el funcionario no se aventuraba sino con suma cautela, el relato de su breve estancia en Surabaya, debidamente acreditado pero de ardua interpretación, avanzó más o menos a ciegas entre nociones tan delicadas y difíciles de abordar como su regreso precipitado al cabo de tres semanas, su traspaso a un organismo que, no sin ciertas reservas, cabía designar con el nombre de cierto ministerio, bien conocido por lo demás, y los hándicaps profesionales resultantes de dicha defección, cuyos detalles eran tanto más oscuros cuanto que hacían referencia explícita a una serie de artículos estatutarios numerados, que permitieron al notario extender a la convención de la cifra, aceptada universalmente y desprovista de toda ambigüedad, los pirrónicos escrúpulos que le llevaban a dudar de todo lo que afirmaba, siempre y cuando pareciera indubitable, al tiempo que estampaba sus observaciones menos dignas de confianza con el sello de la evidencia definitiva e inequívoca. Este curioso artificio del lenguaje –y el curioso artificio del pensamiento que delataba– convirtió el final de su breve discurso en un batiburrillo retórico que incluyó un «ya verá usted como todos los caminos conducen a Roma» sin réplica posible y la tímida mención, «por así decirlo», de una dirección leída en un papel con membrete. A Victor le causó una profunda impresión, no tanto por la información que se desprendía de todo ello –una ciudad industrial inmunda, un predecesor que se había rajado a la primera de cambio, la soledad, los escollos administrativos, y la contrapartida feliz, mencionada por tanto de mala gana, de Bali, un paraíso tropical a tiro de piedra en el que no habría de poner un pie– como por el modo de aprehensión de la realidad que fomentaba. Le parecía que su estancia en Surabaya se le presentaba ya de entrada bajo el signo de una inversión retórica en que lo claro resultaba confuso y lo oscuro era, o pretendía ser, luminoso. De todo ello dedujo, con gran acierto, que Surabaya sería un lugar oscuro y confuso, y que, aunque en buena lógica sea lícito afirmar que blanco es igual a negro siempre que se respete esa premisa en el curso posterior del razonamiento, era de temer que, en los meandros de la reacción psicológica, la adaptación fuera difícil y diera lugar a penosos malentendidos. Igual que en la Marina de Nimes, pensó Victor, que había hecho allí el servicio militar.

Ser marino en Nimes sin haber visto nunca el mar es una condición que se presta a un par de chistes, que tienen su gracia para quien se la quiere encontrar, pero tanto quien los cuenta como quien es su objeto –que suelen ser la misma persona, por cierto– son conscientes de atenerse a un rito muy limitado, que no puede desarrollarse ni cobrar una importancia que prohíbe su propia naturaleza de chiste fácil. Aun así, se diría que la Marina francesa se ha propuesto otorgar a esa forma de comicidad ligera el valor de un sistema coherente y minucioso, del que derivan infinidad de chistes imprevistos en un principio, hasta por el más alegre de los bromistas, amén de una vaga inquietud. A poco que examinemos el reglamento y las costumbres que rigen la vida en la base naval de Nimes, esta se nos revela como el centro de una vasta empresa de subversión de la realidad y las convenciones que la sustentan, una especie de laboratorio de pruebas para engendrar una nueva raza de hombres con percepciones y reflejos mentales y biológicos distintos o, más pérfidamente si cabe, para volver locos a los reclutas según el método perfeccionado por un famoso dramaturgo que se divertía confundiendo a su hija de tres años de este modo: le señalaba una mesa y la llamaba «chaqueta», le mostraba un libro y lo llamaba «oeste», le enseñaba una jaula de conejos y la llamaba «mañana», y así sucesivamente hasta que terminaba el juego, que podía tener graves secuelas para el desarrollo mental de la niña. De forma similar, las tropas de Nimes fingen vivir en un barco. Se dirigen siempre a babor, a estribor, a proa o a popa, a los pasillos los llaman crujías, al comedor la sala común y al sótano la bodega, y no contentos con estas transposiciones más o menos apresuradas, se balancean con el cabeceo de los edificios y vomitan cuando les llega una turbonada, cultivando la ficción de que la base está rodeada de aguas que el edificio surca con gran bravura y que podrían engullirlo en cualquier momento, lo cual obliga al recluta a desembarcar cuando quiere ir a la ciudad y a tomar prestado un coche al que llaman lancha motora o motora a secas. Toda esta subversión es tanto más insidiosa cuanto que se opera solo mediante la palabra. Travestir un coche de embarcación, plantarle un mástil en el techo, equiparlo con vela y remos, instalar toletes en las puertas y fingir bogar con fuerza por la carretera nacional usando el sextante y tocando la sirena de niebla sería una mascarada de lo más entretenida, pero no engañaría a nadie. Conducir un coche con absoluta naturalidad afirmando que se trata de una motora se sitúa un peldaño más arriba en la escala del absurdo, un peldaño que ascienden sin pestañear los altos mandos de la Marina francesa, con lo que muy pronto, en una progresión imperceptible desde la costumbre un tanto ridícula hasta la confusión cósmica, los soldados acaban por confundir el blanco y el negro, el frío y el calor, el día y la noche, los puntos cardinales y hasta los rangos jerárquicos. De este modo serán conducidos a la Antártida en sahariana y en forro polar a Tahití, y se forjará una generación de marinos de tierra firme, de soldados de infantería adiestrados en lanchas, de tropas de caballería que caminen sobre las manos o las aguas, ejércitos todos de ciencia ficción, sometidos a las leyes de la lógica pura, que desdeñan los conocimientos derivados de la experiencia y los sustituyen por otros, arbitrarios tal vez, pero no más que el resto, reduciendo toda premisa al mismo absurdo para imponer, en recompensa, una coherencia y un rigor perfectos en la disposición interna de esas mismas premisas.

Antes de partir para Surabaya, donde habría de enfrentarse, a una escala aún mayor, a la clase de subversión mental promovida por la Marina de Nimes, el organismo que lo había reclutado quiso mantenerlo ocupado y, para hacerlo más operativo, como dijo el notario aquejado de confusionismo naval, le pagó un curso en una escuela situado en la calle de Fleurus, por así decirlo, para que aprendiera, ah, ¿qué idioma se habla por allí? Ah, sí, indonesio, eso es, indonesio.

En aquel elegante establecimiento se enseñaban casi todos los idiomas imaginables con los métodos más modernos: un mínimo de dos veces por semana, los alumnos asistían a una clase particular seguida de una sesión de laboratorio que podía realizarse el mismo día o cualquier otro, según les conviniera. Así pues, dos veces por semana Victor se daba una vuelta por el Luxemburgo para hojear libros, flirtear un poco y disfrutar de aquel permiso estival previo a su partida.

Cuando la sombra cubría la terraza de la heladería Pons, en la calle de Médicis, cruzaba el parque de nuevo para llegar a la calle de Fleurus y subía a la cuarta planta de un bonito edificio señorial, donde habían juntado dos pisos para transformar en aulas o laboratorios de idiomas sus habitaciones estucadas, algunas de ellas con chimenea. En el rellano había dos puertas, pues, y no se entraba por cualquiera: la puerta correcta dependía del idioma que se estudiara. La división era geográfica. Sin parar mientes en el número de lenguas habladas en cada hemisferio ni en la desigual clientela que estas atraían, la dirección había optado por establecer la división en el Ecuador, de modo que las lenguas del sur se enseñaban a la derecha y las del norte a la izquierda. Entraba mucha más gente por la izquierda, por lo tanto, y a los de la diestra se les tenía por criaturas un tanto extrañas. La escuela, que iba viento en popa, estaba a punto de ampliarse a los dos pisos superiores recién comprados, y Victor se preguntaba si estarían pensando en dividir el globo terrestre para el reparto, si habrían de recurrir a los paralelos, los trópicos y la línea de Wallace, si la ampliación iría acompañada de una sectorización precisa, de forma que cada puerta del edificio se abriera a una región delimitada y proteccionista, sectorización que se sugería ya en la escrupulosa distribución de las fotos turísticas, los mapas y los carteles de aerolíneas a lo largo de los dos pasillos comunicantes. Sea como fuere, al cruzar la puerta de la derecha Victor anticipaba ya su travesía al hemisferio austral, y también su regreso, pues nada más entrar volvía sobre sus pasos por un pasillo que lo conducía al piso de la izquierda. Esta aberración espacial no se debía a la redondez de la tierra ni al hecho de que uno siempre acaba por volver al punto de partida, sino a motivos más recónditos que en realidad tenían que ver con las obras de ampliación y daban la sensación de que, más que viajar por la superficie del globo, uno debía atravesarlo en profundidad para resurgir en las antípodas, procedimiento, por cierto, que debería regir esa conmovedora ceremonia que es el hermanamiento de ciudades. De modo que Victor torcía a la izquierda, cruzándose por el pasillo con jóvenes cuyos estudios de ruso o de sueco conducían lógicamente a la derecha, hacia la Cruz del Sur, y llegaba a la pequeña sala donde lo esperaba monsieur Missier.

Monsieur Missier era un hombre de unos cuarenta años, moreno, flaco y pálido, con unas patillas que trazaban dos bandas rectangulares perfectas en sus mejillas y el aire de postiza jovialidad habitual en las personas que han sufrido grandes desgracias. Cuando Victor le preguntó por las circunstancias que le habían llevado a enseñar una lengua que, pese a ser una de las más habladas del mundo, apenas se habla fuera de su territorio, monsieur Missier le contó su vida un poco. A los veinte años se marchó de Francia para trabajar como profesor de francés en Yakarta, donde se casó. Pero su mujer había accedido al matrimonio con el único objeto de partir al extranjero y los dos se mudaron a Francia, donde ella no tardó en abandonarlo. No le dijo nada más al respecto ni le contó que, diez años después, seguía en pleno duelo; de eso Victor se enteró más tarde, a través de Marguerite. Después de regresar a Francia monsieur Missier tuvo varios trabajos, y no dejó de lamentarse de vivir allí a dos velas cuando en Yakarta era casi un hombre rico hasta que encontró aquel puesto docente en el instituto de la calle de Fleurus, que acababa de inaugurar una sección de indonesio para asegurarse el monopolio de su enseñanza y, sobre todo, satisfacer el babélico expansionismo del director, que coloreaba cada nueva región conquistada en un planisferio antes de repartirla entre los distintos pisos.

Monsieur Missier daba la lección y al terminar, como el médico le da al paciente su receta, le pedía que escuchase tal o cual cinta en el laboratorio de idiomas. Victor le pedía entonces el casete en cuestión a una chica que, desde su minúsculo escritorio repleto de archivos, se la entregaba con el respeto que le inspiraba el estudio de aquella lengua imposible, que era entonces la punta de lanza del ala diestra del instituto. De allí se iba al laboratorio, un antiguo salón o comedor que albergaba ahora tres hileras de cabinas más o menos herméticas, salvo por la parte superior, como si las lenguas de fuego del Pentecostés solo se dignaran a descender sobre las cabezas situadas al descubierto. Aunque las cabinas estaban insonorizadas, los estudiantes caminaban de puntillas por la gruesa moqueta que cubría los pasillos. El programa de clases teóricas y prácticas estaba diseñado de tal manera que entre los alumnos no se establecía ninguna relación. Los había que se juntaban a veces para tomar un café, pero era porque se conocían de antes. La dirección, convencida de que el aprendizaje de idiomas era un ejercicio solitario, había descartado las sugerencias de un par de profesores más sociables, que abogaban por instalar una máquina expendedora de bebidas, por ejemplo, o habilitar un lugar de encuentro, que habría constituido una seria amenaza para la circulación fluida y silenciosa de alumnos: aunque el instituto acogía a docenas de ellos al mismo tiempo, se sentía uno allí prácticamente solo.

Victor, casete en mano, tomaba asiento en la cabina que le habían asignado y vislumbraba a través del cristal, como en un acuario, a sus compañeros de laboratorio, hombres de negocios y señoras maduras con los auriculares puestos, que movían los labios sin siquiera alzar la vista hacia el recién llegado. Parecían increíblemente lejanos.

Las lecciones grabadas en los casetes habían sido concebidas en forma de cuadros dialogados, que en el caso del indonesio protagonizaban Dewi y Halim, una pareja joven secundada de vez en cuando por diversos comparsas, familiares, sirvientes o colegas de trabajo de Halim que, como todos los héroes de los métodos de aprendizaje de idiomas, era ingeniero de profesión. La dirección insistía en hacer saber al alumnado que la interpretación de aquellos diálogos se confiaba siempre a «artistas originarios de su país» y nunca a extranjeros, exigencia que se veía como una garantía de autenticidad y, por extraño que pueda parecer, contribuía en gran medida al éxito del método. Más tarde, Marguerite le sacaría el máximo provecho a aquel requisito para imaginar las desventuras de monsieur Missier y, paso a paso, arrastrar a Victor hasta la biblioteca de Roland Carène.

De este modo, las voces de un número creciente de parejas cosmopolitas –John y Mary, Gino y Sandra, Vania y Macha, Hermann y Dorothea, Sri y Abba, Farah y Aziz, Dewi y Halim, por no hablar de otros tándems más exóticos– iban tejiendo un tapiz políglota cuyos hilos, aislados por el silencio del laboratorio de idiomas, no se enredaban jamás. Los motivos irónicos inspirados en los métodos de enseñanza de idiomas, de los que la obra de Ionesco *La cantante calva* ofrece un catálogo ilustrado, son simplones y limitados. Victor se cansó muy pronto de Dewi y de Halim, del orgullo que les procuraba el hecho de disponer de clavos, un martillo y otras herramientas de bricolaje –tema en el que parecen converger todos los métodos de idiomas conocidos en torno a la décima lección– y, una vez más, le asaltó el deseo de encontrarse con Marguerite.

SALIR

Monsieur Missier: *Lección de indonesio número doce. Escuche.*

Halim: *Anda tidak bisa berbahasa Indonesia. Jadi anda tidak dapat mengerti apa yang sedang saya bicarakan, dan dia sendiri juga tidak dapat mengerti, dia yang akan berbicara ketika saya memberi izin. Tidak apa-apa.*

Monsieur Missier: *Tras la señal acústica, repita.*

Victor: Tú no me oyes, por supuesto que no. Pero escucha. Te diré dónde estoy y dónde imagino que estás tú también. Me encuentro en una especie de cabina, del tamaño aproximado de una cabina telefónica o un retrete diminuto, que de hecho es mejor comparación, puesto que estoy sentado. La pared contra la que apoyo la espalda y la de enfrente son opacas, de madera clara barnizada. El barniz presenta varias muescas, accidentales sin duda. No hay ninguna pintada.

Monsieur Missier: *Escuche.*

Halim: *Semestinya dia mengulangi apa yang saya bilang, atau menyawab, tetapi dia tidak mengulangi, dia tidak menyawab...*

Dewi: *Dia meneritahan seal lain, dia mencoba menemui wanita itu.*

Monsieur Missier: *Repita.*

Victor: Las paredes laterales, en cambio, son de cristal. Una de ellas dispone de una manilla. Es la puerta por la que he entrado en la cabina, supongo. En principio, nada me impide asir esa manilla, abrir la puerta y salir. Pero sé muy bien que no es cosa de salir ahora. No sin ti, en todo caso.

Monsieur Missier: *Escuche.*

Dewi: *Dia tidak tahu bawah dia dapat menemunya lebih cepat asal dia mendengar dan mengerti saya, karena saya sudah tahu ceritanya.*

Halim: *Dia belum. Dia hanya tahu bawah cerita itu belum mulai.*

Monsieur Missier: *Resuma.*

Victor: Así que aquí estoy, embutido entre estos cuatro paneles. Debajo está el suelo o, al menos, la moqueta color crema que supongo que lo recubre. La cabina no dispone de techo, pero sí lo hay más arriba, a un metro y medio o poco más. Los paneles no llegan hasta el techo y si me pusiera en pie creo que podría ver qué hay alrededor de la cabina. De puntillas, seguro. Pero no me levanto, por supuesto que no.

Monsieur Missier: *Escuche.*

Dewi: *Sebentar lagi, ceritanya akan mulai.*

Halim: *Mereka akan saling bertemu dan berdua bercerita. Tetapi mereka belum tahu sampai ke mana. Bagaimana bukan dia yang tahu.*

Dewi: *Wanita ira renta saya dia tahu. Karena wanita itu salah saja sendiri.*

Monsieur Missier: *Resuma el diálogo.*

Victor: De todos modos, a través de las dos paredes laterales puedo ver parte de lo que me rodea. A cada uno de los lados se extiende lo que parece ser un pasillo, con una moqueta idéntica de color crema y unas cabinas de aspecto similar a la mía. En realidad, a ambos lados veo dos mitades de cabina, de lo que deduzco que las han dispuesto al tresbolillo. De las cuatro cabinas que veo a medias, tres están ocupadas. A la derecha, una señora de cierta edad y un joven con barba; a la izquierda, un señor de unos cuarenta años. A primera vista diría que no me prestan atención, pero a lo mejor me equivoco. Es posible que me observen disimuladamente en cuanto dejo de mirarlos. ¿Te has fijado? Para resumir te dan más tiempo que para repetir...

Monsieur Missier: *Escuche.*
Dewi: *Saya dapat memberitahukan. Anda tidak dapat mengerti dan tidak pernah akan mengetahuinya.*
Halim: *Bila anda membaca dengan baik apa yang akan terjadi, mungkin anda dapat menyangbanya, tetapi saya piker-pikin; mungkin tak usah minta terlalu banyak kepada anda...*
Monsieur Missier: *Resuma el diálogo.*

Victor: Inventario de cabina, continuación y final: a media altura sobresale de la pared un estante bajo el que tengo el espacio justo para alojar mis rodillas. Sobre ese estante de madera, también barnizado y mellado, de unos diez centímetros de grosor, yace un aparato cuya función me es familiar. Es un magnetófono. Llevo puestos unos auriculares para escuchar y tengo delante un micrófono para hablar. Ahora mismo estoy hablando.

Monsieur Missier: *Escuche.*
Dewi: *Anda sedang membaca ketika toko utama bukunya sedang berbicara dengan tape.*

Halim: *Mudah mudahan anda menganggap semua itu luar tetapi bukan soal.*

Monsieur Missier: *Repita.*

Victor: Ya conoces el sistema. Se introduce un casete en el magnetófono y se pulsa la tecla de reproducción. Se oyen entonces, a través de los auriculares, unas voces que conversan en una lengua extranjera. No sabría cuál es esa lengua, el indonesio, si al principio de la cinta otra voz no lo hubiera anunciado en francés, junto con el número de la lección. De vez en cuando, la voz francesa me insta a repetir o resumir lo que acaban de decir las voces extranjeras. Pulso entonces la tecla de grabación y repito lo que han dicho lo mejor que puedo, vuelvo a pulsar la tecla de reproducción, escucho, repito, y así sucesivamente, no sabría decir desde cuándo ni hasta cuándo...

Monsieur Missier: *Escuche.*

Halim: *Anda berganti-ganti membaca bahasa Perancis yang anda bisa mengerti dan bahasa Indonesia yang anda tidak bisa mengerti.*

Dewi: *Mungkin sayj saja anda bisa berbahasa Indonesia. Siapa tahu!*

Monsieur Missier: *Repita.*

Victor: Cuando termina la cinta tengo que rebobinarla y volver a escucharla desde el principio, solo que esta vez puedo dejar apretada la tecla de reproducción. Escucho así, una tras otra, la voz francesa que explica el ejercicio, las voces extranjeras y luego la mía, para poder apreciar el parecido entre mi versión y el modelo propuesto. Todo indica que el objetivo de todo este procedimiento es enseñarme a hablar indonesio. O distraerme un poco para no enloquecer.

Monsieur Missier: *Escuche.*

Halim: *Begitu tak usah membaca omong-omongan yang tidak ditulis untuk anda, tetapi hanya untuk yang tidak tapat mengerti.*

Dewi: *Jadi anda yang tidak bisa mengerti bagaimana membaca kalimat-kalimat dalam bahasa Indonesia?*

Monsieur Missier: *Responda.*

Victor: Esto es lo que acabo de hacer. Después de oír las primeras frases en indonesio de la lección número doce, en lugar de pulsar la tecla de grabación para repetir o responder, como debía, he dejado pulsada la tecla de reproducción y he echado un vistazo a las cabinas de alrededor y a sus ocupantes, temiendo sin razón que fueran a pillarme en lo que, también sin razón, me figuro que podría considerarse un acto de insubordinación. Todo parecía en orden. Veía los labios de la mujer mayor, que se movían regularmente. Aún los estoy viendo...

Monsieur Missier: *Escuche.*

Dewi: *Dengan hati-hati?*

Halim: *Dengan usan, apakah bersenang senang kalau mengucapkan kata-kata tanpa arti?*

Dewi: *Apakah anda memang ingin tahu artinya?*

Monsieur Missier: *Responda a las preguntas por orden.*

Victor: He oído entonces una voz, que repetía las frases en indonesio. Una voz de mujer o más bien de muchacha. Una voz carente de toda expresión, que se ceñía al registro medio por la sola razón, creo yo, de que cargar los graves o los agudos podía alterar su neutralidad. Hasta donde soy capaz de juzgar, tiene un acento indonesio bastante correcto, con un deje extranjero, aunque me parece que debe de tenerlo también en su lengua materna, sea cual sea. Esa voz es la tuya.

Eso es lo que me digo a mí mismo, en todo caso, porque es poco probable que nadie más vaya a oírme.

Monsieur Missier: *Escuche.*
Dewi: *Apakah anda pikir saya hanya menulis kata-kata dari surat kabar atau buku pelajar?*
Halim: *Atau anda menyangka bawah arti buku ini disembuayi di dalam kata-kata yang anda tidak bisa mengerti sama sekali itu?*
Monsieur Missier: *Responda.*

Victor: Porque te hablo a ti. Borro ahora tu voz para superponer la mía, para hablarte. Y se me plantean ciertos interrogantes. Me pregunto, por ejemplo, de cuándo datará tu grabación. Supongo que estos casetes pasean de cabina en cabina y cada cual graba en ellos su voz para que sea borrada por la siguiente. Por lógica, debería deducir que has pasado por aquí justo antes que yo, pero no puedo estar seguro.

Monsieur Missier: *Escuche.*
Halim: *Kalau anda memang ingin tahu, anda bisa mencari di antara perkenalaan anda, seorang yang bisa berbahasa Indonesia...*
Dewi: *...dia bisa menerjemahkan kata-kata itu.*
Monsieur Missier: *Repita.*

Victor: Quizá mi predecesor inmediato tuvo la misma idea que yo y, al oír tu voz, no se atrevió a borrarla y superponer la suya, como hago yo ahora. Es posible que tu voz haya sido preservada milagrosamente durante años para que pueda oírla yo, gracias al fervor de una retahíla infinita de admiradores, convencidos todos ellos de ser los primeros en escucharte, de que has grabado tu voz justo antes de su llegada. Me sorprendería, pero nunca se sabe, aquí.

Monsieur Missier: *Escuche.*
Halim: *Kalau begitu, pasti anda merasa kecewa!*
Dewi: *Sekali lagi omong-omongan saja!*
Monsieur Missier: *Repita.*

Victor: Y me pregunto qué hacer para que me oigas tú a mí. Las posibilidades son muy remotas. Para empezar, has llegado antes que yo, lo que significa que me llevas al menos una lección de ventaja. Y en el orden implacable de este mundo de cabinas que habitamos, dudo mucho que el ritmo de las lecciones no sea también de una regularidad intachable. Así que vas un paso por delante. Y eso tiene mal arreglo.

Monsieur Missier: *Escuche.*
Halim: *Demikian anda dapat pikir itulah kunci ceritanya.*
Dewi: *Yang paling penting dalam cerita itu di sembunyakan dan kalau anda cukup miring untuk mencari rahasia ini...*
Monsieur Missier: *Repita.*

Victor: Pero soñar es gratis, así que supongamos que es posible salvar ese desfase, que alguien se salta un turno y por una improbabilísima carambola de circunstancias este casete en el que te hablo acaba un día en tus manos. Las posibilidades de que eso ocurra son las mismas que tiene un hombre armado con una pistola de perforar una moneda a diez kilómetros de distancia, de noche, sin saber siquiera en qué dirección disparar. Es una probabilidad ínfima, pero no se puede descartar, desde un punto de vista estadístico. Y eso es un consuelo, ¿no crees?

Monsieur Missier: *Escuche.*
Halim: *Anda akan menyadari bawah sebetulnya tidak apa-apa.*
Dewi: *Ada hanya seorang di dalam tempat sembunyi yang sedang tertawa seceva bodoh dan berkata:*

Monsieur Missier: *Complete la frase.*

Victor: Pongamos entonces que esta cinta acaba por llegar a tu magnetófono y empiezas a escucharla ahora, es decir, de aquí a algún tiempo. Lección de indonesio número doce. Las voces de Dewi y Halim. Luego la voz francesa te pide que repitas, que pulses la tecla de grabación. Es una decisión que puede cambiarlo todo...

Monsieur Missier: *Escuche.*
Dewi: *Itulah, saya sembunyi, saya punya rahasia tapi karena anda sudah menemukan saya, saya tidak akan berbicara. Saya tidak akan memberitahukan rahasia itu!*
Monsieur Missier: *Repita.*

Victor: O bien obedeces a esa voz perfectamente audible, o me obedeces a mí, a quien aún no has oído. No le hagas caso, por lo que más quieras, y deja apretada la tecla de reproducción. ¡Escúchame a mí!

Monsieur Missier: *Escuche.*
Dewi: *Cerita tapenya mau selesai sebentar lagi.*
Halim: *Dia akan keluar dari kamar tape dan cerita asli akan memulai.*
Monsieur Missier: *Repita.*

Victor: Si le obedeces a él, borrarás mi voz –suponiendo, claro está, que me haya correspondido la suerte inverosímil de precederte– y repetirás las idioteces que te hayan contado Dewi y Halim. Y si me obedeces a mí, ¿entonces qué?

Monsieur Missier: *Escuche.*
Halim: *Hanya tinggal sesuatu yang saya mesti bilang: saya tidak bisa berbahasa Indonesia.*

Dewi: *Sebetulnya saya juga minta biar di terjemahkan, dan saya berterima kasih teman teman saya Muriel dan Laurent Contini yang menerjemah cerita ini.*

Monsieur Missier: *Resuma.*

Victor: Me estás escuchando, supongamos que me estás escuchando. En ese caso, por fuerza te enamorarás de mí, como yo de ti, y ahora mismo estarás discurriendo la manera de responderme. Dirás lo que tengas que decir, sacarás la cinta del magnetofón y habrá de nuevo una probabilidad casi nula de que tu voz llegue a mis oídos.

Monsieur Missier: *Escuche.*

Halim: *Tapi saya tidak mengerti. Saya berbicara dalam bahasa Indonesia dan saja kurang tahu yang saya bilang.*

Dewi: *Anda juga.*

Halim: *Dia sendiri juga, dia yang berbicara dengan tape kosong yang saya baru membicarakan.*

Monsieur Missier: *Resuma.*

Victor: Estás en tu cabina, sentada en el taburete de escay negro. Miras a tus cuatro vecinos, distantes. Ninguno de ellos soy yo. O, en el peor de los casos, te parece que uno de ellos podría ser yo, le haces una seña, os dais juntos a la fuga y nunca más volveré a saber de ti. Estoy loco de celos.

Monsieur Missier: *Escuche.*

Dewi: *Tidak ada yang tahu Tidak ada yang dapat mengetahuinya. Saya tidak bilang apa-apa. Tidak apa-apa.*

Monsieur Missier: *Repita.*

Victor: Miras tu cuerpo en la cabina, te tocas. Piensas que podríamos estar juntos ahí, en tu cabina y en tu cuerpo. O aún mejor: fuera, lejos de estas cabinas. Abrir las puertas a la vez, encontrarnos en el pasillo y echar a correr. Pasar volando entre las filas de cabinas, con miedo de perdernos, de ser sorprendidos por Dewi y Halim o por el hombre que habla en francés. Y no cruzarnos con nadie, por suerte, salvo con las siluetas sentadas tras los cristales. Sus rostros atónitos, incrédulos, dispuestos a pasar el resto de la eternidad dándole vueltas a esa imagen fugaz, preguntándose hasta el fin de sus días si fue una alucinación o no, si aquel chico y aquella chica pasaron frente a su cubículo a todo correr...

Monsieur Missier: *Escuche.*
Dewi: *Sudahlah ceritanya bisa mulai.*
Monsieur Missier: *Repita y rebobine la cinta.*

Victor: Correr juntos por los pasillos en busca de la puerta, encontrarla por fin, y salir. Salir.

«Vale, vamos a intentarlo», dijo Marguerite, con una voz que estalló en los oídos de Victor. Cuando se puso en pie de un brinco y miró por encima de la ristra de cabinas, la vio sentada en el borde de la consola de control, tan tranquila, con la melena rubia ceñida entre los auriculares y, en la mano, el micrófono reservado a los profesores en las sesiones colectivas, muy poco frecuentes en el instituto: gracias a aquel sistema podían escuchar lo que se decía en cada cabina y dirigirse de forma personalizada a cada uno de sus ocupantes, interrumpiendo la reproducción del casete para corregirlos de viva voz o, más a menudo, explicarles cómo funcionaba el material que estaban destrozando. Lo primero que constató fue que no la había visto nunca. Después, sin la menor sorpresa, comprobó que era la chica más guapa que había visto en su vida. Se quitó los auriculares, ella hizo lo propio y, acaparando la atención al principio distraída y luego alarmada de su vecina, salió de la cabina, se dirigió a la consola, de la que ella no se había movido y, más que dárselo, respondió a su largo beso cinematográfico, hundiendo la lengua hasta el fondo de su boca, paseándola por el paladar, escarbando con ella tras los dientes, por todos los rincones, lo que les llevó sus buenos dos minutos, sin tomar aliento. «Bueno, vámonos», dijo entonces Marguerite, y juntos salieron del laboratorio y descendieron aquella escalera por última vez, porque ahora que se habían encontrado no tenían nada más que hacer en la calle de Fleurus.

Así fue como Victor conoció a Marguerite. O, en todo caso, así le contó a ella que había sido su encuentro cuando estaban en Biarritz, y los dos se preguntaron, concediendo a la cuestión una importancia a todas luces excesiva, qué pasillo habrían tomado para huir del laboratorio y si habrían salido al rellano por la puerta de la derecha o la de la izquierda. Victor seguía preguntándoselo en la biblioteca de Carène, con una ansiedad aún mayor, al considerar la encrucijada de su vida donde había tomado el camino que lo había llevado hasta allí. Y, a falta de una respuesta convincente, se dijo que una y otra puerta conducían en última instancia a la biblioteca, siempre que hubiera salido en compañía de Marguerite. Habría tenido que huir mucho antes.

Poco después, le confirmó Marguerite un día en que trataban de poner un poco de orden en la cronología de sus aventuras, Victor partió a Surabaya. Se fue solo, un detalle un tanto incomprensible que no se molestaron en explicar. No le sorprendió lo fea que era la ciudad, ni el aura francamente siniestra de la casa que le habían alquilado, una villa colonial que bajo la ocupación japonesa había albergado a la fuerza bruta del régimen, algo así como la calle Lauriston[1] de París. Decían que estaba encantada, aunque lo mismo podía afirmarse de la mayoría de las casas javanesas. Para justificar el elevado salario que exigía por su singular valentía, como él mismo recalcó, el guardián-jardinero decidió echar el resto y convirtió el recorrido de rigor por las estancias de la casa en una visita guiada al museo de los horrores. Empezó por el lavadero, donde almacenaban los cadáveres. Pese al abandono prematuro de las clases, Victor había aprendido en la calle de Fleurus suficiente indonesio para interpretar sin dificultad la mímica del viejo, que repartió equitativamente sus simulacros de ejecución entre su persona y la de su nuevo patrón, ten-

1. En el número 93 de esa calle tuvo su sede la Gestapo francesa durante la ocupación alemana. *(N. del T.)*

diéndose en una bañera con los ojos en blanco (al llegar al lavadero retrocedió, sin embargo), rajándole el vientre a Victor con un machete cuyo filo evocaba a la perfección la larga uña de su pulgar, empuñando una picana eléctrica imaginaria y, en un alarde interpretativo final, simulando los padecimientos de un hombre al que desollaban vivo tratando de mantenerlo con vida el máximo tiempo posible. Mientras colaboraba de forma pasiva y algo reticente en la representación de aquellos cuadros vivos, Victor se preguntaba si el notario –el mote había cuajado, ya no sabía qué otro nombre darle– y el guardián no estarían confabulados, si Surabaya no esconderría algún secreto del que toda aquella puesta en escena, tan eficaz para ahuyentar a su predecesor, pretendía mantenerle alejado. Concluida la función con una especie de crisis de tetania, muy comprensible en un pobre desgraciado que había soportado *todos* aquellos suplicios, Victor procedió a instalarse provisionalmente en la casa, en la que acabaría residiendo durante toda su estancia en Surabaya. Aquella misma noche lo invitó a cenar la colonia extranjera de la ciudad. O, para ser exactos, su facción francesa, decidida a reclutar cuanto antes al recién llegado y adelantarse así a la facción rival, de mayoría anglosajona, de la que no volvió a tener noticia.

Como tantos otros jóvenes pretenciosos, Victor era propenso al desprecio, y la perspectiva de frecuentar a aquella decena de expatriados, cuyos miembros masculinos iban a ser además sus interlocutores casi diarios, junto a unos cuantos hombres de negocios chinos, le alarmó de inmediato. Todos trabajaban para la misma empresa, una consultoría técnica de cooperación que prestaba apoyo al servicio de obras públicas javanés en la construcción de una red viaria moderna en la parte oriental de la isla. Y resultó que, entre los cometidos más bien vagos de Victor, uno de los principales era el de colaborar en aquel proyecto, aunque a nivel puramente burocrático. Por lo que pudo deducir aquella noche, a través de las brumas superpuestas del calor y el *jet lag,* el universo mental de la colonia era el escenario de un conflicto incesante entre el aburrimiento de la vida en Surabaya y la nostalgia de la madre patria y de sus atributos mitológicos, cuyo culto celebraba en forma de quesos y vinos que hacía traer a precio de oro y llegaban bastante maltrechos por el largo viaje, y, por otro lado, el placer de ganar en aquel exilio diez veces más dinero que en Francia, de pagar una miseria a sus legiones de sirvientes y reprenderlos a todas horas, de poder lamentarse durante los tés que reunían a las mujeres ociosas de que el servicio ya no es lo que era y, en fin, de pasar a ojos de los nativos por los semidioses de un Olimpo confinado a un círculo muy elevado, en un sentido espacial: las casas de más de una planta eran casi inexistentes en Java y el santuario de la colonia estaba situado en el último piso del hotel más alto de la ciudad, el Bali. El javanés medio rara vez pisaba una escalera, pero los blanquitos de Surabaya accedían a su cenáculo por medio de un ascensor que hacía las veces de esclusa y, con la inestimable ayuda del aire acondicionado, los aislaba del resto del mundo y del sofocante ajetreo de las calles de un modo aún más eficaz que su desconocimiento militante de la lengua y la civilización autóctonas. Allí podían mantener a raya el resentimiento hacia el lugar al que los habían enviado y cuyos estragos no podían ocultar, físicamente al menos –se abotargaban, sudaban y resoplaban, embutidos en sus camisas de batik– y, en todo caso, mitigaban las ganas que tenían de hacer las maletas, embebidos de aquella maravillosa opulencia, de aquella apariencia social, aunque solo pudieran apreciarla ellos, situados en un plano de cuasi igualdad, que no era absoluta, a Dios gracias, y dejaba cierto margen a la comparación y, por tanto, a la envidia. La autojustificación y el rencor compartido hacia los franceses metropolitanos que viajaban en el metro de la metrópoli nutrían la conversación y llenaban el tiempo libre que no se consagraba al bridge, y aunque no tenían otra cosa que hacer que verse todas las tardes, fingían todos andar siempre agobiados y ocupadísimos. Cuando uno de ellos se quedaba en su casa, es decir, allá abajo –todos vivían en chalés de una planta y solo las reuniones plenarias en el hotel les procuraban tan grata elevación–, ya fuera porque le había dado un cólico o porque estaba terminando un puzle de mil piezas, el fanático espíritu comunitario del grupo se veía agraviado y el cónyuge del miembro ausente, que por nada del mundo habría faltado también a la reunión, lo que hubiera dado pie al vapuleo inmisericorde del resto, se veía obligado a desplegar todas sus dotes diplomáticas para excusar el puzle, el cólico o el cansancio de su pareja.

La velada destinada a poner a prueba y –fuera cual fuese el resultado, no eran tan exigentes– reclutar a Victor terminó en la discoteca del hotel Bali, adonde lo acompañó después de la cena la colonia al completo, decidida a mostrarle la vida de desenfreno que allí llevaban y darlo todo en la pista de baile, ante la mirada consternada de unos cuantos chinos algo achispados. Las señoras tonteaban como jovenzuelas y fingieron gran disgusto cuando sus maridos les dijeron que ya no tenían edad y les propusieron ir a jugar al bridge, clamando que la juventud ya no sabía pasarlo bien, sin que Victor pudiera adivinar si al hablar de la juventud se referían a sus maridos apopléjicos o a él, que los seguía sonriente, con el aire idiota de quien, a la pregunta de si queda zumo de naranja en la nevera, vacía la botella en el fregadero de forma maquinal y responde que no, que por desgracia se ha acabado.

Lo más probable es que Victor ni siquiera llegase a reunir estos pocos datos sobre la colonia durante aquella primera noche, en la que se limitó a verificar el fundamento de las advertencias del notario, más evidente aún que en las pantomimas del guardián necrófilo. A través de un velo de cansancio y de lamentable mala fe, iba registrando impresiones, imágenes de un bloque homogéneo de humanidad que no trató de individualizar, como haría posteriormente. Lo único que le sorprendió fue el fervor con el que se interesaron por su familia. ¿Estaba seguro, al menos, de que sus padres andaban bien de salud? Se lo preguntaron varias veces y Victor percibió el esfuerzo que les costaba hablar de ello con naturalidad, como si lo consideraran un asunto de suma importancia y no quisieran, por el mismo motivo, que trasluciera su interés. Tanta desenvoltura había en su extraña solicitud que Victor pensó que se trataba de un insulto, cuya naturaleza no acababa de estar clara, o un indicio de que la colonia francesa tenía noticias alarmantes sobre el estado de salud de su familia, de las que él no estaba al tanto. El episodio se tradujo en un sueño que tuvo esa misma noche, protagonizado por su hermana, una pesadilla horrible, pero de trama anodina. A la mañana siguiente ya había olvidado el asunto.

Cuando comentaban el carácter de su relación –un ejercicio del que no se privaban–, a Victor y Marguerite les sorprendía su absoluta falta de realismo. Los amantes no suelen preocuparse de tales cuestiones, al igual que un hombre sobrio y con la conciencia tranquila no teme andar de medio lado o decir disparates que puedan levantar sospechas de alcoholismo o drogadicción. Borracho o colocado, en cambio, y a poco que posea un ápice de paranoia, vigilará su comportamiento más de cerca y empleará considerable energía en ocultar cualquier detalle que pueda delatar su estado. Caminará muy erguido, con afectación, se mirará en el espejo con el rabillo del ojo para estar seguro de que todo va bien, evitará los exabruptos y se cuidará mucho de decir chorradas, aunque nadie repare en ellas y sean, de hecho, el caldo base de la conversación corriente.

Eso mismo les sucedía a Victor y Marguerite, que se creían siempre a merced de preguntas incómodas (aunque ¿quién se las iba a hacer?) del tipo:

–A ver, ¿de verdad existe el tal Victor (o la tal Marguerite)?

–¿Dónde os conocisteis? ¿Cuándo? ¿Cómo?

–¿Vivisteis juntos?

–¿Por qué os separasteis?

—¿De qué va toda esta historia?

—¿Quién contó qué?

Victor y Marguerite desarrollaron así una auténtica obsesión por la verosimilitud de su historia. Y, más aún que la confusión que la rodeaba, la persistencia de esa obsesión bastaba para confirmar que en el fondo había en ella algo falaz. La ficción y el simulacro comportan esta clase de imperativos, la vida no, y ambos sabían que su historia se basaba por entero en un postulado que, como enseña la experiencia, es pura fantasía, a saber: el amor perfecto, comoquiera que se entienda este adjetivo. Mucha gente, pese a estar convencida, como todo el mundo, de que esa clase de amor no existe, abriga en algún momento de su vida la ilusión de que es posible. Es de esperar que así lo crean, en todo caso. Pero no existe ningún ejemplo homologado de que, al término de ese periodo de euforia, que suele ser breve, las cosas no empeoren, a causa de una crisis o del simple desgaste, que hace que las parejas sigan queriéndose pero no sea lo mismo, quizá porque se conocen mejor y ya no hay motivo para echar las campanas al vuelo. Durante la fase de euforia, sin embargo, queremos creer que la fascinación no se debe en absoluto a un desconocimiento recíproco, sino que se nutre por el contrario de una intuición total, casi mística, de la otra persona y de uno mismo. En el mejor de los casos, cabría argumentar que la quimera no es el estado en sí, sino su permanencia. Victor y Marguerite acordaron ceñir su romance a aquel estado de gracia, concediendo, por pura forma y para preservar la sacrosanta verosimilitud, que aquello no podía durar mucho, pero reservándose el derecho de interrumpir su historia antes del declive, de las mentiras y las mezquindades que tarde o temprano conocen todas las parejas. Pecaban de optimistas, como es evidente.

Cuando Victor y Marguerite hacían el amor, cuando hablaban y se movían, cuando estaban juntos e incluso separados, se producía entre ellos una especie de simbiosis. Era como si un solo pensamiento pudiera elaborarse por medio de aquel ping-pong verbal, carnal o espectral, que ellos jugaban con cierta desidia, pero con las palas unidas. Si se les hubiera ocurrido preguntarse acerca de ese pensamiento, si hubieran tratado de conservar su impronta y extraer de él una enseñanza que no fuera su ejercicio mismo, probablemente se habrían sentido decepcionados por su banalidad y, sobre todo, por su incoherencia, igual que resultan decepcionantes, al recordar sus imágenes, los sueños de la noche o de la embriaguez, cuya magia reside en su propio flujo, que no hay manera de fijar. Las tentativas de esta clase solo pueden conducir a la frustración del guionista hollywoodiense que sueña una noche con la historia más original y graciosa que quepa imaginar, cuyas peripecias se suceden de principio a fin, dispuestas con ingenio y naturalidad en un ascenso dramático imparable, y se despierta un momento, conmocionado por su hallazgo, para anotarlo a toda prisa: unas pocas palabras que tal vez le permitan reconstruir aquel prodigio. Y por la mañana descubre en su bloc el resumen lapidario de esa historia que le había parecido tan novedosa... y que lo era, sí, a Victor y Marguerite no les cabía la menor duda: «*Boy meets girl*».

Al separarse de Marguerite, a Victor le sucedió lo que había anticipado. Más que un objeto de amor externo, Marguerite era ahora para él una instancia mental, un personaje de su cerebro, cuyo armonioso funcionamiento adoptaba la forma de diálogos, como solían idearlos los filósofos, repartidos entre dos o tres tíos con nombres grieguísimos cuya colaboración permite impulsar un pensamiento que, de quedar atrapado en el discurso de uno solo, dejaría de avanzar, se solidificaría, y bien podría llevar al borde de la locura al desgraciado en quien se demora y se hace pesado y opaco: un poco como en esos juegos en que el perdedor es quien se queda con la última carta.

Privado de esa instancia mental, Victor tenía la sensación casi física de que un hemisferio de su cerebro había perdido la irrigación y no podía responder a los estímulos del que seguía en funcionamiento. Y como, por singular que fuera su amor, no podían recurrir a la telepatía –que además había que descartar, en aras de la verosimilitud–, la solución fue escribir.

CARTAS DESDE SURABAYA: EL CONTINENTE

Muy pronto, Victor empezó a pasar la mayor parte de sus días pegado a la mesa, emborronando página tras página de unas cartas cuyo grosor no dejaba de impresionar al empleado que las pesaba a diario para franquearlas a la tarifa correspondiente. Los sellos, enormes y baratos, y por tanto muy numerosos, recubrían el sobre, comiéndose la dirección que Victor, a medida que sus cartas se hacían más pesadas –cada día escribía más que el anterior y menos que el siguiente, según la progresión del amor en su versión más ñoña y, en este caso, exacta–, apuntaba en caracteres cada vez más apretados, hasta que no fue más que un minúsculo islote rodeado de dentados arrecifes multicolores.

Marguerite, por su parte, no franqueaba sus cartas con sellos, sino con unas pequeñas etiquetas adhesivas que compraba en correos, donde figuraban el importe y el matasellos. Los extranjeros residentes en Surabaya tenían que soportar el cortejo continuo de los filatelistas locales y Victor no tardó en ver aparecer por su casa a aficionados de toda laya que venían a pedirle tímidamente sus sellos. En el mundillo había corrido la voz de que allí vivía un corresponsal asiduo, pero las esperanzas que habían puesto en aquel nuevo filón se vieron truncadas por la dejadez de Marguerite, que en lugar de pegar a sus sobres aquellos miserables adhesivos habría podido preguntar cuánto costaba el franqueo e ir dos mostradores más allá para comprar el equivalente del importe en sellos de colores, reproducciones de obras de nuestros más grandes pintores o ilustraciones conmemorativas. Victor no se lo pidió, como se había propuesto en un principio, pues si aquellos impresionantes sellos despertaban la codicia de los neófitos, pronto descubrió que existía una raza de coleccionistas más refinada, que desdeñaba toda esa grandilocuencia, todos esos oropeles infantiles, poco menos que ofendidos de que se los ofrecieran, como un representante de la ONU africano con estudios superiores y un traje gris de tres piezas al que le ofrecieran bisutería barata hablándole como a un pobre negrito. En realidad, Victor no conocía más que un ejemplar de aquella raza, una señora de mediana edad, soltera, hija de una influyente familia de militares, que había perdido el interés por los sellos hacía tiempo y andaba ahora a la caza de etiquetas adhesivas. Lo que ella quería no era el pequeño rectángulo abigarrado y vulgar, donde el matasellos a menudo se difuminaba y desaparecía, como una carretera en la jungla ecuatorial, sino esa tira de papel adhesivo, limpia, sin tacha ni florituras, con la estampilla a la vista y perfectamente legible, la dirección de la oficina de correos, la hora de recogida, las líneas paralelas onduladas que parecían trazadas con esas plumas de tenedor que usan los músicos para improvisar pentagramas y, por último, el sello, ascéticamente reducido a su contorno, en cuyo espacio en blanco constaba el importe. Armada de un plano de París, que era su especialidad, la mujer iba completando su colección de etiquetas de las distintas oficinas de correos de la ciudad, de las que disponía de una lista que procuraba mantener actualizada. Algunas de las oficinas que figuraban en la lista –gentileza de un antiguo cooperante años atrás– ya no existían, pero ella seguía buscando pacientemente, a menudo en vano, vestigios de su actividad, y le preguntaba a Victor si no tendría por casualidad, entre sus cartas, alguna enviada desde la oficina de la calle Tholozé antes de su desaparición. Las oficinas cerraban, sí, y eran remplazadas por otras. Aquellos aerolitos, que no figuraban en la lista, pero de cuya existencia daba fe una etiqueta de aspecto oficial, introducían en la vida de mademoiselle Sudirno una agitación comparable a la que altera la estudiosa rutina del astrónomo obligado a rendirse ante la evidencia: una nueva constelación ha aparecido en el firmamento. Lo primero entonces es asegurarse de que el fenómeno es real, de que no le engañan sus sentidos ni se trata de alguna clase de superchería; luego habrá que rectificar los mapas del universo e incluso la concepción global que teníamos de él.

Marguerite le brindó a la buena señora su buena dosis de emoción corriendo a la nueva oficina del distrito 14 en cuanto la inauguraron. Luego, envalentonada por aquel primer triunfo, se embarcó en su particular revolución copernicana: la sorprendió con una oficina de correos ficticia en la calle de l'Ancienne Comédie y una hora de recogida demencial –las 3:10 de la mañana–, sirviéndose de un sello falsificado, como quien le regala a un amigo el ejemplar único de una placa de calle con su nombre o un periódico con su foto en primera plana. Mademoiselle Sudirno reaccionó como si un ovni acabara de aterrizar en su jardín y el acontecimiento la llevó a concluir que quince días antes Victor debía de haber tenido una crisis anímica tan intensa que había trastocado la organización del servicio postal francés: para justificar semejante epifanía hacía falta, como mínimo, que alguna prueba inédita de la existencia de Dios le hubiera sido revelada al muchacho en la noche oscura del alma en la que debía de macerarse.

Victor se maravillaba de tales deducciones y, más aún, de la infinitamente metódica distorsión intelectual de la que procedían. Era todo bastante complicado, como veremos, pero en cierto modo tenía sentido.

Aquella súbita proliferación epistolar, cuya ganga suministraba Victor a la anciana mademoiselle, hasta entonces indiferente a las pasiones terrenales y ocupada tan solo en la contemplación de sus tesoros, la implicó de pronto en el proceso que hacía posible esa contemplación, despertando en ella el instinto del cazador, para quien la persecución es más importante que el trofeo.

Al acecho, esperaba la aparición de Marguerite, que nunca había tenido hábitos muy regulares, aunque solo fuera porque rara vez dormía dos noches seguidas bajo el mismo techo. Durante las semanas que precedieron a la partida de Victor a Surabaya, una vez renunciaron a sus prácticas en el laboratorio de idiomas, que usaban solo como lugar de encuentro, Marguerite lo llevó a cinco pisos consecutivos. Nunca decía «mi casa» o «casa de fulano», se refería siempre a sus campamentos por el nombre del barrio o la calle donde se encontraban: así pues, pernoctaron en el bulevar Brune, en un dúplex repleto de espejos con una bañera de película; cerca de los almacenes de Bercy, en un pisito de abuela en aprietos; en Auteuil, en un enorme piso señorial de un bonito edificio de sillería, lleno de dentistas y abogados; en Issy-les-Moulineaux, en un chalé de piedra molar cuyo mobiliario se reducía a un piano Érard de cuerdas paralelas; y cerca del canal de l'Ourcq, en una planta de oficinas donde acamparon en una habitación sin ventanas. Marguerite no tenía preferencia por ninguna de estas viviendas, pasaba en esta o aquella una noche o dos según la proximidad, su capricho y puede que la disponibilidad de cada una... aunque nada indicaba que estuvieran habitadas por nadie más. No parecía tener pertenencia alguna, aparte de unas cuantas prendas de vestir embutidas en una bolsa de viaje que dejaba en el asiento trasero del coche –que iba variando, también– o en uno de los pisos. Ese solía ser un motivo para pasar allí la noche: quería cambiarse de ropa. Victor se fue percatando de que Marguerite era una de esas rarísimas personas a las que no se les puede asignar un origen social, pues es imposible adivinar dónde crecieron, aprendieron lo que saben y adquirieron sus gestos. Ahora, desde Surabaya, le escribía a otra dirección donde se suponía que recogía su correo pero tampoco residía de forma permanente, de eso estaba seguro. ¿Quién hubiera podido imaginar a Marguerite *residiendo* en ninguna parte?

A priori, eso dificultaba la predicción de las oficinas que elegiría para expedir sus cartas. Tal vez se paseara por París, cuando se encontraba allí, conforme a un plan sumamente vago que dependía de variables como el caudal del Sena, la espiral de los distritos, la dirección del viento, su domicilio provisional y, sobre todo, su humor del momento, parámetros todos ellos inciertos, pero cuyas combinaciones mademoiselle Sudirno intentaba calcular, abismada en su plano de la capital y los partes meteorológicos locales, para determinar de dónde llegaría la siguiente carta y a qué hora se enviaría, porque las horas de recogida también la fascinaban y Marguerite tenía la gentileza de irlas cambiando. Así, su colección aumentó en proporciones considerables, al igual que su intimidad indirecta con ambos corresponsales.

A su entender, una operación tan crucial como la elección del lugar y la hora de expedición de una carta implicaba al individuo en su totalidad, y era obvio que el conocimiento de su contenido le permitiría deducir las coordenadas espacio-temporales del continente, pues Marguerite no podía dejar de traicionar en cada una de sus cartas, aunque fuera sin darse cuenta, las íntimas razones que la llevarían, una vez cerrado el sobre, a enviarlo en tal sitio y a tal hora.

Mademoiselle Sudirno había desarrollado una extraordinaria sensibilidad a los lugares. Pese a no haber salido nunca de Surabaya, las distintas oficinas de correos de París le eran tan familiares y le despertaban tantas y tan excitantes intuiciones que, si Victor se avenía a revelarle el estado de ánimo de la corresponsal, estaba segura de adivinar el mostrador al que habría de conducirla dicho estado de ánimo, por un mecanismo de afinidades que solo ella podía desentrañar. El problema era que, aun suponiendo que la estampilla de correos estuviera orgánicamente ligada al contenido de la carta y pudiera por tanto pronosticarse a partir de él, el indicio y la prueba llegaban al mismo tiempo, lo que no le daba mucho margen para ejercitar sus dotes de pitonisa. A lo sumo, si Victor la hubiera invitado a hacerlo, habría podido resumir el contenido de la carta antes de abrirla, a la vista del sobre y su evocadora etiqueta postal, como hacen a veces las personas sensibles a la caligrafía, cuyo vínculo orgánico con lo escrito y la personalidad de su autor está más sólidamente establecido o, en todo caso, parece menos sujeto a circunstancias fortuitas. Mademoiselle Sudirno sonrió cuando Victor le expuso esta última teoría, pero el obstáculo era muy real. Aun así, no quiso pararle los pies a la mujer, que para satisfacer su nueva pasión adivinatoria postuló, con mucho tino, que la carta –y por ende el sobre– que aguardaba Victor, en respuesta a una carta suya, derivaba en cierto modo de esta, y que a partir del tono de la primera podía pronosticarse el de la segunda. Así pues, mademoiselle Sudirno observaba a Victor detenidamente y con la perspicacia necesaria, o eso le parecía a ella, para determinar su actual estado de ánimo y predecir el tipo de carta –cuya redacción interrumpía a veces su llegada– que podía estar cociéndose en su interior.

Si se las hubiera enseñado antes de enviarlas, las cosas habrían sido mucho más sencillas, pero él no accedió a su petición, con lo que mademoiselle Sudirno tenía que ceñirse a un enfoque psicológico, basado en impresiones vagas: si parecía triste o contento, si tenía cara de haber dormido y comido bien, etcétera. Nada muy científico, por desgracia. A continuación, procedía a calcular minuciosamente el desfase, incorporando a su análisis la poca información que había podido sonsacarle sobre Marguerite (para empezar, que era una mujer imprevisible, lo que hacía que el juego fuera aún más emocionante) y deducía de todo ello el tenor de la respuesta, es decir, de la estampilla de la carta, que tardaría entre diez y quince días en llegar. Mademoiselle Sudirno era muy consciente de que la acumulación de aproximaciones comprometía en gran medida la exactitud de sus predicciones, pero la culpa era de Victor y Marguerite, cuyos antojos y engorrosas psiquis le proporcionaban pistas falsas y tergiversaban una investigación cuyo andamiaje lógico, por otro lado, era perfectamente sólido. De eso estaba segura. Al predecir lo que iba a escribirle Marguerite podía cometer errores, pero el razonamiento que conducía de esa predicción inicial a la determinación exacta del lugar y la hora del envío era infalible. Y era sin perjuicio de las celadas de su correspondencia, de cuya ocultación lo consideraba responsable al menos a medias, que al ver a Victor preocupado exclamaba, alzando un dedo admonitorio: «Va a escribirle usted una carta en cuanto me vaya. Y ya verá, si no se recompone usted entretanto, ¡ya verá qué sucede dentro de diez días en la oficina de la calle Danton a las 17:30 horas!». O bien, si lo veía relajado: «A ver, déjeme pensar... Así a bote pronto, yo apostaría por la calle Singer a las 14:30. ¿Qué me dice?». Y cuando llegaba la carta, se maravillaba de ver cumplidas sus predicciones, pese a todos los escollos que había tenido que salvar, sin sospechar ni por un momento que Victor le había dado a Marguerite instrucciones precisas que ella cumplía a rajatabla. Tampoco imaginaba que, de haber sido aplicable su sistema demencial, la diversidad de oficinas de correos se habría resentido, y aquellas cuyos nombres asociaba a sentimientos como la tristeza, la inquietud y hasta la mala fe habrían sido las únicas en gozar de las visitas de Marguerite. Por otra parte, acertaba al afirmar que las cartas de Victor determinaban el tenor de las de Marguerite, solo que no había entendido el porqué. Tampoco ellos lo entendían. Victor no, al menos.

CARTAS DESDE SURABAYA: EL CONTENIDO

Al principio Victor le contaba su vida y le describía los lugares y las personas que iba conociendo, pero apenas había iniciado aquella crónica de expatriado cuando desistió de ella. La escritura de sus cartas no era ya para él una tarea puntual que pudiera despachar con un par de anécdotas pintorescas, sino la materia misma de sus días. Así pues, se volcó en el inventario de las ideas e imágenes que se le pasaban por la cabeza mientras escribía, lo que a fin de cuentas venía a ser lo mismo, pues esas imágenes e ideas remitían necesariamente a cierto repertorio de lugares, personas y sucesos. Pero la transcripción le costaba y trataba sobre todo de su fracaso, con lo que optó por ceñirse al presente de indicativo, a relatarle a Marguerite lo que sucedía mientras su pluma corría tras sus pensamientos, comentando aquella carrera desigual. Sus cartas no tardaron en convertirse así en un largo lamento, cuyo motivo no eran ya las vicisitudes de su vida en Surabaya, sino su incapacidad para compartirlas. El más sagaz de los adivinos no podría sacar absolutamente nada de tan mediocres impresiones, le decía. Y puesto que el objeto de contorno indefinido que las producía estaba de todos modos condenado a desaparecer, solo la mediocridad de aquellas notas, pilladas al vuelo, a la buena de Dios, tenía algún valor documental, no tanto de su pensamiento como de su obsesión por fijarlo. Las frases eran demasiado pobres para ser interpretadas, ni siquiera por Marguerite, que a partir de una osamenta tan frágil, que se convertía en polvo al menor roce, no tenía modo de reconstruir el esqueleto de aquel engendro mental, el que Victor había sido en el momento de su redacción; pero su desorden daba al menos una idea de sus apuros, de su carrera febril, perdida de antemano. No tenía nada más que ofrecerle que aquella sucesión de despropósitos y repeticiones, nada más que la dejadez de su escritura, repleta de paréntesis que se abrían y nunca llegaban a cerrarse y apostillas restrictivas similares a las del notario.

Aquella forma de vida en que los acontecimientos de su cerebro solo escapaban a la aniquilación en la escasa medida en que la intuición de Marguerite lograba captar sus fragmentos, aquella forma de vida consagrada por entero a la urgencia, al garrapateo bulímico y el desaliento que lo acompañaba, hacía que Surabaya le pareciera aún más irreal. Victor llevaba a cabo mecánicamente las diversas tareas que componían su jornada, dormía poco, comía aún menos, hacía sus necesidades de forma proporcional, archivaba el papeleo administrativo y conferenciaba con empresarios chinos o miembros de la colonia, se masturbaba y daba algún que otro paseo al anochecer. Intentaba no pensar en ello, tras experimentar muy pronto el atasco que se produce cuando uno se planta ante la página en blanco después de rumiar todo el día lo que uno va a decir, lo que se le olvidó de decir la víspera. En sus cartas, que no hacían más que correr en vano tras el presente, la acumulación de un pasado que también quería ser contado empezaba a tener visos catastróficos. ¿Por qué debía excluir los acontecimientos mentales que tenían la desgracia de suceder durante el tiempo en que Victor no podía escribir, en favor de aquellos que solo se molestaban en eclosionar ante el papel? Esta reivindicación igualitarista lo atormentaba. Le costaba aceptar que el azar de las obligaciones y el ocio decidiera con total arbitrariedad qué presente merecía ser anotado, desmenuzado y brindado a Marguerite. Y se repetía, a modo de consuelo, que aquel afán estaba en las manos equivocadas, que los pensamientos descartados no suponían una gran pérdida y que, a menos que uno pudiera escribir a todas horas, transformando su vida en una graforrea constante y suprimiendo de paso la experiencia concreta que debía alimentarla, no tenía alternativa. A veces, claro, se atrevía a investir de una existencia fugaz aquellas horas condenadas, anonadadas por la imposibilidad material de referírselas a Marguerite, y dedicaba unos minutos de aquel tiempo mortinato a escribir, a registrar a vuelapluma fragmentos de sí mismo. Pero los paréntesis se abrían de inmediato, su cerebro se irrigaba y la abertura, el resquicio mismo de esa esclusa, se revelaba incompatible con sus obligaciones laborales, con sus conversaciones con los chinos y, en general, con ese mínimo acto de presencia que uno debe concederle a la vida. Así pues, Victor se resignó a vivir solo unas cuantas horas al día. Y ni siquiera esas pocas horas las consagraba por entero a su cometido.

A veces, a la vuelta de sus escapadas nocturnas, a altas horas de la noche (se había entretenido en el bar del hotel Bali, donde trabajaba miss Dewi), la afluencia de sensaciones, las imágenes acumuladas durante la jornada, todo el pasado de la página en blanco que tenía delante, todos los momentos que componían, pese a no haber tenido tiempo de ponerlos por escrito, un montón de folios inexistentes, de los que el que se disponía a emborronar no era sino la continuación, determinada irremisiblemente por ese pasado sepultado, todo eso, que no se resignaba a morir, lo asaltaba, socavando su presente como el árbol demasiado viejo que debilita al brote sano e impide su crecimiento.

Salía entonces de la habitación donde escribía sus cartas, un inmenso salón vacío en mitad del cual se encontraba la mesa

de bridge con su única silla –ese era todo el mobiliario que le
había legado el anterior inquilino, más dado sin duda a los so-
litarios o los puzles de mil piezas que a los juegos de mesa en
compañía, a no ser que se hubiera llevado las tres sillas restantes–, y se iba a la habitación contigua. Esta tenía una sola ventana enrejada que daba a un muro ciego coronado de vidrios
rotos que se alzaba a menos de un metro de distancia, y estaba
iluminada por una bombilla que colgaba del techo y cuyo cable
descendía mucho, circunstancia que parecía haber influido en
la disposición del cuarto, donde todo yacía a ras de suelo, en un
estilo hippy-enrollado con tintes monacales achacable en realidad a la desidia de Victor, que se había limitado a comprar un
colchón. Sobre este colchón, de color escarlata, que yacía directamente sobre el suelo de baldosa, descendía la luz amarillenta
de la bombilla. Había también un ventilador y un baúl metálico que hacía las veces de armario y de mesilla, sobre el que dejaba los cigarrillos, el encendedor y las píldoras de quinina. Se
tumbaba en el colchón en calzoncillos y fumaba, aprovechando
para prender la cerilla el momento en que el ventilador, que
describía una rotación semicircular, estaba orientado hacia el
otro lado de la habitación. Miraba en derredor, dejando que su
mirada, siguiendo una rotación inversa a la del ventilador, re-
corriera la habitación hasta regresar a la fracción de su cuerpo
que le era visible. El escenario, el calor, su propia actitud, aso-
ciada a referencias a menudo fortuitas que un solo detalle bastaba para acreditar, hacían bascular todo lo demás hacia el
territorio que evocaba, permitiéndole transformar casi a voluntad esa imagen nocturna ya familiar en una de esas imágenes
misteriosas, sacadas de su contexto narrativo, en las que la atención prestada a los personajes obedece al más estricto conduc-
tismo: los vemos hacer gestos, ciertos detalles esbozan el fondo,
con un amplio margen de error, pero los motivos, la acción
general donde esa minúscula acción tiene lugar, permanecen
indescifrables. Así, aquellas horas idénticas, que transcurrían

sin dejar rastro, podían salvarse gracias a la magia de la representación, para dar lugar en su fuero interno a las escenas de una historia, a una sucesión de planos sin montar que amoldaba caprichosamente a su estado de ánimo: tumbado en el colchón, en aquella habitación sofocante y desnuda, desnudo y sudoroso él también, esbozaba los primeros borradores, no tanto de un guión como de un marco en el que encajar la incoherencia de su comportamiento.

Un villorrio bajo un sol de justicia, infestado de mosquitos: un pueblo fronterizo, quizá, puede que en la frontera mexicana. Entre los lugareños, adormilados, con el sombrero inclinado sobre el rostro, un puñado de forasteros de ocupaciones dudosas, contrabandistas de poca monta, traficantes de droga, tratantes de blancas caídas por la trampilla que se abre bajo sus pies en el probador de una tienda de ropa un tanto atrevida, y reaparecen, las pobres rubias, en un burdel de Tijuana. Una habitación de hotel, porque estaba claro que la historia excluía la vivienda improvisada, la casa vacía en la que se instala uno clandestinamente tras romper un vidrio, la mansión colonial abandonada y medio devorada por la selva donde se refugia el soldado americano en retirada, herido, aturdido por la fiebre y el ácido.

Ahí lo tenía, pues, el hotel. Un hotelito no muy limpio, cerca de la estación, con dos o tres habitaciones ocupadas. El protagonista se ha encerrado en la suya y se hace subir la comida en una bandeja que le dejan frente a la puerta, junto con el periódico: tal vez le eche un vistazo, temiendo encontrar su foto en primera plana. Ha cerrado las persianas, los ruidos de la plazuela a la que da su ventana le llegan con absoluta nitidez en el silencio de la tarde: un coche que arranca, las campanas que dan las horas, en lugar de la mezquita, los gritos de la chiquillería.

Él sigue tumbado en su cama, que no es un colchón en el suelo, sino una cama como es debido, con su somier chirriante, su armazón de hierro y sus sábanas arrugadas de higiene más bien problemática. Mejor dicho, las camas son dos, idénticas, colocadas en paralelo, y ambas están deshechas. Él va en gayumbos o viste un pantalón y una camisa sucios y empapados de sudor. Fuma un cigarrillo tras otro y el suelo está sembrado de colillas: nada de drogas, el folklore adolescente estaría de más. El protagonista espera y la cuestión que se nos plantea aquí es la de si estas imágenes corresponden al principio o al final de la historia. Él sí lo sabe, lo sabe al menos si se trata del final de su historia. De lo contrario, otro hombre morirá en el hotel, aquel para quien sí es el final. Una joven en apuros llama a su puerta una noche y lo embarca en una aventura que, por suerte, se verá realzada por el componente de suspense romántico. Una tregua precaria, silencios, evasivas. Se intuyen maniobras solapadas alrededor de la habitación en la que Victor y la chica pasan la noche. Él trata de averiguar qué está tramando –sin obcecarse, es un tío que las ve venir, un tipo duro y de pocas palabras, que actúa llegado el momento, no un chiquillo asustado que solo sabe acribillarla a preguntas y encontrarlo todo de lo más extraordinario–, pero ella se muestra reacia, guarda su secreto, no le dice nada de la celada a la que lo está arrastrando. Hacen el amor, se duermen entre las sábanas húmedas, muy pegados, haciendo la cucharita o el sesenta y nueve, que es también una postura excelente para dormir, con la cara hundida en el vello rubio, salvo en invierno, claro, cuando no acaba de funcionar para quien tiene que pasar la noche con la cabeza bajo la manta a los pies de la cama; pero ahí hace mucho calor y las mantas sobran: de hecho, lo suyo sería separarse un poco del otro cuerpo, de su piel sofocante. Y cuando despierta, a eso de las cuatro de la mañana, ella ya no está, aunque volverán a encontrarse más tarde, en una fase posterior de la historia en la que

ella fingirá no conocerlo de nada. Entretanto, unos individuos sospechosos, que recelan de lo que él pueda saber, lo han
amenazado, sin que él entienda gran cosa: solo poco a poco se
le revela el trasfondo de esas emboscadas. En todo caso, no
necesita saber más porque ya está metido en ello hasta las
trancas. Desde el momento en que llegó a ese hotel de mala
muerte y dio una identidad falsa en la recepción, la historia se
puso en marcha y no habrá tregua. Y si se trata efectivamente
del final de la historia, eso no cambia mucho. Lo esencial es
no saber del todo qué ha pasado y centrarse en lo que está
pasando, en su estancia en el hotel, aunque esa estancia sea
ahora el resultado de una serie de acontecimientos que bien
podrían ser aquellos que sucedieron al principio, en la misma habitación. Ahí está Marguerite, con un impermeable
de hombre que le va grande, el envoltorio perfecto para su
pubis cobrizo, aunque la prenda no acabe de encajar con la
sequía... a no ser que haya llegado la estación de lluvias. ¿Las
habrá en México? Lo mismo da, porque la historia no trans-
curre en México sino en Java, que también tiene su encanto.
Marguerite, decíamos, y los tipos turbios, los asesinos, la huida en coche bajo una lluvia torrencial que anega la carretera
y la hace impracticable, una serie de escaramuzas confusas
que lo conducen por fin, solo, a ese pueblucho fronterizo.
A partir de ahí, el nombre falso en el registro del hotel, y todo
sigue igual, la habitación, las comidas –siempre el mismo pla-
to de arroz frito acompañado de una botella de cerveza de
medio litro–, el periódico inglés, los cigarrillos locales, los demás huéspedes, a los que Victor no ha visto, porque no sale
nunca, pero de quienes sospecha que son enemigos o soplo-
nes dispuestos a delatarlo. A veces oye un ruido y sale al pasillo. Nadie, a lo sumo un tipo gordo con pantalones de franela
y camiseta blanca que sale del cuarto de baño, se vuelve para
cruzar una mirada con Victor y prosigue su camino hacia su
habitación, sin mediar palabra. Y en cuanto cierra la puerta,

voces, susurros apagados: Victor trata de abstraerse de los ruidos del hotel. Se levanta de la cama y se acerca a la ventana, inspecciona la plaza entre las lamas de la persiana. El sol se está poniendo y pasa un coche, levantando cortinas de agua. Victor espera. Sabe que todo ha terminado. Al segundo o tercer día, al caer la tarde, otro coche aparcará en la plaza, un jeep Toyota negro, por ejemplo. Al apagar el motor, los niños se apiñarán a su alrededor, gritando «*¡Hellomister! ¡Hellomister!*» (un saludo tan corriente y que forma un bloque fónico tan compacto que los javaneses no solo lo usan como vocativo, sino que lo emplean también para hablar a los forasteros en tercera persona, como es su costumbre: «¿Adónde va Hellomister?», «¿Cuánto tiempo hace que vive aquí, Hellomister?», etcétera). Luego un barullo de ruidos y una conversación abajo –¿cómo, abajo?– con el dueño del hotel, al que han despertado los recién llegados mientras se echaba una siesta en el mostrador, donde cuelgan de un panel las llaves de las habitaciones. Es probable que sean chinos, jóvenes, como los chinos con los que trabaja, hombres de negocios pintiparados a los gángsters de Chicago, con su arrogancia brusca, sus Ray-Ban, sus cochazos de lunas ahumadas, de los que se apean tres o cuatro tipos con pinta de no querer perder el tiempo. El dueño se frota los ojos y les da el número de habitación de Victor. Es consciente de que algo desagradable va a pasar, pero está habituado a los ajustes de cuentas de esta clase y prefiere dirigirlos para reducir los desperfectos y evitar que se carguen a otros huéspedes, como al otro chino, por ejemplo, que es cliente habitual, un joyero que se saca un extra con el contrabando y cada vez que tiene que cruzar la frontera –¿qué frontera?– hace noche allí y, si el negocio ha ido bien, pide que le manden una chica a la habitación. Victor oirá sus pasos en las escaleras. Podría tratar de escapar por la ventana –a fin de cuentas, está en la planta baja– o sacar el revólver –porque en esta historia el héroe tiene un revolver y hasta sabe manejarlo– y apostarse en una esquina estratégica de la habitación, pero al final se quedará donde está, con los ojos fijos en la puerta, frente a él, entre las dos camas. Los tipos entrarán con sus Ray-Ban y sus peinados de roqueros tercermundistas, dispararán varias veces, el cuerpo de Victor se sacudirá y los matones saldrán del hotel sigilosamente y se subirán al Toyota, que arrancará de inmediato. El patrón acudirá corriendo, se encontrará en el pasillo al joyero temblando de miedo y lo tranquilizará, aunque lo que a este le da más miedo es que haya una redada policial y le registren la maleta. A la policía le gusta ensañarse con los chinos, sobre todo en vísperas de elecciones. Como tienen dinero y poder, todo el mundo los detesta y, cuando las cosas se ponen feas les prenden fuego a sus tiendas, hay pogromos de chinos, se prohíbe el juego, cierran los casinos y los burdeles y requisan su recaudación, para mostrarle al pueblo que no van a tolerar más chanchullos.

Entretanto –y es complicado imaginar la continuación, lo que sucede cuando uno está muerto– Victor sigue acostado en la cama, en una de las dos camas idénticas, con la cabeza apoyada en una almohada y los ojos abiertos. Contempla su cuerpo tendido ante él, en calzoncillos, y se espanta ante esa forma extraña, sin vello, recubierta de una epidermis cuyo tacto le produce escalofríos. ¿A quién le produce escalofríos, exactamente? De vez en cuando, ese objeto que llama mano, un animalillo de cinco dedos con placas córneas roídas incrustadas en sus extremos, se mueve; los dedos se agitan, traviesos, sabiéndose observados. Juguetean, simulan prensiones y distensiones, luego se posan sobre el vientre o el otro brazo. Y esa otra superficie lampiña reacciona con un movimiento mucho menos definido, sin objeto, sin iniciativa, apenas un temblor. Todo esto sucede ante sus ojos. Aunque ya no ejerza ningún control sobre su cuerpo, no ha perdido la conciencia de su identidad. Sabe que existe un ser llamado Yo, refugiado en una especie de mirador, que atisba el mundo por dos aspilleras pero no puede verse a sí mismo. Por otra parte, ese Yo no ocupa su rostro con mucha firmeza, pues le basta con bizquear un poco, con vislumbrar sus aletas nasales o fruncir el labio superior para que, al momento, en cuanto aparecen en su campo visual, esas porciones de Yo, de eso que sigue llamando Yo a beneficio de inventario, le sean arrebatadas, le resulten completamente ajenas, aunque no tanto como las zonas en las que Yo se ha parapetado y que, en sentido estricto, no puede siquiera imaginar. No sabe nada de la espalda, de la nuca, del rostro, y le parece esencial preservar esa ignorancia para que ese Yo no sea desalojado de su último refugio. Sabe que hay un espejo en la habitación, desde donde se encuentra puede verlo y distinguir, reflejado en él, un cuadrado de pared que debe de situarse un metro por encima del cuerpo tendido en la cama. Sabe que, si tiene la desgracia de mirarse en el espejo, no quedará de él más que este bicho con sus dedos, sus piernas, su piel, sus aletas nasales, su cara, su espalda tal vez. Y si llega a ver sus propios ojos no habrá ya nada al otro lado, ningún Yo. Por eso teme que alguna circunstancia pueda plantarlo frente a ese espejo tan próximo, en el que recuerda haberse mirado esa misma mañana. Por lo general, le encanta mirarse en el espejo, hacerse muecas. Pero afortunadamente no conserva el menor recuerdo de su propio reflejo. Lo cierto es que es incapaz de imaginar su rostro. Y tiene miedo de que el espejo le imponga su imagen por su propia voluntad, que el marco se separe de la pared, por ejemplo, y que al inclinarse su reflejo no sea ya el de la pared opuesta, sino el de lo que se encuentra un metro más abajo; teme también que el bicho en cuestión se mueva, se ponga en pie, que las piernas estiradas se flexionen y busquen el borde de la cama, que el torso se incorpore y los pies toquen el suelo y se apoyen en él, que el cuerpo recobre la verticalidad y se dirija hacia el espejo; y teme, por último, que una mano ajena le acerque el espejo a la cara. Esta última amenaza es la más temible, porque oye ruidos y no son solo los ruidos habituales de la calle por la noche: oye el rumor de la lluvia, el rechinar de los *rickshaws*, los distintos reclamos vocales o instrumentales con los que los vendedores ambulantes de sopa y brochetas anuncian su llegada, pero también unos extraños ruidos metálicos que podrían ser el tintineo de cubiertos, el chasquido de un arma –y en tal caso es un regimiento el que se dispone para el asalto– o un aparato de aire acondicionado averiado, y oye voces, susurros, iguales que los de México, un murmullo más o menos constante, de muchas personas que hablan en voz baja. Aun así, no sabría decir a qué clase de personas, de qué sexo, de qué edad, pertenecen esas voces, no porque sean tenues o lejanas, sino a causa de una repentina incapacidad para ordenar e interpretar la suma total de información que llega a sus oídos, su cadencia, su textura, su entonación, como si esa información, pese a emitirse de forma continua y ser por tanto susceptible de examinarse con calma, pasara demasiado rápido para permitir su análisis. Del mismo modo, y por las mismas razones, no solo es incapaz de identificar el idioma empleado, sino que ni siquiera puede estar seguro de que esos sonidos, por articulados y organizados que parezcan, se correspondan con los de idioma alguno. Y por si eso fuera poco, tampoco puede formarse una idea del lugar desde el que se emiten. Tal vez procedan de la veranda o de la calle, o del cuarto de baño adosado a la habitación, del armario, del propio ventilador, cuyo zumbido se mezcla con las voces y las confunde, ¿por qué no? Esta serie de incertidumbres, de las que solo se desprende la impresión de que alguien habla en voz baja y algo se está tramando muy cerca de él, le ofrece un cómodo margen para imaginar, no tanto el contenido de la conversación como su tono, su carácter general, para percibir ese murmullo como una manifestación hostil o bienintencionada. La cuestión es teórica, claro, pero el miedo que le inspira es muy real y, más que cualquier otra cosa –porque desde que ha vuelto a tumbarse en la cama no hace más que observar los movimientos de su propio cuerpo y acumular pruebas, falsas todas ellas desde el principio, sobre la clase de control que puede ejercer sobre él–, tiene la sensación de que urge hacer algo, ponerse en movimiento. Por suerte, en lugar de contribuir a su parálisis, como temía, esa sensación de urgencia le permite recobrar cierto dominio sobre su cuerpo, ayudando a Yo a reinstalarse, al menos parcialmente, en el refugio del que había sido expulsado. Aun así, debe maniobrar con delicadeza, transigir, hacer concesiones. Moverse, sí, pero sin dejarse invadir por el miedo. Se ve ahora capaz de ponerse en pie de golpe, de ir al cuarto de baño y pasarse un poco de agua por la cara, de enfrentarse primero al espejo de la habitación y luego al del lavabo. Se siente capaz de realizar todos estos actos yuxtapuestos con armonía y los ensaya mentalmente, al tiempo que siente que no está solo, que tiene a su lado a otro inquilino de esa vivienda mal delimitada en la que se guarecen los elementos de su identidad, un Yo más pequeño e impresionable al que hay que saber manejar, no vaya a ser que le entre el pánico y se lo contagie a él, coartando su movimiento. Hay que distraerlo, engatusarlo para que acepte el plan, como cuando hay que sacar a un niño de paseo y debe uno inventarse una historia que lo justifique, que le dé un sentido apasionante a lo que de otro modo sería una tediosa caminata: decirle que se trata de encontrar un tesoro o escapar de un enemigo temible. Anticipa pues un auténtico calvario para llegar hasta el cuarto de baño y está ahora lo bastante lúcido, o eso cree, para observarse desde una distancia irónica. Rueda trabajosamente hasta el borde de la cama y deja colgar la cabeza, un brazo, una pierna. Su mano y su pie derechos tocan ya el suelo, tan cooperativos que levantan sospechas.

Sus ojos los observan y supervisan la operación, que consiste en desplazar poco a poco el peso del cuerpo a esas dos extremidades, que se crispan ya sobre las baldosas. Cae sin sobresalto alguno, le basta con agarrarse con la otra mano a la cama para encontrarse en el suelo, cincuenta centímetros más abajo, tendido sobre el vientre. Las baldosas están calientes, tiene aún la mandíbula apretada y le oprimen las sienes. Tumbado ahora en decúbito prono entre las dos camas, tiene que dar media vuelta para reptar hasta el baño, a ras de suelo, a salvo del reflejo del espejo, y alzar luego ese cuerpo que ya no ve, que escapa a su control. No sabe qué puede estar pasando con su cuerpo, no recibe de él ninguna información –temperatura, hormigueos, calambres– que pueda persuadirle de la existencia de esas regiones invisibles, como sí sucede con el miembro amputado, cuyo vacío es la fuente de un dolor insoportable para el lisiado. Nada, solo una sensación de pánico inminente. En lugar de reptar con cuidado, como pensaba hacer, su cuerpo se alza como un resorte y se precipita a cuatro patas hacia el cuarto de baño, con el cuello extendido. Choca contra el borde de la cama, pasa de largo los espejos, se sienta a horcajadas en el borde de la bañera y, antes de tumbarse en ella y regresar a una inmovilidad de cuyo peligro es consciente, agita con frenesí las manos sobre los grifos hasta conseguir que caiga un hilo de agua fría y coloca el tapón de plástico en el desagüe, retorciendo la cadena. Teme que esa manipulación, cuyo ritmo va menguando, que se vuelve distraída y desganada, derive en uno de esos bloqueos de terror desconcertado, interrumpiendo el movimiento físico, que es la única manera de sustraerse a ese terror, teme acabar con ese manoseo por pura falta de energía y dejarse llevar, acostado en su bañera como un muerto en su ataúd. Se siente como un hombre que se bate en retirada de habitación en habitación, y cada una es más pequeña que la anterior: escapa por una sucesión de habitaciones anidadas y cada vez que cierra una puerta arrastra contra ella un baúl, atranca el picaporte con una silla, con cualquier cosa, mientras oye cómo cede la puerta anterior bajo los golpes de su perseguidor, de ese ente de andar pesado y firme, hasta llegar a la última habitación, la más pequeña, que alberga un último refugio en miniatura, un armario, cuya batiente se apresura a cerrar, no tanto para no ser visto –pues sabe que eso es imposible– como para no ver, para no echarle la vista encima a ese ser monstruoso que, como accionado por un mecanismo de relojería, aparece justo cuando él desaparece, para demorar un segundo más esa visión, para arañar con las uñas la pared interior del armario con la esperanza de que haya algo ahí, cualquier cosa, se conformaría con un tirador, un cajón, una caja de zapatos en la que introducirse con el cuerpo encogido de terror, obedeciendo dócilmente a todo lo que ese terror le ordene, y donde encontrará tal vez otro escondite cuando se abra el cajón, un tubo de aspirinas, un dedal, una correa de perro... El agua fría llena muy despacio la bañera y su cuerpo la entibia. Para mantenerse ocupado, para moverse, para no dejarse invadir por la idea obsesiva, y también porque ha visto el jabón, la cuchilla de afeitar y la brocha sobre el borde de la bañera, decide afeitarse. Remueve tanto rato la brocha en el cuenco que la espuma, excesiva, se derrama por la bañera, y continúa hasta obtener una especie de baño de espuma de una textura particular, que evoca una asfixia untuosa más que una efervescencia. Se afeita con esmero, en dos pasadas. Luego, con la bañera medio llena y algodonosa como una isla flotante, se sumerge por completo, presionando todo su cuerpo contra el fondo para no emerger a la superficie. A través de los islotes de espuma, observa la superficie del agua desde abajo, con los ojos abiertos, sin sentir ningún picor, como si se encontrara bajo una minúscula banquisa. Le parece que vuelve a oír las voces de antes, que ya ni se le ocurre atribuir a los sicarios chinos, y son ahora más urgentes, más numerosas, más próximas. El zumbido en sus oídos se hace cada vez más fuerte. ¿Podría ser, a quince centímetros de la superficie, la embriaguez de las profundidades que se apodera de algunos submarinistas y los arrastra a un suicidio inconsciente? Oye ahora –aunque bien podría ser su pulsación, pues ya va siendo hora de salir– unos pasos que se acercan, en *staccato*. Y luego, resonando en sus oídos, bien distinta entre el guirigay de fondo, una voz que lo hace emerger de golpe con gran chapoteo, una voz que trona desde el otro lado de la puerta: «¿Qué, muchacho? ¿Vienes o no? ¡Te estamos esperando!».

–Estoy afeitándome, ahora salgo –respondió Victor mientras salía de la bañera.

Se envolvió en una toalla de baño y, cruzando la habitación, abrió la puerta que daba a la veranda provocando una carcajada general, a la que se superpuso de nuevo la voz solista de Gérard, el alma de la fiesta:

–¡Pero bueno, muchacho, que aquí hay señoras! ¡No mires, Simone!

Ahí estaba toda la colonia francesa, disfrazada para el carnaval, con sus narices rojas postizas, sus bigotes dibujados con corcho quemado y sus caretas de Georges Marchais, pues era el día de la «mi-Carême.[1] Se habían plantado en casa de Victor para gastarle una broma, una broma excelente que era un clásico de la colonia: cuando la fiesta decaía se iban todos a rematar la noche en casa de algún conocido más o menos ajeno al grupo, que no estaba sobre aviso. La idea se le ocurría a alguno de los juerguistas y todos se la coreaban, entusiasmados: «¡Ay, va a ser buenísimo!». Por el camino –la comitiva salía en dos o tres coches de la casa don-

1. Fiesta carnavalesca tradicional de origen francés, celebrada a mediados de Cuaresma. (*N. del T.*)

de los últimos cubitos de hielo se derretían en los vasos–, a medida que se acercaban a la casa del iluso en cuestión, la euforia iba menguando y todos decían que no querían acostarse muy tarde, que sería una visita relámpago, intuyendo ya que les saldría el tiro por la culata. Pues era lo que solía ocurrir: la persona a la que sacaban de la cama les decía educadamente que no era ninguna molestia, al contrario, les ofrecía una copa sin mucha convicción –«tengo aquí poca cosa, la verdad...»– y nadie acababa de entender por qué les había sonado tan irresistible la idea de abandonar su círculo tranquilo y familiar para acabar en casa de un aguafiestas obligado a poner buena cara, que no tenía un mueble bar que saquear ni un salón Luis XV para jugar a las sillas musicales. De hecho, ni siquiera tenía sillas para todos. Una vez apurado, al mismo tiempo que la botella, el placer de beberse su whisky y mortificar al anfitrión, reprochándole que se acostaba con las gallinas, tachándolo de muermo y diciéndole que debería salir un poco para que le diera el aire, se iban por donde habían venido, cada vez más convencidos de la inanidad de aquella romería, mientras trataban de recordar ahora de quién había sido aquella ocurrencia absurda, responsabilidad de la que todo el mundo se eximía y que se imputaba finalmente a una aberración colectiva.

Hay que decir que las cosas no sucedieron de este modo aquella noche carnavalesca en que la colonia desembarcó en casa de Victor. Llevada a la práctica, la idea no perdió un ápice de su atractivo inicial y se divirtieron de lo lindo. En realidad, el mayor placer que les dispensó aquel allanamiento fue la posibilidad de montar todo un teatro. Una vez más, se trataba de demostrarle al anacoreta de turno que sabían pasarlo bien, que con ellos nadie se aburría y que rehuir su trato era un craso error. Para ello, no solo se sirvieron de los matasuegras que requería la ocasión, sino de toda su panoplia de ritos y bromas consagradas, presentadas como seducciones irresistibles. Cada cual desempeñó su papel, superándose a sí mismo en beneficio de aquel extraño al que apenas habían vuelto a ver desde su recibimiento a bombo y platillo. Después de vestirse y ponerse una tirita en un corte producto del afeitado, el sujeto en cuestión se unió a la compañía y atendió a la conversación en un estado de absoluto estupor, con la mente en blanco, vaciada por la súbita interrupción de su viaje acuático –del que, curiosamente, no quedaba ni rastro, como si le hubieran sacado del baño sin más: México, los sicarios chinos, su ataque de pánico, todo se había esfumado como por ensalmo– e incapaz de asimilar, ordenar o deplorar el torrente de palabras sin pies ni cabeza en el que se había visto inmerso. Sentado muy tieso en uno de los sillones de ratán que habían traído del jardín y que estaba aún empapado por la lluvia, sonreía amablemente –«¡Una sorpresa de lo más sorpresiva, la verdad!»– mientras volvía en sí, y trataba de seguir el curso de aquella conversación más bien pegajosa que en algún momento habría de aparcar de una vez la sorpresa de marras, las razones que la habían motivado y los detalles de su ejecución, para recaer en algún otro tema que él desmenuzaría con la misma exhaustividad. Le llamó la atención –y lo sacó de su ensimismamiento para reconstruir el diálogo que lo había motivado– un extraño comentario de Michèle, una señora que mariposeaba en torno a él, a cuyas dos hijas –presentes también, porque nadie había faltado a la cita– alguien se había referido, según dijo, como las «señoritas de Surabaya». Otra señora se apresuró a darle la réplica, como si hubiera que devolver la pelota a cualquier precio: «Ay, sí, la señorita de Aviñón», que, como Victor sabía, era el título de una telenovela francesa cuyos episodios veían en vídeos piratas comprados a precio de oro en Hong Kong. Aquella referencia cultural la obligaba a singularizar el plural de las señoritas, pues ni siquiera sospechaba que la alusión a «las señoritas de Aviñón» era igualmente válida, lo cual no impidió que Michèle subiera

la apuesta con un «¡Las señoritas de Cherburgo!» a voz en gri-
to. Un joven flaco y apocado, cooperante del consulado, que
pasaba por ahí con una copa en la mano, observó con pedan-
tería que eran las señoritas de Rochefort y los paraguas de
Cherburgo, a lo que Michèle repuso con cierta sequedad que,
de todos modos, no dejaba de ser un asunto de carreteras,
comentario al que Victor pasó un buen rato dando vueltas y
revueltas, con lo que se perdió el momento –tan difícil de
determinar con exactitud como aquel en que un caballo al
que se le arrancan los pelos uno a uno deja de tener cola para
tener solo pelos– en que la conversación, desviada por aquella
escaramuza, cambió definitivamente de tema. Versaba ahora
sobre la flatulencia de la que acusaban a Pierre-Thierry, un
hombre alto y guapo con un aire a Henry Fonda, cuya buena
planta afeaba aún más, en contraste, al bajito y apopléjico
Gérard, que había sido el encargado de ir a buscar a Victor
para que se uniera a sus invitados. Aquellos dos hombres, ver-
daderos pilares de la colonia, aceptaban de buen grado su papel de pareja sadomasoquista y, en contra de la tradición que
manda que en toda pandilla haya un tipo gordo que sea el
blanco de sornas y dardos relativos a su alimentación, Gérard,
que a sus treinta y cinco años lucía una buena panza, zapatos
con alzas y una cara fláccida y rubicunda, gozaba del estatus
de líder indiscutible y desempeñaba el rol del agresor, mientras que Pierre-Thierry, el guapo, un amante de la buena
mesa y el buen vino que pese a ello no engordaba, asumía
dócilmente su papel de víctima flemática y se encogía de
hombros, un tanto molesto, eso sí, porque no había noche en
que no trajeran a colación sus ventosidades –de las que Victor
nunca tuvo queja, por cierto–, se fingieran todos muy contrariados por su presunta incontinencia y los efluvios de cualquier fosa séptica callejera los llevara a exclamar de inmediato:
«¡No me digas que te has vuelto a descoser, P.-T.!». (Era a esas
iniciales, transformadas en apodo, a las que debía de hecho su

reputación.[1]) Pierre-Thierry fingía no darse por enterado, aunque de vez en cuando mascullaba: «Mi venganza será terrible». Esa era una de las dos frases que componían su repertorio en el concierto de ocurrencias que dirigía Gérard. La soltaba a intervalos regulares, sin hacerse la menor ilusión de que la juzgaran espontánea o siquiera graciosa, esperando a lo sumo que la tendrían por un testimonio de su buena voluntad. Como el hombre que solo posee dos trajes y viste uno mientras el otro está en la tintorería, con su humildad proverbial pisoteada a todas horas, no tanto por el ingenio de Gérard como por el crédito general del que este gozaba invariablemente, Pierre-Thierry repetía, cada vez que le chinchaban, que su venganza sería terrible y, cuando se hablaba de dinero, es decir, de rupias, que esperaba que no resultaran ser «rupias de pote». Estas dos bromas tenían al menos el mérito de poder intercalarse con frecuencia, porque le tomaban el pelo a todas horas y el dinero era otro tema de conversación recurrente. Pero si la primera daba lugar a reacciones que variaban según la situación y brindaba a todo el mundo la oportunidad de improvisar sobre el tema de esa venganza siempre aplazada, la segunda no daba mucho margen para el *ad libitum*, y se zanjaba con una réplica que a nadie se le hubiera ocurrido disputarle a Gérard, que la daba con desgana, como si fuera la falta de imaginación de su comparsa la que le obligaba a repetirse, porque a Pierre-Thierry no solo le reprochaban que fuera un bromista mediocre, sino que, como un músico machacón, sofocara la inspiración del gran solista. Así pues, era con displicencia, como quien da una limosna inmerecida, que Gérard le respondía que tenía que modernizarse un poco, que había también felpudos de bote y más de un rubio morenote. A Gérard le gustaban los retruécanos, sobre

1. Las iniciales de Pierre-Thierry y la palabra francesa *péter*, «tirarse pedos», son homófonas. *(N. del T.)*

todo si eran de mal gusto, aunque tratara de darles una apariencia de corrección empleando eufemismos como «felpudo». Por otra parte, los juegos de palabras subidos de tono le procuraban el placer de escandalizar a las damas y, a estas, el de fingir escandalizarse. Al final, el único que salía trasquilado era el pobre Pierre-Thierry. El cooperante escuálido con pinta de intelectual amargado, que se veía sometido al mismo desprecio general, salvo porque a él no lo tachaban de pesado sino de enrevesado, retomó entonces el retruécano de Gérard y comenzó a sacarles punta a esos «felpudos de bote», que era a su entender una expresión absurda pero preñada de sentido, pues los felpudos se colocan siempre ante la puerta de la casa, aunque sea esta una casa flotante, con lo que un «felpudo de bote» solo podía serlo mientras el bote permaneciera atracado, porque en cuanto zarpaba el felpudo se transformaba, como Héspero en Fósforo y viceversa, en una simple «alfombrilla portuaria», y lo decía afectando un acento ronco e hiperfricativo de psicoanalista vienés hablando en inglés –«¡Ferry indrestink!»–, de semiólogo rumano, de viejo teórico del dodecafonismo y, en resumidas cuentas, de anciano pozo de sabiduría capaz de descifrar la conducta de sus compañeros, que le tenían un poco de miedo, como es lógico, y en su compañía vigilaban sus gestos y sus palabras, recelosos de verlas integrarse en un orden que les era desconocido, como el paciente que le estrecha la mano al médico y sospecha que con ese saludo amistoso el galeno trata de auscultarle discretamente el pulso, con lo que el apretón de manos entraña un intercambio desigual: el enfermo se ha limitado a saludarle, pero el médico sabe ahora que está condenado, que le quedan dos telediarios, como quien dice, y sonríe ahora con ojos tristes. Sea como fuere, las salidas del cooperante no les hacían ninguna gracia y acababan siempre en un silencio incómodo, disipado enseguida por alguna ocurrencia de Gérard.

Victor, que poco a poco se iba recuperando, escuchó el

diálogo que, aunque le era nuevo, le pareció pautado de antemano conforme a una secuencia inevitable y repartido de forma inmutable entre el elenco de la colonia. Bastaba con hablar de dinero, de rupias, para que el mecanismo se pusiera en marcha. P.-T., como un actor de reparto condenado desde siempre a papeles ingratos que trata de llenar de intención, de vida y sentimiento, soltaba de inmediato su bromita sobre la rubia de bote y le cedía la escena a Gérard para que este se hiciera el remilgado, como una estrella caprichosa que se permite el lujo de pronunciar su réplica al desgaire, segura de la adoración de su público, mientras el actor de reparto se queda ahí plantado, sin lamentarse siquiera de que no le haya tocado a él ese otro papel, pues sabe que, por mucho que ensaye, nunca podrá tener el aura del otro, de ese comicastro imbécil que, por algún motivo, cautiva a las multitudes y seduce a las mujeres, a las que se ve obligado a sacar a la fuerza de su camerino cuando acuden a ofrecérsele, desnudas bajo sus carísimos abrigos de piel. Y una vez Gérard pronunciaba la consabida réplica, llegaba la coda disonante y críptica del cooperante. El brío del tenor se veía así realzado por la pesadez del barítono precedente y el gárrulo galimatías del falsetista posterior. Victor se preguntaba cuál sería el plazo razonable que habrían de respetar para volver a sacar a colación las rupias y estar seguros de que el mecanismo, bien engrasado, reaccionaría al primer impulso y se pondría de nuevo en marcha. Repetir el numerito de inmediato era imposible, no habría funcionado: las alteraciones del discurso que tenían Surabaya por laboratorio debían observar ciertas reglas de discreción y no podían exhibirse así como así ante un desconocido. Un poco más tarde, tal vez. ¿Qué habría pasado si, una vez le dieran el pie convenido, P.-T. hubiera guardado silencio, sin mentar sus «rupias de pote», como Thelonious Monk, que se abstenía de tocar cuando le correspondía para confundir a Miles Davis, cuyos aires de diva parece que le ponían de los nervios? ¿Habrían visto en aquel mutis un acto de rebelión? ¿Se habría interrumpido la conversación? ¿Habrían aguardado, en un silencio incómodo, a que se decidiera de una vez? ¿Qué medidas podían tomar para que se ciñera a su papel? Se imaginaba ya el juicio del reo a puerta cerrada ante el consejo de sabios de la colonia, encapuchados todos, que emitiría su veredicto ante un P.-T. pálido como una sábana, pero obstinado en su rebelión, y su previsible ejecución en el último piso del hotel Bali, cuando sus reflexiones se vieron interrumpidas por la llegada de Simone, la mujer de Gérard, que al verlo tan solo se sentó a su lado. Llevaba por todo disfraz un rulo en el pelo, con el que quería parodiar la costumbre de las chicas indonesias, que solían llevar un mechón acaracolado en la frente. Suelto, el mechón se habría convertido en un flequillo, pero no se lo soltaban nunca, lo que despojaba al rulo de su condición de accesorio antiestético, pero útil y transitorio, y lo convertían en un adorno permanente. Después de decirle a Victor que eran una pandilla la mar de simpática –¿no te parece?– e interesarse por la herida que cubría su tirita, acabó de algún modo –una distracción momentánea impidió a Victor retener el nexo paralógico que suscitó sus fúnebres lamentos– por hablarle de los cambios que durante su ausencia se habían producido en su familia, en la que los nacimientos apenas compensaban las defunciones. Al ver que la mujer estaba embarazada hasta los dientes, a Victor le pareció educado señalar que había motivos para el optimismo y, aun admitiendo que los mejores son siempre los primeros en marcharse, manifestar una dicha desmesurada por aquella nueva incorporación, como si al alterar el equilibrio en favor de las fuerzas vitales Simone pudiera aliviar el dolor de haber visto morir a una abuela y un tío suyos en el plazo de un año o, mejor dicho, el dolor, más lacerante aún, y el único que realmente la atañía, de no haber podido verlos morir a causa de su exilio. La mujer debía de estar aguardando la objeción contable de Victor, pues percibió un deje triunfal en la consternación con la que le anunció que no le valía, no solo porque su retoño aún no había nacido –«toquemos madera», farfulló Victor, golpeando la butaca de ratán y no, como hubiera hecho el bromista de Gérard, la cabeza de Simone–, sino porque tenía también una tía en Biarritz que estaba prácticamente desahuciada. Su más que probable agonía y la naturaleza y las fases de su cruel enfermedad le inspiraron un monólogo en el que cada frase sonaba como un punto final, tras el que era obligado cambiar de tema, pues las puntuaba todas con ese «en fin...» medio suspirado cuya función habitual es la de dar por concluidas las conversaciones demasiado tristes. Pero cada uno de esos «en fin...», tras los que se permitía un momento de silencio, única transición decente entre el abatimiento provocado por sus noticias y la jovialidad a la que había que volver, iba seguido de un nuevo lamento. Cada suspiro aplazaba así el consuelo de un cambio de tema, impulsándola a precisar las particularidades de la enfermedad de su tía biarrota e insistir en la inutilidad del tratamiento. A medida que se nutría el corrillo en torno a ellos, aquella moribunda sin rostro, poco menos que anónima, se convirtió en la figura central de la conversación. Victor vio que los demás ya sabían de ella y se interesaban por su salud, como por la de una legión de familiares agonizantes e igualmente espectrales, surgidos de conversaciones entrecruzadas con tanta naturalidad que a Simone debió de parecerle normal y educado hacer a Victor partícipe de sus confidencias. Se habría ofendido al verse excluido y, además, quizá pudiera hablarles él también de algún pariente cardiaco o canceroso, si tenía la suerte de tenerlo, algún familiar con un pie en la tumba que pudiera añadirse al acervo común, retozar felizmente al azar de su conversación y, como un legado de prestigio personal, convertir a Victor en un miembro de pleno derecho de la colonia.

Victor, que no perdía ripio, se preguntaba cómo era posible que, de entre aquella docena larga de personas, todas y cada una se hubiera agenciado en cuanto surgió la moda a un moribundo personal e inalienable, solo remplazable tras un breve periodo de duelo, cuando decidiera irse por fin al otro barrio, con lo que había tantos agonizantes –sobre los que se intercambiaban noticias y cuyas vidas secretas, desconocidas para los propios enfermos, se desarrollaban en aquel otro hemisferio– como personas sanas o, al menos, como parejas se habían reunido. Cada cual tenía sus muertos como tenía a sus hijos, o como Gérard tenía su tenia, a la que llamaba Médor y dirigía grandes discursos, inclinándose sobre su vientre hinchado y asegurándole que era su mejor amiga. Por fuerza debía de haber algún que otro embuste: seguramente algunos se inquietaban y lloraban por anticipado a familiares aquejados de una simple úlcera, que distaban mucho de estar sentenciados a corto plazo. Con todo, y aun admitiendo cierto grado de exageración, el fenómeno no era tan misterioso. Como los colegiales a los que el maestro les pide que lleven a clase un determinado objeto –sellos, menús de banquetes de bodas, postales antiguas–, absurdo en apariencia, pero que el maestro sabe que podrán encontrar por poco que se esfuercen, los miembros de la colonia francesa, sin ningún requerimiento explícito, por supuesto, habían tenido que escarbar en sus recuerdos y escribir a sus familias con el fervor de un aprendiz de genealogista que tiene ahora una razón interesada para redactar su carta anual (que pronto pasa a ser mensual) a la tía Noémie, esa misma carta cuya redacción había sido el suplicio de su infancia. Acribillándola a preguntas, traídas generalmente a colación tras la mención de algún cadáver rival y un hipócrita suspiro de alivio –la familia estaba bien, a Dios gracias...–, que era el cebo perfecto para el mentís consternado, todos acababan por encontrar un moribundo en algún rincón de su parentela. Se trataba entonces de dibujarlo de nuevo partiendo de cero y hacer de aquel moribundo, que a menudo no habían llegado a conocer, un ser queridísimo cuya defunción les partiría el alma y, entretanto, los sometía a un verdadero calvario con las sucesivas fases de su deterioro físico. De este modo, aquel exclusivo club de difuntos actuales o en potencia, cuyas biografías, personalidades y desventuras eran conocidas por todos, se había superpuesto al club que constituía la colonia francesa: era de hecho su emanación purificada, su reproducción en un plano incorpóreo. Y, como los perros, que acaban por parecerse a sus amos, los moribundos se iban revistiendo en sus descripciones de los caracteres de los parientes que los invocaban con la autoridad de espiritistas. Despojados –si aún no, en breve– de sus cuerpos físicos, se convertían en los cuerpos astrales de aquellos deudos expatriados, que la mayoría de estos habían ignorado toda la vida y en cuyo recuerdo jamás habrían soñado con pervivir, para vivir esa vida verdadera que era la conversación en la que ellos, los difuntos, eran moneda corriente, intercambiada a todas horas, de forma que si alguien decía «es como mi tío André, que odiaba las zanahorias», lo hacía para informar a todo el mundo, no solo de los gustos del tío André sino de su personalidad en general, y aquel nuevo dato servía para aclarar, corroborar o contradecir lo que ya sabían de él. «Qué curioso, pues yo habría jurado...», decía Michèle, como si se las hubiera dado de comer en persona, pues el comentario había surgido naturalmente de unas zanahorias que había en la mesa. Y los espectros, desde su limbo conversacional, no faltaban a ninguna de sus comidas.

Sin duda, lo que al principio no había sido más que una costumbre inofensiva –la de interesarse por la familia del prójimo, iniciativa que suele incitar al pesimismo, a responder que no andan muy finos, que el tío André está a punto de estirar la pata, etcétera– se había convertido poco a poco en un verdadero rito solemne, que les llevaba ahora, por pura emulación, a contar puntos y cadáveres, a calcular las posibilidades de supervivencia de cada enfermo, a tener en cuenta los gustos del tío André en la composición de un menú o a proyectar, para el día en que regresaran a Francia, una romería conjunta –alquilando un autobús si era preciso– por los cementerios donde reposaban o reposarían sus muertos más queridos. En todo caso, en el estudio que Gérard tenía en su casa podía verse a menudo un gran mapa de Francia desplegado y cubierto de cruces de distintos colores, que designaban las últimas moradas de los difuntos que habían ido sucediéndose en cada familia y, trazados a lápiz para poder cambiarlos en cualquier momento, los posibles itinerarios que unían todas esas cruces y que acababan siempre por modificarse en razón de la mortalidad, que plantaba en el mapa nuevas cruces e imponía rodeos cada vez más tortuosos. Más tarde, de vuelta en Francia, Victor no podía pasar junto a un cementerio sin imaginar a la procesión de la colonia francesa asomando por alguna avenida flanqueada de cipreses, venida para rendir homenaje a uno de los suyos en la enésima etapa de un tour de Francia que no tenía fin, pues cada muerto era inmediatamente remplazado por un moribundo, de modo que, entre entierros y peregrinajes, aquel grupo unido por el duelo –o más bien por un discurso que, con toda su ingenuidad, había abierto la puerta a la invasión de los muertos– tendría que renunciar a cualquier otra actividad y consagrarse por entero a la celebración de aquel rito, que probablemente los llevaría a hacerse inhumar todos juntos en la misma cripta.

Cuando se enteró de aquella extraña afición, gracias a la cháchara de Simone y sus amigos durante una noche sin mucha más historia, Victor daba aún palos de ciego. Lo que sí sabía ya, aunque aún no hubiera agregado el elemento decisivo que le permitiría llamar a sus enemigos por su nombre, era que los métodos del terror gobernaban su correspondencia y, por ende, su vida en Surabaya.

Pero si Victor decidió asustar a Marguerite –o intentarlo, al menos– no fue por perversidad, ni para hacerse el interesante, o no solo para hacerse el interesante, sino para mantener la tensión del vínculo que le unía a ella, su urgencia, dramatizando al máximo cada uno de sus estados de ánimo, confiriéndoles un valor absoluto y alternando, en cada carta, una de cal y una de arena.

El terreno estaba abonado desde antes de su partida. Las advertencias lapidarias del notario se las tomaron a risa, por supuesto, pero Marguerite fue la primera en señalar, sin dejar de bromear, que los personajes de las historias de terror suelen reírse mucho al principio, *antes de hora*, y que había que imaginar aquella conversación y aquellas carcajadas entre las sábanas –«Te vas a vivir a una casa encantada, ja, ja»– como una de esas escenas en apariencia banales pero premonitorias que un prurito de ironía suele inspirar a los guionistas de películas de terror. Es cierto que los javaneses se negaban a aventurarse en su casa cuando caía la noche, pero también era algo habitual. Al subrayar que en Indonesia no había una sola casa sin su fantasma, sonriéndose, Victor afectaba el preocupante optimismo del escéptico, que suele ser el primero en caer y terminar despedazado. Ni Victor ni Marguerite creían en los espectros que aterraban a los indonesios: para asustarse les bastaba con los espectros de la razón. Y, a juzgar por sus cartas, la razón de Victor era escenario de un auténtico alud de horrores, un lugar asolado por una fuerza entrópica inexorable. Su incapacidad de escribir, sobre la que abundaba en cartas cada vez más extensas y confusas, daba fe del influjo del terror en su cerebro, como si, sumido en un drama mental indecible en un sentido literal, solo pudiera constatar febrilmente la inanidad de sus esfuerzos por transcribir una parte de él. Porfiar en ello era, con todo, el único dique a su alcance para contener el aluvión de monstruos que estaban a punto de invadir, no su casa, como creía el guardián y la gente del barrio, sino su razón.

Es aquí donde entraba en juego el desfase temporal, que al principio les disgustó, pero no tardó en convertirse en un recurso retórico habitual de su correspondencia y un motor fundamental del suspense. Entre el envío de una carta y su recepción solía mediar una semana, que les obligaba a vivir en una distorsión temporal continua. Porque cuando Victor o Marguerite escribían «esta noche», aludían conscientemente a la noche en que estaban escribiendo su carta y a la noche futura donde el otro la leería. Existía así para ambos corresponsales una noche común, la noche de la escritura y la lectura simultáneas.

Para reforzar este efecto, Victor incitaba a Marguerite a leer sus cartas en tiempo real: a leer, por ejemplo, entre las nueve de la noche y las tres de la mañana una carta escrita entre esas mismas horas, y marcar la lectura con pausas, cigarros, tazas de té y onanismos escrupulosamente acotados, como en una partitura cuya riqueza solo puede reproducir una ejecución precisa. En este sentido, sus cartas no eran más que largas instrucciones de uso, una serie de consejos sobre la forma de leerlas y el estado de ánimo que convenía tener, en la medida de lo posible, para sintonizar con su autor, que naturalmente no se hacía ilusiones sobre el valor de esa técnica. Como es fácil de imaginar, leer a lo largo de seis horas una carta escrita en el mismo intervalo, deteniéndose cada vez que el remitente había interrumpido su redacción, reproduciendo los actos que este consignaba y tratando de convencerse del calor insoportable que hacía durante su escritura, no ayudaba mucho a comprender aquella experiencia pasada. Pero aquellas instrucciones absurdas y la batería de pruebas destinadas a garantizar su cumplimiento creaban cierta tensión y, a juicio de Victor, el mero hecho de prestarse al juego favorecía un modo particular de percepción, de la misma forma que ir a la ópera a las seis de la tarde en lugar de a las ocho, cuando aún es de día, saber que uno va a encerrarse ahí durante todo *El ocaso de los dioses* y observar a los vecinos de palco como a los de un compartimento de tren antes de un largo viaje produce una excitación que seguramente contribuye a potenciar la sensibilidad wagneriana.

Sin embargo, era obvio que cuando llegaba la noche de lectura, lo que estaba ahí escrito y postulaba una comunicación no asíncrona había caducado ya. Lo cual imponía al destinatario el ejercicio agotador de imaginar como bien podía, a partir de un par de instrucciones, la noche que había pasado el remitente al escribirla, a sabiendas de que mientras uno leía el otro pensaba y escribía otra cosa, acaso algo diametralmente opuesto. Había que resignarse, por ejemplo, a que Marguerite leyera una llamada de socorro escrita en una noche de pánico mientras Victor se tumbaba a la bartola junto a la piscina; a que se alegrara de leer unas líneas sensatas y tranquilizadoras, que se limitaban a describir el sopor que reinaba en la ciudad y el dolor que le causaba su separación –Victor escribía alguna carta en este registro, no tanto para transmitirle a su compañera una mejora en su estado de ánimo como para reactivar el suspense tras la breve tregua– en el preciso instante en que, sudando la gota gorda en la veranda, entre los murciélagos que pasaban rozándole, Victor paría trabajosamente cada palabra –que sabía inadecuada, y así lo hacía constar– para describirle a Marguerite la gangrena cerebral que le provocaba su entorno, aquel jardín infestado de enormes hormigas rojas que el guardián de su casa, ansioso por crear un ambiente aún más insoportable que justificara la prima que exigía por vivir allí, trataba de exterminar recogiendo de las basuras huesos sanguinolentos, adhiriéndoles un poco más de carne cruda y clavándolos a los troncos de los árboles para atraer durante la noche a las hormigas y fumigarlas cómodamente por la mañana, una vez se hubieran congregado en torno a sus festines siniestros. Como siempre quedaba alguna viva, la operación se repetía y el jardín se iba llenando de aquellos huesos podridos que parecían los trofeos de alguna tribu particularmente salvaje. Cada noche, las hormigas carnívoras salían en largas filas y arruinaban el césped marcando el paso en buen orden por los caminos más tortuosos, rumbo a aquellos puestos de carnicero improvisados que cada día apestaban más, recubiertos de hormigas muertas, las que el guardián había fumigado la víspera y cuyos cadáveres se aglutinaban sobre los huesos. Sus congéneres se hundían entonces en la papilla roja en la que los sucesivos ataques las habían transformado, y quizá las devoraban sin notar la diferencia, como come uno la piel de una fruta o la fina película del hueso del aguacate que, una vez retirado, se queda a veces enganchada a la pulpa. Y todas las noches, cuando salía a tomar el fresco en aquel jardín pestilente, tachonado de huesos hacia los que se encaminaban largas filas de hormigas, que visitaban a sus muertos con el mismo celo que pronto demostrarían los miembros de la colonia francesa en su gira funeraria, Victor miraba aquella tierra blanda, escenario de una caza del tesoro que él perturbaba, como un seísmo, y a cada paso temía tropezar con una cabeza humana que sobresaliera del suelo, mordisqueada hasta el hueso, con los ojos arrancados.

Valiéndose de aquel desajuste temporal, Victor se especializó en la redacción de misivas reconfortantes que transmitían un desasosiego más sutil. Había preparado el terreno rogándole a Marguerite en sus SOS que no le diera ningún crédito si en algún momento se desdecía, recurriendo a los argumentos que empleaban los acusados en los procesos estalinistas, que tarde o temprano entonaban su *mea culpa* esperando haber dejado lo bastante claro, antes de su arresto, que no había que creer nada de lo que dijeran más tarde, pues solo se retractarían bajo tortura —y eso hacían justamente en su autocrítica final, recordando, para enmendarlas, las advertencias cuya validez perpetua afirmaban al principio–, o los personajes de los cuentos de vampiros u hombres lobo, que les hacen jurar a sus compañeros que, si se contagian del mal, les dispararán una bala de plata en el corazón, que no vacilarán un instante ni cederán ante ninguna súplica, pues no será ya su amigo de toda la vida el que se la haga, sino el monstruo que se ha adueñado de su apariencia. Y cuando los colmillos le crezcan a ese hombre que ya no es tal, será el vampiro quien implorará clemencia al amigo del hombre que fue y que el vampiro finge ser aún. Se precisa entonces la sangre fría de un profesor Van Helsing para clavarle la estaca redentora, para disparar la bala y salvar, según sus propios deseos, al desgraciado a quien se propone aniquilar el vampiro que lo habita.

No contento con aprovechar el desfase temporal de las cartas para enviarle a Marguerite una de cal y otra de arena, Victor decidió sembrar de trampas su contenido y, para ello, experimentó con todos los recursos de la mentira, la omisión, la contradicción, el secreto y el tópico. Mentía por los descosidos, claro está, pero se delataba en el acto con un derroche innecesario de detalles y afirmaciones falaces, como cuando decía que se había acostado a la una, tras terminar la carta, cuando no lo había hecho hasta las dos, o que la había franqueado en el hotel Bali cuando la había despachado junto al correo de la oficina. Pese a todo, Marguerite no tenía forma de averiguar el número de cigarrillos que Victor había fumado durante la noche, por poner el caso, y solo podía deducir el estado general que traicionaba aquel exceso. Por lo demás, estas desviaciones factuales habrían pasado desapercibidas si la manía de señalarlas no hubiera alimentado la continua sospecha de que en realidad eran más numerosas y menos inocentes. Esperaba así obligar a Marguerite a extremar una vigilancia que él no dejaba de poner a prueba, asegurándose mediante mil preguntas retorcidas de que ella le seguía la pista.

El juego temporal de las cartas conducía, en última instancia, al truismo siguiente: cuando Victor escribía una frase que Marguerite leería una semana más tarde, para él la carta se detenía en esa frase, en las letras que trazaba antes de un espacio que estaba aún en blanco, mientras que para Marguerite cada frase, salvo la última, iba seguida de otra. La diferencia entre una carta ya escrita y una que se está escribiendo, entre un objeto acabado y una suma de incertidumbres, hubiera bastado para afirmar la imposibilidad de la lectura en tiempo real. Pero en lugar de resignarse, Victor puso todo su empeño en conseguir que Marguerite leyera cada palabra como si fuera la última, de forma que para ella, como para él, la palabra que venía a continuación formara parte de un futuro impredecible. Mientras Victor escribía, sentado a su mesa, nada le impedía figurarse que un asesino a sueldo de la colonia francesa se estaba acercando a él sigilosamente, que se detenía un momento a su espalda para pasarle alrededor del cuello el lazo que apretaría luego con un gesto preciso y eficaz. Nada salvo la existencia, al cabo de una semana, de aquella carta acabada, que certificaba al menos que el crimen no se había perpetrado durante su redacción. Aun así, era demasiado para Victor y Marguerite, que estudiaron todos los artificios posibles para derribar la certidumbre que los separaba. En virtud de una especie de alucinación refleja, Marguerite pasaba por alto la información que su sentido visual le transmitía a su sentido común, en la forma de una pila de folios emborronados, y solo al término de las horas que precisaba su lectura, efectuada conforme a sus instrucciones, podía afirmar finalmente que la carta se componía de veinticinco o veintiséis páginas; no porque se hubiera abstenido de contarlas, como el niño que retrasa la apertura de su regalo para prolongar el placer de la sorpresa, que es puntual por definición, sino porque trataba de calcar en todo momento el estado de ánimo de Victor, que al comenzar su carta no sabía adónde le llevaría su pluma ni cuántos folios llenaría, ni si llegaría a terminarla y enviársela. Para facilitarle la tarea, Victor descomponía la linealidad del texto. Antedataba ciertas cartas, sembrándolas de pistas que revelaban el subterfugio, daba indicaciones sobre sus horarios que algún detalle material desmentía o desplazaba varios minutos –pues tenía tendencia a cronometrarlo todo–, incluía en un párrafo escrito del tirón un aparte que sugería una interrupción o, por el contrario, disimulaba una interrupción concluyendo una frase que había dejado deliberadamente en el aire hacía horas. Le pedía a Marguerite que buscara las verdaderas cesuras y no dejara pasar ninguna de aquellas incoherencias menores para resolver el rompecabezas que habría de revelarle la verdad sobre lo que había sucedido exactamente durante la redacción de la carta. Lo cual daba pie a enunciados de este tipo: teniendo en cuenta que la página cuatro empezó a escribirse a las seis, a la hora del té, que la página doce se terminó una hora antes y que una página se traspapeló sin llegar a ser numerada, ¿a qué hora se escribió la página nueve y cuál es la página que falta? (Marguerite tenía un don para resolver acertijos insolubles). Victor invertía los folios, falseaba su paginación y aludía con frecuencia a partes de la carta que aún no había escrito, recordando en la página cinco un comentario que no haría hasta la veintidós, lo que implicaba cierto grado de premeditación –en unas cartas absolutamente caóticas, por otro lado– o nuevas alteraciones de la paginación, a menos que el tiempo de las cartas no respondiera a la cronología unidireccional que nos es habitual, sino a la eternidad, es decir, a la percepción simultánea de todos los instantes temporales, semejante a la visión espacial que puede abarcar de una mirada varios puntos del espacio. Mediante todas estas artimañas, Victor se arrogaba ese privilegio, característico de Dios, que le permitió a Boecio negar la predeterminación en la cárcel romana donde aguardaba su ejecución (circunstancia muy propicia a las reflexiones sobre el azar y la necesidad). Ponía todo su esmero en la presentación visual de sus cartas, en los cambios imprevistos de la letra, los espacios irregulares entre líneas y la curva descendente de los renglones, buscando paralelismos con la frase en cursiva de aquel sueño de su infancia, haciendo de sus cartas el lugar de un secreto cuyo contenido manifiesto consistía en la exposición del procedimiento que lo desvelaba. Fue así como llegó a ocultarle ciertas partes de su correspondencia, sistematizando esa crueldad que todos cometemos sin darnos cuenta y sin que se dé cuenta el destinatario que la padece, cuando tachamos una palabra desafortunada, hurtando así a su mirada un fragmento de nuestro pensamiento, aunque sea para no repetir una palabra, por un prurito de estilo que también puede ser una información preciosa. Cuando hubo establecido que las huellas que dejaba no bastaban para que Marguerite pudiera seguirle la pista, procedió a suprimir algunas de ellas, persuadido de que sería mayor el valor expresivo de la censura que el de los pasajes censurados. Empezó por tachar minuciosamente frases enteras, escogiendo el contexto de esas tachaduras para que Marguerite pudiera deducir, a partir de la frase anterior, que podía ser el principio de un razonamiento, si la parte eliminada era importante o no. Suprimía páginas, numeradas o no, y otras las emborronaba por completo. En otras superponía el contenido de tres o cuatro hojas, cuidando de no escribir entre líneas. Con frecuencia escribía cartas que acababan siendo dibujos o más bien un barullo de trazos enmarañados, cada vez más prietos, o de líneas curvas que no se intersecaban y velaban por completo el texto que acababa de escribir. Y cada vez le pedía a Marguerite detalles sobre el proceso, al término del cual recibía aquellos palimpsestos. Escribía: «El secreto está ahí, en la página doce, acabo de escribirlo con absoluta claridad, sin andarme por las ramas, sin evasivas, soy yo quien lo ha escrito y no quien bromea, allí queda dicho todo lo que hay que decir, la verdad sobre Surabaya, sobre mis cartas, sobre nosotros, digo incluso dónde nos conocimos, allí están las palabras que dan cuenta de todo ello, las palabras que siempre he eludido u ocultado. Están escritas en la página doce, las puedo leer y, si estuvieras aquí, también podrías leerlas tú y saberlo todo. Ahora las voy a tachar y no podrás leerlas. Te habría bastado con estar aquí –emborronaba completamente la parte inferior de la página–. Aún podrías leer algo, la parte superior de la página sigue intacta, pero no por mucho tiempo. Pronto la emborronaré de arriba abajo...». Y eso hacía, con lo que Marguerite nunca llegaba a leerla, pero sabía que eso era lo que se escondía tras la muralla de rayones furiosos o meticulosos que raspaban el fino papel de carta, *by air mail*, hasta atravesarlo.

En una de sus cartas la sometió a una prueba similar, de la que al final él mismo tuvo que zafarse. Al pie de una página le anunció que en la siguiente le revelaría aquella verdad suprema y que esta vez no la censuraría ni la cubriría de garabatos. Dejaría esa página, la treinta y dos, entre la treinta y uno y la treinta y tres, como correspondía. Pero le pedía que no la leyera, que se la saltara como una casilla del juego de la oca y pasara directamente a la página treinta y tres. Más tarde miraría el formidable fajo de cartas de Victor, amontonadas primero en una y luego en dos cajas de galletas inglesas, con tapas metálicas adornadas con unos carruajes en los que se arrellanaban señoras con crinolinas, miraría más tarde aquel fajo de cartas y sabría que esa página existía, que la tenía a su alcance, pero que le estaba vedada.

Marguerite le reprochó luego a Victor, con razón, el recurso facilón de escribir en el folio tabú las palabras «Lo has leído», argumentando que aquella falta de inventiva justificaba de antemano su desobediencia. Por otra parte, le felicitaba, pues si en lugar de salir del apuro con aquella chiquillada hubiera escrito realmente algo que ella no tenía derecho a leer

–pero, ¿qué?–, algo cuyo contenido justificaba la prohibición, ella habría reaccionado del mismo modo y, convencida de que había escrito lo que en efecto escribió, habría leído la página treinta y dos para sopesar luego el alcance de una falta que pasaba a ser grave, que era una violación de las reglas del juego. En tal caso, si emplazada ante aquel imperativo justificado hubiera hecho trampas, habría tenido que renunciar, romper en pedazos la siguiente carta de Victor y no volver a escribirle. Victor, por su parte, se habría visto forzado al mismo extremo si ella hubiera cumplido sus órdenes y, al no leer la página treinta y dos, hubiera hecho irreparable un farol venial, por la sola razón de que la responsabilidad era compartida. Así que le agradecía a Victor que hubiera jugado sucio y él le agradeció a ella que hubiera hecho trampas. Para celebrarlo, Victor no volvió a las andadas. Feliz de haber llegado naturalmente a un acuerdo similar al postulado por los economistas clásicos, en un mercado donde cada individuo persigue intereses divergentes cuya suma tiende a satisfacer el interés general, y un tanto avergonzado, con la sensación de haber pifiado una ofensiva de lo más chapucera, regresó a sus garabatos, sus páginas arrancadas, sus fechas contradictorias y las palinodias varias de su informe de salud mental.

A medida que se prolongaba su estancia en Surabaya, Victor fue confirmando las intuiciones que le habían provocado los tráilers que precedieron a su partida y la conversación con el notario, cuyas muletillas eran el subproducto de un plan de subversión mental urdido por la ciudad misma. La atmósfera de Surabaya lo envolvía, lo atrapaba. Y aunque sabía que el sortilegio era de carácter estrictamente personal, fruto del trabajo de su sola inteligencia, y que a la postre era él, para Marguerite, o más bien ambos al unísono quienes decretaban todos aquellos misterios, Victor advertía, si no la degradación, sí al menos la transformación acelerada de su universo mental, como si esta se produjera en contra de su voluntad, por iniciativa de algún poder extraño que trasteaba con él en la sombra y, sin que se diera cuenta, manipulaba sus neuronas de tal manera que una ciudad industrial de Indonesia se le antojaba una ciudad maldita, y sus conocidos, verdugos en potencia que ocultaban bajo su apariencia pánfila o bonachona una malignidad alerta, y una actividad tan banal como la de cartearse con su novia se convertía en una carrera armamentística retórica en la que el menor acontecimiento externo, con sus infinitas repercusiones, era un pretexto para reforzar sus posiciones.

Desde el día en que la colonia trasladó la fiesta a su casa, interrumpiendo en seco una de sus crisis depresivas, desde que, desde el fondo de su bañera, había oído retumbar en su cerebro los pasos de Gérard, el alma de la fiesta, desde que los botes y los felpudos afloraron a la superficie de su cháchara y escuchó sus curiosos lamentos fúnebres, el desprecio inicial que profesaba a los franceses de Surabaya se había ido revistiendo de una desazón que él alimentaba con esmero.

No tardó en percatarse de que la colonia le brindaba un material extraordinario para la fabulación. Al principio, a falta de datos concretos, se contentó con atribuirle conspiraciones más o menos vagas. Y como también carecía de imaginación, sus esbozos bebían fundamentalmente de un cómic para adultos titulado *Jungla*, que era el nombre de su atlética y sensual heroína, una hija de la selva que vestía siempre un taparrabos microscópico y gastaba una larga melena rubia que se echaba hacia atrás –revelando de paso sus pechos– en las pocas y breves treguas que le concedía su perpetua lucha contra el Mal.

Una noche, en la granja de Drôme donde, como veremos, los visitó el hombrecillo de las gorras que habría de armarlos peones camineros, Victor y Marguerite leyeron aquel cómic de dibujos toscos que habían encontrado en el quiosco del pueblo y, como los lectores concienzudos que eran, se identificaron de inmediato con los personajes, repartiéndose los papeles de los dos protagonistas.

El otro era un agente del FBI destinado a Latinoamérica para investigar las actividades de ciertos hombres de negocios, antiguos nazis clavaditos al doctor Mengele que habían ido a ocultarse en aquel agujero, en el corazón de un país lo bastante pobre y superpoblado como para que las desapariciones apenas se advirtieran y sus secuaces, unos chicanos de navaja fácil, pudieran noquear de vez en cuando en un callejón a un mendigo o una prostituta que les servían luego de cobayas en sus laboratorios clandestinos.

Las cosas se torcían enseguida. El agente del FBI caía en sus garras y recobraba el conocimiento atado a una butaca en una habitación alicatada de blanco. Uno de los villanos, fiel al rito que asocia ese gesto al personaje del científico loco, llenaba entonces una jeringuilla y la alzaba a la altura de sus gafas de montura dorada, haciéndola relucir mientras sonreía y le aseguraba a su víctima, con fuerte acento alemán, que no sería más que un mal trago pasajero. De todo ello Jungla se enteraba gracias a sus dotes telepáticas. Aunque era la protagonista de la serie, en realidad solo intervenía al final de cada episodio, para desfacer el entuerto y dejar escapar a alguno de los genios del mal que aparecería en la siguiente entrega. De modo que la heroína era ella, pero el que más salía era el agente del FBI, desde cuyo punto de vista se narraba la aventura.

En todo caso, en el episodio que leyeron juntos Jungla llegaba justo a tiempo, rescataba al imprudente joven y le hacía el amor: una escena conmovedora, eco exaltado de la otra escena erótica, hacia la mitad del cómic, en la que un jorobado, criado del científico loco, violaba a una joven indígena que tenía en su custodia y que acababa hecha unos zorros. En el ejemplar de segunda mano que leían, los pezones de la pobre desgraciada habían sido coloreados con un rotulador rosa, al igual que los de Jungla, cuya figura, dicho sea de paso, recordaba bastante a la de Marguerite.

En el reverso del cómic –el único de la serie que pudieron conseguir– se anunciaba el siguiente episodio. En el dibujo aparecía Jungla, con su melena y su taparrabos de rigor, colándose por la ventana entreabierta de la habitación donde se encontraba el agente del FBI, atado de nuevo a una butaca. Muda, la imagen sugería que los guionistas no se habían roto

los cuernos y, salvo por unas pocas variaciones –que el recla-
mo no se molestaba en poner de relieve–, el episodio era una
copia descarada del que el lector acababa de terminar. El título, sin embargo, arrojaba una luz inquietante sobre aquel cal-
co desvergonzado: el episodio anunciado se titulaba *La falsa
Jungla*.

«¿Saldrá nuestro héroe con vida de Surabaya?», escribió
Victor. «¿Llegará Jungla a tiempo?»

«Y ¿será la verdadera Jungla?», respondió Marguerite.

A la espera de aquella nueva entrega y su nueva fuente de
terror, Victor, guionista mucho menos desenvuelto que el del
cómic, hizo lo que pudo por precisar la amenaza que se cernía
sobre él. Sus aventuras en la carretera le fueron de mucha
ayuda.

FELPUDOS DE BOTE

Durante la fiesta carnavalesca, y pese a que Victor no se lo pidió en ningún momento, P.-T. le prometió llevarlo a observar sobre el terreno las grandes obras de construcción de carreteras que justificaban la presencia de la colonia en Surabaya. Al cabo de una semana pasó a recogerlo a primera hora de la mañana y, en su potente coche americano, salieron de la ciudad en dirección al este de Java.

Circularon varias horas sin salvar mucha distancia, pues tanto el estado de las carreteras como la caótica trabazón del tráfico en Indonesia impedían superar los cincuenta kilómetros por hora con buen tiempo, y se encontraban para colmo en plena estación de lluvias. En cuanto dejaron atrás las últimas barriadas del extrarradio de Surabaya y salieron al campo –que solo se distinguía de la aglomeración urbana en un leve descenso de la densidad de población– se encontraron una carretera inundada y todavía más traicionera.

Victor se quedó asombrado de la sangre fría y la destreza al volante que demostró su compañero, que esquivaba baches gigantescos cubiertos de agua y por tanto invisibles, entre peatones, bicicletas y *rickshaws* que surgían repentinamente de la cortina de lluvia pocos metros antes de que el coche se los llevara por delante. P.-T. siempre conseguía sortearlos y hacerse a un lado en el momento oportuno, como cuando se toparon de cara con dos autobuses lanzados a toda velocidad, que ocupaban todo el firme de la calzada. En Java, cuando un autobús se encuentra con otro, aunque no cubran la misma línea, es habitual que uno de los conductores le lance al otro, mediante un gesto ritual, un desafío que este acepta indefectiblemente. Desentendiéndose al menos de una de sus rutas, los dos autobuses abarrotados se sitúan uno al lado de otro y, a la señal, da comienzo la carrera. La mayoría de las carreteras javanesas no son lo bastante anchas para dar cabida a dos autobuses circulando en paralelo, con lo que ambos suelen tener dos ruedas en la cuneta y, ni qué decir tiene, no queda espacio para ningún otro vehículo. Encontrarse por el camino con una carrera de autobuses es una situación sumamente peligrosa, pues es sabido que ninguno de los contrincantes se detendrá ni se desviará de su carril bajo ningún concepto, que ambos pisarán a fondo el acelerador, animados por sus respectivos pasajeros, que se excitan mucho y hacen apuestas y abuchean a su conductor si se deja adelantar. La única carta que les queda a los vehículos que tienen la desgracia de ocupar la calzada en ese momento, su única posibilidad de escapar a una colisión fatal, es oír con la suficiente antelación los bocinazos frenéticos con que los autobuses anuncian su paso. En dos ocasiones, aquellos aullidos ininterrumpidos –los conductores bloquean el claxon durante la carrera– le permitieron a P.-T. demostrar su experiencia, dando un volantazo que sacó el coche de la calzada en ángulo recto, sin parar mientes en lo que había al lado de la carretera, que en el mejor de los casos podía ser una extensión de grava, pero también campos de cultivo, zanjas o casas particulares.

Sin acabar de entender cómo se las arreglaba, pues el parabrisas se había convertido en una superficie opaca y chorreante y las escobillas solo provocaban remolinos sin mejorar en absoluto la visibilidad, Victor se sentía seguro, confiado incluso, al ver conducir a P.-T., lo que le llevó a suponer que este desempeñaba un papel particular en los tejemanejes de la colonia. A juzgar también por las vejaciones constantes de las que era objeto, y aunque estuviera perfectamente integrado en el grupo, P.-T. se le antojaba una de esas personas maleables que acaban tomando parte en empresas criminales contra su voluntad, más por miedo que por convicción, y que están dispuestas a cambiar de bando si se presenta la ocasión. En suma, vio en él un aliado potencial. O eso le pareció. Tampoco era cosa de hacerse ilusiones: no podía descartar que al ganarse la confianza de Victor, P.-T. se estuviera ciñendo a un plan preciso y contribuyera así a su ruina con un poco más de sutileza que sus compinches. Pese a la tentación, pues, Victor no bajó la guardia.

Después de unas tres horas de viaje se detuvieron en una pequeña ciudad y recorrieron sus calles embarradas hasta llegar a un hotel relativamente lujoso. En el bar les esperaban dos chinos, que recibieron a P.-T. con amistosas palmadas en la espalda y afirmaron estar encantados de conocer a Victor. Durante la comida en el restaurante desierto del hotel hablaron de las obras y los problemas de equipamiento. Victor, que en teoría tenía voz y voto en la discusión, se mostró de acuerdo con todo lo que dijeron, tomó notas en la pequeña agenda que uno de los chinos acababa de regalarle y los complació a todos asegurándoles que, tan pronto regresara a Surabaya, enviaría un télex a París para averiguar cómo podían salir del atolladero.

Después de los cafés volvieron al coche para ir a visitar la obra *in situ*, es decir, a la salida de la ciudad, en una carretera idéntica a la que habían tomado para llegar hasta allí, salvo porque a lo largo de varios centenares de metros estaba flanqueada por dos zanjas paralelas donde se afanaban los obreros, protegidos del tráfico por sendas barreras, entre las que podían pasar los coches. La idea era ensanchar considerablemente la calzada, pero las obras la habían hecho aún más angosta, con lo que se había optado por un sistema de sentido único alterno.

Cada media hora, como le explicó a Victor el chino que le había regalado la agenda, la prioridad cambiaba, y en cada extremo del tramo en obras, un hombre equipado con una banderola hacía pasar a la fila de coches que correspondía o detenía a la que tenía que esperar. Esa era la teoría, en todo caso. Por desgracia, la carretera tampoco era muy ancha fuera del tramo en obras –ese era, de hecho, el motivo por el que se habían emprendido– y al salir del tramo de sentido único, los coches se topaban de cara con la fila de coches que esperaba, alineada de mala manera, pese a los esfuerzos del tipo de la banderola. Así las cosas, tanto en el cuello de botella como en los dos extremos, donde la calzada no era lo bastante ancha, el atasco era crónico e inextricable. Cuando llegaron Victor y sus compañeros, ambas filas llevaban varias horas esperando a ejercer su derecho de paso. En cuanto a los coches que, antes de que el atasco se inmovilizara del todo, habían podido meterse en el paso estrecho delimitado por las barreras, muchos de sus conductores se habían largado, en parte porque parecía casi seguro que ninguna medida podría solventar el problema y en parte porque al hacerlo reducían aún más las posibilidades de éxito de cualquier medida que se tomara, lo cual garantizaba la estabilidad del embotellamiento y les persuadía de que no arriesgaban nada marchándose: nadie podría robarles sus vehículos, cuyas llaves de contacto habían tenido además el buen sentido de llevarse. Fueron tantos los que optaron por desertar que a la postre fue lo que hicieron todos, con lo que a media tarde el tramo de sentido único se había convertido en un aparcamiento, con la particularidad de que a ambas entradas –o salidas, ya nadie podía estar seguro– dos caos automovilísticos simétricos se entregaban a un concierto de bocinazos incesantes que no requería el menor esfuerzo ni acto

de presencia alguno, porque, como los conductores de autobuses, los propietarios de los coches de ambas colas habían
bloqueado el pulsador del claxon antes de irse.

La situación, que asustó un poco a Victor, apenas llamó
la atención de P.-T. y los chinos, que estaban acostumbrados
y no veían motivo para remediarla, mientras no interfiriera
con las obras. La cuestión solo se plantearía cuando los trabajos se desplazasen a lo largo de la carretera y hubiera que tras-
ladar con ellos el embotellamiento.

Victor bajó a las zanjas, volvió a escuchar las explicaciones técnicas que P.-T. le gritaba al oído, a pleno pulmón, para
hacerse oír entre el estruendo de las bocinas, y en algún momento dio esquinazo a sus cicerones para pasearse por aquel
corredor de carracas abandonadas como por el vientre de un
ferry, cuyos vehículos parecen tan perfectamente encajados
que es impensable que ninguno de ellos vaya a poder salir.

Así transcurrió la tarde y al caer la noche volvieron al
hotel. Después de cenar, P.-T. le dijo que iba a tener que
quedarse un día más para hablar con un ingeniero que aún no
había llegado, y le ofreció a Victor su coche para volver a Surabaya por la mañana o –como le aconsejó– darse una vuelta
por la región. Victor, que desde su llegada a Indonesia no
había hecho ni un solo día de turismo, se inclinó por la segunda opción.

P.-T. fue a buscar a su habitación un mapa de Java Oriental que desplegaron sobre la mesa y examinaron mientras bebían vino de arroz. La lluvia crepitaba en el tejado de la
veranda y el jardín del hotel no era más que un magma ne-
gruzco en el que de vez en cuando, pese a que no había un
soplo de viento, las hojas de los árboles producían un zumbido de insectos, breve y violento, como una sacudida nerviosa.
P.-T. le indicó en el mapa varios templos diseminados por la
región. Uno de ellos era famoso porque estaba invadido por
cientos de monos que brincaban por las piedras, increpando

111

a los regocijados turistas. Le recomendó que se dirigiera a la costa y no dejara de visitar una playa de fácil acceso, con una pequeña isla enfrente a la que se podía llegar en barca y que contaba con otra playa orientada a mar abierto. «Maravillosa –le aseguró–, pero ni se te ocurra bañarte en ella.» La playa, y por extensión la isla, llevaba el nombre colectivo de los catorce karatecas cuya muerte en sus aguas formaba parte de la leyenda local. Una mañana, hacía unos años, un bañista imprudente se dejó arrastrar por un remolino a poca distancia de la orilla. Aquel día, catorce karatecas de Jogyakarta, todos jóvenes y atléticos, se entrenaban en la playa. Al ver al bañista en apuros, los catorce formaron una cadena humana agarrándose por las muñecas y, unidos de este modo, se lanzaron al mar para socorrer al pobre desgraciado. El más fuerte de todos, su gurú, se cogió al saliente de una roca para tener un asidero en tierra firme. Ninguno de ellos flaqueó, pese a la fuerza de la corriente que los arrastraba hacia el remolino. Ninguno se soltó, pero la roca que los amarraba se desprendió y, succionados de golpe, los catorce karatecas fueron engullidos por las aguas.

A la mañana siguiente, Victor dejó a P.-T. cerca de las obras y enfiló por una pequeña carretera que llegaba hasta el mar, siguiendo la ruta recomendada por su compañero de viaje. El templo de los monos quedaba de camino y allí se detuvo, pero no vio ningún mono. El joven en *sarong* que cobraba entradas le dijo que se habían ido a comer. Victor no insistió y, al cabo de media hora, llegó a la primera playa, con sus arenas blancas a la sombra de los cocoteros. Enfrente, el perfil de la isla destacaba contra un cielo de un intenso y provisional azul.

Se acercó a un puesto donde una anciana risueña vendía bebidas y se sentó a tomarse el té en un banco, de cara al mar.

Un viejo igual de risueño, con los dientes rojos de betel, se sentó a su lado, le preguntó de dónde venía y adónde iba y, al ver que Victor no tenía muy claro el segundo punto, se ofreció a llevarlo a la isla. Ya puestos, pensó Victor, ¿por qué no?

La travesía no fue larga y, aunque no entendió todo lo que el viejo le contó entre risas, salió razonablemente airoso de la conversación. Se enteró de que la isla estaba deshabitada, pero los domingos solía llenarse de familias de la ciudad donde Victor había pasado la noche, que iban allí a bañarse. Por el lado interior, claro. Le preguntó si no había playas orientadas a mar abierto para que le contara la historia de los catorce karatecas, que entendió a la perfección porque ya la conocía. Se decía además, según le dijo, que la parte de la isla donde se había producido el accidente estaba embrujada. Nadie se atrevía a adentrarse en ella.

Después de ayudar al barquero a varar el bote en una playa casi idéntica a aquella de la que habían zarpado, le pidió que le esperara. El tipo se recostó en la barca, sacó un Lucky Strike del paquete que Victor le había dado y, sonriendo como un bendito, le dijo que no tenía ninguna prisa.

Mientras se alejaba de la playa por un sendero muy mal señalizado, la sensación de estar completamente solo le produjo a Victor un placer casi físico. Rara vez se encontraba uno a solas en Java. Podía estarlo en su casa, como mucho, pero el ajetreo de la ciudad penetraba en ella a todas horas del día y la noche y nunca dejaban de oírse las conversaciones, los gritos y las risas de la calle. En cuanto al campo, no estaba mucho menos poblado ni era menos ruidoso que la ciudad. En todas partes se veía uno rodeado de gente que lo abordaba y lo tocaba. La carretera que llevaba a la costa le pareció ya más tranquila y no encontraba otra explicación para la leve euforia, casi danzante, que se había adueñado de él y crecía a medida que se alejaba del atasco monstruoso junto al que había dejado a P.-T. En la playa donde el viejo barquero le había

113

ofrecido sus servicios solo estaban él, su mujer –si es que era su mujer– y unos cuantos críos un poco más allá, que lo saludaron con un «Hellomister» distraído, sin acercarse siquiera, además de una camioneta y dos motos aparcadas junto al puesto de bebidas y cuyos propietarios no había visto. Y el barquero le había asegurado que aquel día no había llevado a nadie más a la isla.

Más tarde, en Biarritz, cuya población es mucho menos densa, experimentaría la misma sensación al deambular por las calles desiertas a primera hora de la tarde de un domingo. La gente había salido de misa un poco antes y las familias se agolpaban en las pastelerías, que cerraban a la una, para comprar los dulces de la comida dominical: *babas, religieuses, coups de soleil...* A esas horas, en las casas con las persianas entornadas estaban acabando de comer y se preparaban para la siesta. Le llegaban los ruidos de las mesas que se recogían, de los cubiertos que se guardaban en los cajones y, si aguzaba el oído, el frufrú de las servilletas que pasaban por los manteles para quitar las migas. Victor caminaba solo, sin hacer más ruido que el de la fricción de sus alpargatas en el asfalto. Marguerite no estaba con él, sin duda andaba ya conspirando contra él. En la ciudad silenciosa, soleada y aletargada, solo había un comercio inexplicablemente abierto: una peluquería. Se detuvo ante el escaparate, adornado con grandes fotografías en blanco y negro de damas y caballeros con unos cortes de pelo impecables, ensortijados, ondulados, moldeados. Uno de los modelos guardaba un parecido asombroso con P.-T., que había muerto hacía meses. Victor apartó la cortinilla de correas de plástico multicolores que hacía las veces de puerta. No había nadie en la peluquería, pero las luces estaban encendidas y vio un peinador rosa sobre el brazo de una de las cuatro butacas. Peines, tijeras y un secador yacían sobre el tocador, coronado por un espejo que ocupaba todo el ancho de la pared. Era como si acabaran de salir corriendo del local, en el que flotaba un olor dulzón a laca y lociones que permaneció en sus fosas nasales varios minutos después de haberse alejado de allí.

Estaba ya muy cerca de la biblioteca.

Decidió dar la vuelta a la isla. Era una costumbre que tenía muy arraigada, como si la condición insular misma, que delimitaba con claridad el territorio por explorar, fuera una invitación a dar un paseo que de otro modo no hubiera emprendido. Su pobre sentido de la orientación se veía agravado por un sentido absolutamente nulo de las distancias. Pero el primero no es indispensable para darle la vuelta a una isla, pues en principio basta con bordear la costa para volver al punto de partida. El segundo, en cambio, le habría llevado a extender ese mismo principio a las dimensiones del planeta, que presenta la misma redondez, y a decidir, por ejemplo, con toda su buena fe, nada más desembarcar en Inglaterra, efectuar antes de la cena esa vuelta de inspección, a cuyo regreso podría estudiar con ojo experto el mapa de la isla desplegado sobre las rodillas, como el marino que, inmerso en las cartas de navegación que señalan cierto arrecife peligroso en un paso del Caribe, piensa que le faltó allí muy poco para irse a pique.

Dar la vuelta a la isla de los catorce karatecas no era, en teoría, una empresa tan descabellada. Dadas sus dimensiones, dos horas debían bastar, sobre todo si el camino de circunvalación que había tomado no se interrumpía. Suponía que en algún momento llegaría al centro de la isla, como suele suceder, y atravesaría su espina dorsal, desde la que podrían observarse las dos vertientes, metáfora topográfica concebible por la estrechez de la isla, pero improbable por su escaso desnivel.

Al cabo de diez minutos, un talud le ocultó el mar, que no volvió a ver, aunque no podía estar muy lejos: según el mapa que le había enseñado P.-T., ningún punto de la isla distaba del agua más de dos kilómetros, a todo tirar. Aun así, tras una hora de camino seguía teniendo la impresión, fuera esta engañosa o no, de estar adentrándose en la isla, como si al alejarse del litoral, que constituía el armazón estable de la isla y permitía contener sus misterios y darles una configuración geográfica, su interior estuviera sujeto a las más caprichosas transformaciones y se dilatara de tal manera que uno podía caminar en línea recta durante meses antes de llegar al litoral opuesto, que oficialmente se encontraba a escasa distancia del punto de partida. La playa de los catorce karatecas estaba muy bien protegida, pensó.

Llevaba ya un rato caminando por una especie de sotobosque cuando el sendero desembocó en un calvero. Fue entonces cuando vio las carreteras.

Se encontraba al borde de un gran claro pedregoso, sin un solo arbusto, formado por una sucesión de montículos que debían de ocupar una superficie total de seis o siete hectáreas, delimitada por montes bajos similares al que acababa de cruzar, y más o menos circular, por lo que pudo observar desde la cima de uno de los montículos. El claro estaba completa y uniformemente surcado de carreteras, que no estaban asfaltadas, pero tampoco eran de grava. Tenían la anchura de la apisonadora que debieron de utilizar para alisarlas. Por donde esta había pasado no quedaba el menor accidente en el terreno.

Lo que más le sorprendió fue su trazado, que respondía a dos patrones muy distintos. Por un lado, había una red rectilínea de carreteras que se entrecruzaban en ángulos rectos, dibujando una serie de escaques de unos treinta metros de lado. A esa red se superponía otra de curvas caprichosas y caóticas, que no parecían obedecer a ningún diseño preciso y estropeaban el efecto de austera armonía de las líneas rectas, intersecando con ellas de forma irregular. El conjunto producía el efecto de una cuadrícula sobria y funcional sobre la que hubieran dibujado un garabato incomprensible. O viceversa, claro, pues nada indicaba que una de las dos redes fuera más reciente que la otra. De hecho, parecían construidas al mismo tiempo o, cuando menos, con la misma maquinaria, pues las curvas y las rectas tenían la misma anchura. Además, las carreteras ocupaban toda la superficie del calvero, cortando sus pliegues y repliegues con su profunda entalladura, y cuando cruzaban la ladera de un montículo se ajustaban a su pendiente, lo que en la práctica las hacía intransitables. Sometidas como estaban al azar del relieve –si es que era de veras un azar, pues la sucesión de montículos parecía demasiado regular para no responder a un plan trazado de antemano–, aquella red de carreteras, que había debido exigir unas obras costosísimas, difícilmente podía servir para otra cosa que la caza del dahu, ese animal con las dos patas de un lado más cortas que las del otro y capaz de correr por las pendientes siguiendo su perpendicular.

Su utilidad era un misterio. Desde luego, no eran carreteras ordinarias que comunicaran dos lugares concurridos para mayor comodidad de los viajeros. A lo sumo podrían albergar alguna clase de maniobras militares, como las que seguramente realizaba la Marina de Nimes. O quizá era uno de esos lugares de culto, como los campos de menhires de Stonehenge, cuya topografía parece expresar simbólicamente un sistema religioso poco conocido que intentamos comprender precisamente a partir de esa misma topografía, en un círculo cerrado que da margen a casi cualquier hipótesis. Nada impedía suponer, por ejemplo, que aquellas carreteras fueran un monumento consagrado a la memoria de los catorce karatecas, para exorcizar sus posibles apariciones póstumas proporcionándoles un circuito donde pudieran ejercitarse a sus anchas sin molestar a los bañistas del otro lado de la isla. O, como concluyó Victor al término de una ilación de pensamientos fúnebres, un terreno acondicionado por la colonia francesa para acoger a los muertos que trataban de resucitar en sus laboratorios de Surabaya –aún no sabía nada de Biarritz ni de la clínica del doctor Carène– antes de despacharlos a esa reserva de zombis a la que vendrían –o quizá venían ya– de visita para honrarlos y pasar fines de semana clandestinos en compañía de sus familias, por fin unidas y completas.

Tales conjeturas, y en especial la última, le inspiraron la sensación de allanamiento que produce el hallazgo de un lugar deliberadamente apartado donde se desarrollan, al amparo de la superstición, actividades que el público debe ignorar. Lo esencial, de eso estaba seguro, no era tanto la función de aquellas carreteras como la prohibición de estar ahí y haberlas visto. Desde lo alto de uno de los montículos, con un pie en una recta y el otro en una curva que allí se cruzaban, Victor se vio inmerso en uno de esos cómics de aventuras como el de Jungla, cuya última página, dividida en viñetas regulares y apretadas, termina con la imagen del héroe, al que una aspillera, una cerradura o un hueco en la vegetación revela un espectáculo prohibido que el número siguiente, publicado una semana más tarde, revelará a su vez al lector. (Y quizá fue con la intención de frustrar al lector de esa revelación diferida que Victor emborronó de arriba abajo el informe que le envió a Marguerite poco después.) En cualquier caso, es obvio que en cuanto se le revela el secreto, el héroe sabe demasiado, que hay poderes fácticos interesados en que no vea nada o, si no han podido impedírselo, en que no lo pueda contar. Otros fisgones han muerto por esa razón antes que él. Los señores de las carreteras no los han dejado escapar.

Ya que estaba, se paseó un rato por aquel laberinto a ras de suelo. Y fue allí donde lo sorprendió el chaparrón. Tardó un cuarto de hora en volver corriendo a la playa, donde el

118

viejo barquero, recostado aún en su bote, se había cubierto la cabeza con un felpudo que se ofreció amablemente a compartir con él durante la travesía de regreso. Entre risas, Victor le preguntó de dónde había sacado aquel paraguas improvisado. El otro, riendo a su vez, le dijo que lo había recogido en la playa mientras esperaba. Parecía encantado con su hallazgo, bajo el que los dos se resguardaron de la lluvia. Con un punto de estupor, Victor se fijó en que el rectángulo de felpa amarillenta tenía un ribete verde y cuatro letras en el centro, tres de ellas mayúsculas: Dr. R. C. Victor no había visto nunca en Indonesia aquel tipo de alfombrilla, que se encuentran a menudo ante las puertas de entrada europeas y en las que dentistas y médicos acostumbran a estampar sus iniciales. Aunque no fuera un felpudo de bote propiamente dicho, no pudo evitar ver en él un signo inequívoco del vínculo que existía entre la colonia francesa y el misterio de la isla de los catorce karatecas. Cuando interrogó al barquero y le describió lo que había visto, el hombre soltó una carcajada. Debía de sospechar que el extranjero se había tomado alguna seta alucinógena, como las que suelen servirse, cocinadas en tortillas, en muchos chiringuitos de playa javaneses. Era probable que la anciana del puesto de bebidas también las vendiera.

A media tarde, de vuelta en el hotel, después de darse un baño y cambiarse de ropa, le escribió una carta a Marguerite. Se propuso contarle lo sucedido, sin florituras, pero el resultado fue el relato entre insulso y fantástico de una experiencia que lo desconcertaba, no solo porque era desconcertante en sí misma –aunque tuviera explicación: para encontrarla habría tenido que ahondar un poco más–, sino porque no veía la forma de sacarle el jugo. Después de tirar a la papelera dos o tres borradores fallidos, arrancó unas cuantas páginas de la pequeña agenda que el chino le había regalado la víspera y que llevaba encima, en el bolsillo del pecho de la camisa. La lluvia había deformado y pegado sus finísimas hojas, sobre las que se había corrido la tinta de las letras de imprenta que componían las cifras y las letras de cada fecha.

Empezó adoptando el tono de paroxística resignación del náufrago que lanza su mensaje al mar en una botella. Dudaba mucho que la carta llegara a su destinataria y, si por algún milagro la recibía, tampoco serviría de nada. Teorizar sobre los posibles despachos de aquel SOS no valía la pena, pues una vez ensobrado y franqueado, lo enviaría esa misma tarde desde un pueblo de Java Oriental fácilmente identificable. Aprovechando además que la carta no había hecho más que empezar, se contentó con referirle lo mucho que le había costado encontrar papel y lápiz –lo había elegido muy corto, para que se le agotara pronto la mina– y el miedo que tenía de que lo pillaran con las manos en la masa, garabateando su mensaje a escondidas. La inutilidad de la empresa era palmaria, por lo demás, pues no sabía cómo se las arreglaría para enviar la carta, si es que llegaba a terminarla. La cuestión quedó sin respuesta y la carta, inconclusa. No le daba su paradero ni cómo había llegado hasta allí, como si en su aturdimiento le pareciera un dato demasiado obvio. De hecho, dedicó el grueso de aquella misiva azorada a asegurarle a Marguerite que nunca la recibiría, que no la estaba leyendo, que jamás la leería nadie y, en fin, que la cosa no tenía arreglo.

La vaga información que deslizó entre sus lamentaciones aludía a las carreteras. Ahora era una criatura de las carreteras, le decía. Por siempre jamás estaría en las carreteras, estaba haciendo carretera, sus manos y todo su cuerpo no eran más que una llaga unida a las carreteras, empecinada en trazarlas, en apisonar esas carreteras que, por supuesto, se iban deshaciendo a su paso. Los guardianes de las carreteras, los catorce karatecas, velaban por él y por los suyos. Nadie escapaba a las carreteras. Los incautos viajeros que cruzaban la frontera tras la que solo había carreteras no regresaban jamás... Por otro lado, ¿adónde podían regresar? Más allá, todo desaparecía.

Ahí habían de permanecer hasta su muerte, si es que uno moría en las carreteras, si es que cabía esperar morir en ellas. El mundo anterior dejaba allí de existir. ¿Había existido alguna vez? ¿No sería solo el sueño que se repetían los moradores de las carreteras para aliviar sus padecimientos? Eso se lo escribía a Marguerite, aunque sabía perfectamente que Marguerite no existía en ninguna parte, que no había otra realidad que las carreteras, solo las leyendas que se contaban los hombres de las carreteras, aquellos ilotas abrasados por el sol, cuando los guardianes no miraban. Ni siquiera aquella carta existía. Papel, lápiz, palabras, ¿qué era todo eso? Para rematar el mensaje, entreveró su letanía de pequeños indicios que daban a entender que se encontraba preso en algún lugar, que lo tenían incomunicado y lo estaban volviendo loco metódicamente. Podía oír los gritos que se sucedían durante horas *en la habitación contigua*; ocultaba su pedazo de papel triturado y su lápiz menguante *entre el somier y el colchón*; equipaba a los vigilantes karatecas de batas blancas y jeringuillas.

Justo cuando escribía, con deliberada torpeza, «voy a», preguntándose qué podía inventar a continuación, P.-T. entró en el restaurante del hotel donde se alojaba. «Ah, así que estamos escribiendo», le dijo en tono jovial y se sentó a su lado. La interrupción le pareció a Victor muy oportuna para interrumpir también la redacción de su carta. No añadió ni una palabra, dejó la frase en el aire y, sin releer nada, metió las tres hojas arrancadas de la agenda en un sobre con el membrete del hotel. Luego, en un arranque de inspiración que habría que calificar de perversa, le tendió a P.-T. el sobre y le pidió que escribiera el nombre y la dirección. Se había torcido la muñeca, le dijo, y le dolía horrores sostener el bolígrafo. P.-T. se sorprendió un poco de aquel extraño pretexto –al fin y al cabo, Victor acababa de escribir toda una carta y bien podía anotar la dirección en el sobre–, pero accedió. La ventaja, a juicio de Victor, era doble. Por un lado, al introducir

121

aquella carta a lápiz apenas legible en el sobre de un gran hotel y escribir la dirección a boli y con una letra distinta –P.-T. era zurdo, para más inri–, le sugeriría a Marguerite que la carta había pasado por extraordinarias vicisitudes. Por otro, informaba a P.-T. de la existencia de Marguerite y suscitaba su curiosidad de forma gratuita, iniciativas ambas cuyas consecuencias ignoraba y que tomó por pura jactancia, sin ninguna razón de peso. Sea como fuera, la carta se expidió esa misma noche.

Durante el viaje de vuelta, en plena noche, P.-T. le preguntó a Victor cómo había ido su escapada turística. Victor le contó que había llegado hasta la isla de los catorce karatecas y, cómo no, creyó percibir en su interlocutor una neutralidad excesiva, como si contara con ello y no hubiera tenido ni arte ni parte. Los dos estaban en guardia.

Si, como suponía Victor, la isla era realmente el santuario de los cultos de la colonia francesa, ¿qué debía estar tramando P.-T. al incitarle a visitarla? ¿Le revelaba el secreto para llevarlo a la perdición o para captarlo, lo que a la postre podía tener el mismo resultado? En cualquier caso, ¿tenía el respaldo de la colonia o actuaba por su cuenta, traicionando a los suyos si era preciso? ¿Debía Victor sincerarse con él? Por otra parte, su silencio no tenía por qué ser una forma de ocultación: bien podía haber ido a la isla y no haber visto nada, contentándose con bañarse en la playa que daba al estrecho.

–¿Llegaste en barca? –le preguntó finalmente P.-T.

–Sí, me llevó un viejecillo que no paraba de reír. –Victor respiró hondo y se jugó el todo por el todo–: Me cobró ochocientas rupias.

Hubo un largo silencio y fue P.-T. quien lo rompió al fin, con la mirada fija en el parabrisas. Su voz le sonó a Victor muy remota y muy cansada, sin el menor rastro de jocosidad, en todo caso:

–Ya. Espero que no fueran rupias de pote.

Arreciaba ahora la tormenta, que se había desatado antes de ponerse en marcha. Hubo un nuevo silencio, durante el que pasó el ángel bromista y amenazador de Gérard, a quien Victor estaba cada vez más seguro de considerar el cabecilla de la banda. Tal vez se revolviera entonces en su cama, en algún lugar de Surabaya, agitado por una pesadilla: dos hombres, cuyos rostros le sonaban pero no conseguía identificar, hablaban en un coche que avanzaba de noche por una carretera anegada por la lluvia.

–No –dijo Victor–. En fin, no creo. Seguro que no.

Sorteó el obstáculo de un brinco y de nuevo se la jugó:

–Además, hoy en día nunca se sabe. Hay por ahí rubios morenotes y hasta felpudos de bote.

La risita forzada de Victor, con la que quiso dejar abierta la posibilidad de que lo hubiera dicho sin segundas, por puro cachondeo, no tuvo el menor eco en P.-T., que mantuvo los ojos clavados en la carretera, con sus charcos relucientes a la luz de los faros, y no dijo una palabra más hasta que llegaron a Surabaya.

Ya en Biarritz, cuando Victor terminó de contarle la historia de las carreteras, Marguerite frunció el ceño, corrió a la cocina para verter un poco de agua en la taza que usaba de cenicero, volvió al salón, agitó un poco la taza para asegurarse de que había suficiente líquido y, con un gesto airado, hundió en ella la colilla de su Marlboro: el chisporroteo la calmó.

–Menudo disparate –dijo–. Un disparate como una casa. ¿Y qué se supone que debo pensar de todo esto, dime?

–Nos las apañaremos –dijo Victor, despreocupado–. Ya verás.

Marguerite lo vio y se las apañó sin demora. Aquella misma noche –bien como represalia, para privar a Victor de su único aliado, bien para complicar aún más las cosas, bien para aclararlas un poco, de eso ya no podían estar seguros– se cargó al desdichado P.-T. y puso en circulación a su agente más fiable. Aquella doble jugada audaz, que Victor tenía bien merecida, como él mismo estaba dispuesto a admitir, precipitó la llegada de Marguerite a Surabaya, el regreso de ambos y, en última instancia, su rápida deriva hacia la biblioteca.

Tres días después, hojeando el *Surabaya Pos*, Victor fue a dar con la fotografía de P.-T. y supo de inmediato que estaba muerto. No sin cierta dificultad, leyó el artículo. En la carretera de Surabaya a la ciudad que había visitado con él, la colisión de dos vehículos se había cobrado dieciséis víctimas mortales: quince en uno de ellos y una en el otro. Solo esta última tenía el privilegio de una esquela detallada, en la que se ensalzaba la inestimable contribución del difunto a la renovación de la red viaria javanesa y se anunciaba que, a pesar de que sus restos mortales ya habían sido repatriados, sus colegas franceses e indonesios recibirían las condolencias –Victor se preguntaba de quién, pues P.-T. no conocía a nadie más en Surabaya– en un salón del hotel Bali aquel mismo día.

Victor fue para allá y en cuanto abrió la puerta acristalada que daba al salón que le habían indicado en recepción, un salón que no conocía –y que no pudo volver a encontrar durante sus posteriores exploraciones del hotel–, se detuvo en el umbral, paralizado por la multitud de espaldas que le obstruía el paso y por una voz femenina procedente del fondo de la sala.

Aunque no pudo identificarla, reconoció aquella voz almibarada, melindrosa, que escandía cada serie de cuatro o cinco sílabas pronunciando la última en un registro más agudo, sin parar mientes en las palabras que iban componiendo ni en su significado.

Nadie reparó en Victor, que pasó sus buenos treinta segundos con la mano en el picaporte, escuchando aquella voz y tratando de explicarse a sí mismo el asombro en que lo había sumido.

En primer lugar, la conocía: de eso estaba seguro. En segundo lugar, conocía la voz, pero no a su titular. De eso también estaba seguro y pudo verificarlo cuando Michèle, la señora para la que el denominador común de las señoritas de Rochefort y los paraguas de Cherburgo eran las carreteras, reparó en su presencia, se hizo a un lado, lo recibió con visible turbación, agradeciéndole en un susurro que hubiera tenido el detalle de venir, y Victor pudo ver por encima de su hombro, apoltronada en un sillón y rodeada de un nutrido corrillo, a una asiática corpulenta de unos cuarenta años, vestida al estilo occidental, cuya cara y figura no le decían nada en absoluto. En tercer lugar, la voz de aquella desconocida pronunciaba palabras francesas, pero Victor estaba convencido de que nunca la había oído hablar francés. Cuando Victor entró en la sala, la mujer estaba lamentándose de haber llegado tarde y no haber podido despedirse del pobre Pierre-Thierry, cuya pérdida era un duro golpe, sobre todo porque llegaba justo después de la de madame Glippe. Aun así, añadió, y por atroz que pudiera parecer, tal vez fuera lo mejor: hacía meses que Pierre-Thierry padecía un cáncer que de todos modos se lo habría llevado en poco tiempo y con gran sufrimiento. Al oír aquello, Michèle suspiró y repitió en voz baja, dirigiéndose a Victor, que seguramente era lo mejor, en efecto. (Victor pensó entonces que no tardaría en llegarle a él el turno, que muy pronto, quizá aquel mismo día, le endilgarían alguna enfermedad incurable, como a todos los que traicionaban a la colonia o desvelaban sus secretos.)

En cuarto y no menos inaudito lugar, con excepción de los susurros de Michèle *solo* se oía aquella voz. Habría allí una veintena de personas, pero no hablaba nadie más. Por de pronto, Victor no acababa de explicarse la presencia de aquella asiática oronda en una ceremonia tan íntima de la colonia. Esta, como bien sabía, no tenía relaciones extraeuropeas más que con un puñado de ejecutivos chinos con Ray-Bans, interlocutores profesionales todos ellos –había tres en el salón, entre ellos el que le había regalado la agenda–, y habría jurado que la mujer no era china. Y además le mostraban esa especie de deferencia circunspecta que se le reserva a una alteza real viajando de incógnito, por ejemplo. La colonia al completo rodeaba su sillón y la escuchaba ahora quejarse del calor que hacía en la calle y el excesivo aire acondicionado del hotel. Victor interpretó aquel balbuceo quejumbroso que nadie se atrevió a interrumpir como una paradójica oración fúnebre, no tanto por el tono del discurso como por el recogimiento casi religioso con el que fue acogido.

Michèle acabó por conducirlo hasta el grupo reunido allí con gran solemnidad, como si aquel rincón no hubiera albergado a una invitada, por distinguida que esta fuera, sino el féretro donde reposaba el difunto, de cuerpo presente. Victor empezaba a preguntarse si la desconocida no sería la viuda de Pierre-Thierry, a quien creía soltero, pero descartó la hipótesis en cuanto Gérard hizo las presentaciones, refrescando de paso su memoria.

Al ver que Victor se acercaba de la mano de Michèle, que se sentía visiblemente violenta, el líder de la colonia mudó su expresión en una sorpresa contrariada y a Victor se le ocurrió entonces que nadie le había invitado, que todo el mundo lo miraba con malos ojos, que estaba en la lista de entrometidos a los que había que eliminar y que, aunque no pudieran ajustarle las cuentas de inmediato, sí podían darle a entender que su presencia no les era grata. Gérard se recompuso enseguida, sin embargo, y para alivio de Michèle, que debía de temer que la responsabilizaran de aquella intrusión, le hizo un gesto a Victor para que se uniera a la asamblea. No tuvo que interrumpir a la dama sedente, que se había callado al ver a aquel desconocido y también le dio las gracias por haber venido. Gérard lo presentó a la señora y luego se la presentó a Victor como madame Dewi. Una gran amiga de nuestro querido Pierre-Thierry, precisó, y de toda la colonia francesa. «Pues sí», zureó melodiosamente la mujer, con las acariciantes inflexiones que Victor se sorprendió de no haber reconocido en el acto, ya que había pasado semanas oyéndolas e imitándolas en la calle de Fleurus, grabadas en las cintas magnéticas gracias a las que había conocido a Marguerite.

DEWI, MISS DEWI, MADAME DEWI

Si bien es de origen indio, Dewi es un nombre de pila muy común en Indonesia. A los lectores de ciertas revistas les traerá a la memoria a Dewi Sukarno, la viuda del presidente de la república, que ocupa al parecer un puesto de honor en la alta sociedad y las sociedades de beneficencia parisinas. En sus fotos, Victor solía confundirla con Farah Diba, Soraya o Sophia Loren, a cualquiera de esas bellezas maduras y muy morenas que él aborrecía particularmente, a causa de su exclusiva atracción por las teces delicadas y los pubis cobrizos. Pero otras tres Dewis, más cercanas, aunque pertenecientes a órdenes de encarnación muy dispares, acaparaban ahora su atención. Y el lugar decisivo que ocupaba de pronto su heterogénea trinidad en los misterios de Surabaya era la prueba del control que Marguerite ejercía sobre ellos. Además, el giro inesperado que suponía la aparición de madame Dewi, ascendida de pronto al rango de musa de la colonia francesa, en una escena cuya acción se enmarañaba, pues era imposible desenredar los hilos atados a toda prisa en pro del sensacionalismo, la sorpresa gratuita y la peripecia folletinesca –artificios por los que Victor sentía debilidad, como estaba dispuesto a admitir–, aquel giro inesperado, que lo había dejado estupefacto, demostraba de sobra la aplastante superioridad de Marguerite en el terreno de la dramaturgia. Victor desarrollaba sus aventuras según se le iban presentando, conformándose con introducir personajes, accesorios y situaciones cuando le resultaban indispensables, es decir, casi siempre que llegaba al final de una página sin saber qué otra cosa contar y, viendo que no tenía más alternativa que la huida hacia delante, se sacaba de la manga a un nuevo compinche que aparecía de la nada, sin gestación ni preparativo alguno, lo que le obligaba a embarcarse en unos flashbacks que por fuerza habían de resultar traídos por los pelos, como en las novelas policiacas en las que todo el misterio se explica en el último capítulo convocando a un personajillo secundario cualquiera, un bígamo o un telépata del que no se había dicho ni una palabra durante la pesquisa. Marguerite, en cambio, se atenía a una estrategia establecida de antemano e iba moviendo piezas en apariencia inofensivas que, llegado el momento, decidirían la partida. Y Victor no tendría nada que objetar, además, porque eran piezas que llevaban mucho tiempo ahí plantadas, en sus casillas fatídicas, luciendo despreocupadamente su eventual y engañosa inocuidad. Más le habría valido desconfiar de ellas, pensar en su momento que algún día aquella madame Dewi serviría para algo, que aquel peón furtivo acabaría por coronarse, y lo obligaría a un reajuste de estrategia precipitado. Dewi Missier no salía como un conejo de una chistera, lo estaba mirando por el rabillo del ojo desde el principio, desde el día en que había abandonado el instituto de la calle de Fleurus junto a Marguerite y esta, de forma absolutamente casual, sin otro motivo aparente que el placer de relatar las vidas ajenas, se puso a contarle las desventuras de monsieur Missier, su profesor de indonesio (y, ya que estamos, ¿qué demonios hacía Marguerite estudiando indonesio?).

Si su relato era veraz, había obtenido la información del propio interesado, un hombre la mar de cándido que, al parecer, no tenía el menor reparo en revelarle sus secretos más íntimos a cualquiera que le cayera en gracia, y de la secretaria del instituto, mademoiselle Faucheux, que trabajaba en el centro desde su fundación y tenía un saber infalible de todo lo que había ocurrido allí desde aquella fecha, antes de la cual no parecía haber en su memoria sino una suerte de prehistoria. Sobre los profesores y la dirección, sin embargo, disponía de un rosario de anécdotas indiscretas que no dejaba de renovarse. Victor, siempre atento a la verosimilitud de la historia, se sorprendió un poco de que una información tan precisa procediera de dos fuentes con las que, después de todo, Marguerite no había tenido más que un contacto esporádico, aunque era cierto que a ella le gustaba escuchar y que, a diferencia de él, tan proclive al desdén, se interesaba por la gente. Poseía una benevolencia solícita, que nunca se veía empañada por la irritación que no tardaba en apoderarse de Victor. Y era también más libre que él. Eso lo tenía claro desde su primer encuentro, desde los primeros días de su relación, durante los que no aprendieron a conocerse acumulando información sobre sus pasados respectivos –información que Victor le fue suministrando a cuentagotas y que, en lo relativo a Marguerite, seguía siendo escasa, imprecisa y contradictoria– pero adquirieron la certeza de que cada uno de ellos le contaría al otro mentiras o verdades que no habría forma de discernir, con lo que solo una mitomanía organizada podía dar razón de la confianza absoluta que depositaron de inmediato el uno en el otro. Es cierto que los encuentros fortuitos se prestan a estas cosas, y Victor no se abstenía de explotar la vaguedad generada por la ausencia de indicios sociales tan obvios como una residencia, una profesión, amigos o lugares predilectos. Sin embargo, ya podía él carecer de un empleo, frecuentar medios tan dispares como cupiera imaginar y poner todo su empeño en dejarse guiar por la fortuna, que estaba tan expuesto como cualquier otro al orden social, tal vez más aún, pues era de hecho una persona bastante fácil de encasillar, que encajaba en el estereotipo de joven burgués obsesionado por su individualidad, que intentaba afirmarla mediante las tentativas ridículas de aparecer siempre donde no se le esperaba y donde el ojo infalible de Marguerite lo distinguía sin falta e incluso aguardaba su llegada. Ella le enseñó, si no el arte de ser imprevisible, que poseía en un grado y con una gracia y naturalidad de la que esta historia no logra dar una idea, por desgracia, sí al menos –y fue un obsequio extraordinario– el de anticiparse un poco a ella y seguirle la corriente. Y es que Marguerite, dicho sea una vez más, en la medida en que eso cabe decirse de alguien, era libre. Y esa libertad, entre otros méritos, la hacía más comprensiva con quienes no habían sabido ganársela, con quienes se debatían siempre entre mil preocupaciones, entre mil obstáculos mezquinos que ella habría apartado de su camino sin perder ni un minuto en comerse la cabeza. Victor conocía bien todas las dilaciones, reticencias y molestias que ella ignoraba, y probablemente estaba más capacitado para entender las preocupaciones de un hombre como monsieur Missier: razón de más para distanciarse de ellas. La crónica monocorde de mademoiselle Faucheux podía interesarle a Marguerite, pero a él no. Ella podía divertirse comparando su versión un poco mezquina de los hechos con la del profesor, cuya sinceridad, nobleza de sentimientos y espontaneidad al relatarlos la conmovían. Eso era, en todo caso, lo que se desprendía de sus explicaciones de entonces, antes de Surabaya, y a Victor le gustaban porque incluían episodios jugosos, preludios de futuras jugadas maestras que aún no podía prever.

Mientras tomaban un helado en Pons, se enteró así de que aquella Dewi espectral de las cintas que acababan de dejar colgadas, la que mantenía un casto romance con Halim, enumeraba con él sus herramientas de bricolaje y le ayudaba a hacerle la pelota a su jefe, el constructor de carreteras, aquella Dewi, tenía la voz exasperante de otra Dewi de carne y hueso que era la exmujer de monsieur Missier. Victor ya sabía que el profesor había vivido en Indonesia, en la opulencia que suele rodear a los franceses de Surabaya, y que había vuelto a Francia a instancias de su esposa javanesa, cuya belleza y talento lo tenían subyugado. Fue esa historia, por cierto, la que indujo a Victor a pasarse una noche por un bingo cantante en cuanto llegó a Indonesia y le llevó también a frecuentar el bar del hotel Bali, donde actuaba otra Dewi. Pues cuando conoció al hombre que sería su marido, madame Missier era cantante de bingo y estaba a punto de ser cantante de bar.

El bingo cantante era un juego popular que congregaba, en salas llenas de humo, a cientos de personas que al llegar recibían unas cuadrículas de papel repletas de números. En un escenario, una pequeña orquesta, similar a la del hotel Bali, pero con menos caché, acompañaba a una cantante especializada en éxitos americanos, que interpretaba su repertorio –canciones de Barbra Streisand, sobre todo– sin descanso, pero sustituyendo una de cada dos palabras por un número, que el público tenía que pillar al vuelo y tachar en su papeleta, si lo tenía. El efecto era extrañísimo. Es fácil imaginar la declamación de una serie interminable de números en una salmodia similar a la llamada del almuédano. (Una declamación de esa clase había provocado un escándalo en Surabaya pocos meses antes de la llegada de Victor, cuando un alumno de la Escuela Técnica dio con una nueva manera de hacer trampas en un examen de matemáticas: con disimulo, arrojó por la ventana de la clase las preguntas a un compañero suyo apostado en la calle, para el que aquellos ejercicios eran un juego de niños, que recogió el papel, encontró las soluciones y, conforme al plan acordado, se las llevó al almuédano más próximo, que en su canto vespertino –cuando los examinandos disponían aún de una hora– entreveró sus piadosas palabras, emitidas por los altavoces, de las respuestas detalladas a los problemas. Por desgracia, el muchacho y sus cómplices habían subestimado la atención con la que sus correligionarios escuchaban aquellas llamadas. Los fieles del barrio se movilizaron de inmediato y el asunto, una vez aclarado, se saldó en la anulación del examen y el descrédito del servicial almuédano.) Pero resulta mucho más desconcertante oír todos esos números embutidos a toda velocidad en una canción de tempo rápido y sincopado, marcado por una batería machacona, que se intercalan a la letra e imposibilitan su comprensión, manteniendo inalterada su expresión formal.

La carrera de aquellas artistas solía amoldarse a un mismo patrón. Comenzaba con dos o tres éxitos en certámenes parecidos a nuestros concursos de talento radiofónicos; el siguiente paso era el bingo cantante, luego llegaba, para las más dotadas, el hotel internacional y, en ocasiones, la consagración de un disco y el ascenso a otras esferas. Miss Dewi, la cantante que Victor solía escuchar por las noches en el bar del hotel Bali, había hecho a buen seguro sus pinitos en el bingo cantante y es probable que su repertorio de inflexiones vocales, lánguidos comienzos de frase y contoneos melódicos aderezados de guiños y sonrisas le vinieran de esa escuela, en la que el sacrificio del sentido debe compensarse con un derroche de recursos expresivos capaces de recomponerlo. Quince años antes de que Victor frecuentara el bar del Bali, Dewi Missier debía de aspirar al estatus superior que tenía ahora Miss Dewi, pero aquella promoción, que sin duda habría llegado a su debido tiempo, se vio frustrada por su matrimonio: promoción tanto o más envidiable, por otro lado. Madame Missier no debió de vacilar mucho a la hora de escoger entre su carrera artística y la vida regalada en Europa que ella imaginaba. De modo que convenció a su marido para que regresara, pero su amor por él se extinguió muy pronto, en cuanto el pobre diablo se encontró en aprietos y se vio obligado a ejercer oficios varios, como profesor de inglés en un colegio privado, instructor del código de circulación en una autoes-

134

cuela o fotógrafo encargado de reunir imágenes para los exámenes teóricos de conducción, trabajo este último que conservó casi dos años. Peinaba entonces la región parisina en su coche para localizar cruces, pistas de tierra, zonas de estacionamiento prohibido y otras señales de tráfico que se amoldaran a las situaciones requeridas para sembrar de trampas el camino de los examinandos. Luego volvía a aquellos lugares acompañado de dos colegas que, al volante de otros coches, se colocaban en las posiciones que él les indicaba, como un director teatral, asistido por varios gendarmes que se encargaban de detener el tráfico mientras duraba el posado. Era una labor delicada, pues se trataba de reproducir en carreteras reales y con vehículos reales los casos prácticos, a menudo complejísimos, ideados por los capitostes del código de circulación. En el último momento resultaba que la señal que daba sentido a la imagen o constituía su intríngulis no se veía bien o que uno de los conductores se había dejado puesto el intermitente, lo que proporcionaba una pista que facilitaba demasiado las cosas o bien las complicaba en exceso, brindando al perplejo examinando un detalle que no tenía razón de ser (por no hablar de que, en el caso de los intermitentes, había que tomar la foto en la fase correcta del parpadeo). Aunque en general era un hombre bueno y más bien digno de lástima, en este ámbito monsieur Missier se declaraba partidario del maquiavelismo y de añadirle a su trabajo un toque personal. «Ese intermitente en apariencia inútil –les decía a sus superiores– es un test de inteligencia para el candidato, que debe deducir sin ayuda que se trata de una pista falsa. Saben tan bien como yo que la gente se olvida a menudo de apagar el intermitente después de girar. Hay que habituarse a la realidad del tráfico, que no siempre es coherente.» Aquel buen hombre, más idealista que todos sus jefes juntos, defendía, contra la concepción fija y en cierto modo celeste que estos tenían del código de circulación, una versión más dura, verista, nebulosa, en que las señales se veían mal, los intermitentes se dejaban puestos y los camiones eclipsaban las luces de posición. Quizá su fe en un orden oculto le llevaba a exagerar el aspecto desordenado que nos ofrece el mundo sublunar. Por desgracia, los gendarmes pararon un día, durante una sesión de fotos, a un coche de cuyo retrovisor interior pendía un enorme peluche, un híbrido de osito y de castor vestido con un mono de trabajo. El adorno llamó la atención de monsieur Missier, que le preguntó al conductor si no le estorbaba, a lo que este respondió que al principio sí, pero que luego uno se acostumbraba. Maravillado, el fotógrafo requisó un momento el coche, para orgullo de su propietario, y dejándose llevar por el instinto artístico, como el cineasta que sabe sacar partido de los imprevistos e integrar sobre la marcha cualquier azar en su visión personal, sacó sus fotos a través de aquel parabrisas inmundo, pringado de grasa, cuya pobre visibilidad se veía aún más comprometida por el gigantesco animal de peluche, entre cuyas orejas lanosas apenas se distinguía la carretera. Tras el revelado, a sus jefes se les agotó la paciencia y monsieur Missier fue despedido. Durante los meses en que ejerció tan ingrata profesión, su mujer se pasaba el día en casa y le era un poco infiel. Fue un periodo negro, de desvelos conyugales y profesionales, que pareció haber llegado a su fin cuando el instituto de la calle de Fleurus, del que le habló un amigo, se puso a buscar un profesor de indonesio. Como la dirección no tenía en mucha estima a los académicos, su falta de cualificaciones, que suplía con un excelente conocimiento de la lengua, no le impidió lograr el puesto. Aquel golpe de suerte fue su ruina. Para dar el curso había que elaborar un método de enseñanza y grabar los casetes que eran la marca de prestigio de la escuela, y monsieur Missier se puso manos a la obra. Escribió el método y le dio a la protagonista el nombre de su mujer, en un discreto y tierno homenaje que por desgracia no pudo completar adjudicándose un papel en las aventuras familiares y domésticas de sus personajes. Le habría encantado figurar junto a su mujer en aquel método que era su obra, como los pintores que se retratan con sus amantes, y había compuesto el personaje de Halim con un esmero narcisista, prestándole sus gustos culinarios, algunas de sus costumbres e incluso ciertos rasgos de su carácter. Pero los principios de la dirección eran estrictos: el método de indonesio, como el de cualquier otro idioma, tenía que ser interpretado por artistas indonesios. En la práctica, contrataron a una sola artista, madame Missier, que interpretó el papel de Dewi, escrito para ella, con aquellas cadenciosas y amaneradas inflexiones que pusieron a Victor de los nervios desde el primer casete y lo incitaron a distraerse de algún modo, a escuchar a la alumna que lo había precedido y embarcarse así en la incierta aventura en la que habría de conocer a Marguerite (lo que hasta cierto punto hacía de los Missier los padrinos ocultos de su relación). Para encontrar a los demás personajes del método pusieron un anuncio en la embajada de Indonesia, en la calle Cortambert, y así fue como el papel estelar de Halim acabó en manos de un estudiante de arquitectura. Monsieur Missier suprimió ciertas réplicas en las que había deslizado alusiones íntimas, ininteligibles para el oído profano –algunas de ellas eróticas, según le confesó a Marguerite–, y supervisó la grabación con el corazón roto. Por un efecto de emulación, madame Missier le puso los cuernos con el doble de Halim. Fue solo una de tantas aventuras extramatrimoniales y no duró mucho porque, aunque el estudiante era apuesto, ella prefería los europeos a sus compatriotas, pero para el profesor fue un auténtico mazazo. Mademoiselle Faucheux, que asistió a las grabaciones y los primeros ensayos del método, siguió aquel *affaire* con interés y un punto de satisfacción. Le parecía normal, inevitable incluso, que las voces de las cintas, ora enérgicas ora cariñosas, fueran las de dos amantes. Dewi y Halim, a quienes veía varias veces por semana, durante las sesiones en que ejercía de *script-girl*, le inspiraban los mismos sentimientos que las estrellas que andan siempre emparejadas en el escenario o la pantalla y cuyo público no está dispuesto a aceptar que no sean una pareja en la vida real.

En cuanto a monsieur Missier, aquella afrenta terrenal a su honor de marido le importaba menos que su exclusión de las cintas magnéticas. Su mundo era más espiritual que temporal y se habría avenido sin chistar a los amores de su mujer y el maromo de turno con tal de que le hubieran permitido interpretar a Halim en las grabaciones. Inmortalizados en la actitud de una pareja mítica, Dewi y él habrían repetido a perpetuidad las frases rituales y las vicisitudes posteriores de sus envolturas humanas habrían revestido para él escasa importancia. Diez años más tarde, monsieur Missier seguía atormentado por haber sido apartado de aquella dicha eterna, cuya esperanza le había llevado a componer su método como un mapa de Tendre,[1] sembrado de referencias privadas y criptogramas que Victor, cuando se enteró de todo esto, lamentó haber pasado por alto. Monsieur Missier había dado a su mujer acceso a una esencia más refinada que la suya y no habría osado pedirle explicaciones por sus desmanes más de lo que lo habría hecho un pastor casado con una ninfa si un morador del Olimpo hubiera decidido tomarla por esposa. El hecho de que él mismo fuese el artífice de aquel Olimpo no cambiaba nada: es un pobre consuelo para el palurdo decirse que los dioses que lo maltratan no existirían si los hombres no se los hubieran inventado. A él, por lo demás, ni se le pasó por la cabeza. Se quedó en su mundo terrenal, con los pies hundidos en el barro, inerme y acongojado. En el fondo, tampoco le sorprendía mucho. Como

1. La *Carte de Tendre* es el mapa de un país imaginario llamado Tendre, inventado en el siglo XVII e inspirado en la novela *Clélie, histoire romaine*, de Madeleine de Scudéry (1654). *(N. del T.)*

le confesaría más tarde a Marguerite, era uno de esos hombres tozudamente caballerescos e infortunados, que contraen matrimonios de conveniencia con bellas muchachas para sacarlas de algún apuro y luego sufren por ello, o que dejan tullida a una hermana pequeña sin querer y le consagran luego toda una vida de padecimientos, aplastados por el peso de su culpa, que van a verla a diario, no se casan, se endeudan para pagarle la silla de ruedas o la prótesis milagrosa que les endosa un estafador para desplumarlos, para despojarlos de todos sus ahorros pero no de una esperanza siempre renovada, abrumados por los reproches de la minusválida, que le paga por su abnegación con un rencor rayano en el odio. Entre sus largos periodos de abatimiento se intercalaban a veces rachas de buen ánimo, arrebatos voluntaristas que le llevaban a soñar con cambiar de vida y lo devolvían enseguida a su habitual postración. Se sentía como ese hombre anonadado por la vida, incapaz de salir a la calle sin que la maceta de un geranio se desprenda de un balcón y aterrice en su cabeza, que un día decide suicidarse, pero en el momento de anudarse la soga al cuello o amartillar el revólver se dice que, puesto que no hay nada que lo ate ya a la vida, puesto que no tiene nada que perder, tampoco hay castigo que temer y puede permitirse cualquier cosa: rebelarse, aparcar el miedo, abandonarlo todo y llevar una existencia temeraria, ajena a prejuicios y leyes. El riesgo de tomar pareja decisión es, por supuesto, el de recobrar el gusto por la vida, por esa vida a rienda suelta (firmando cheques sin fondos, atracando bancos, secuestrando a una muchacha despampanante con la que darse a la fuga como un forajido), cuando esa vida a rienda suelta está abocada, como es lógico, a un rápido y funesto final. Así que termina hecho un colador, acribillado por los disparos de la legión de policías que rodea la casita donde se ha refugiado con la muchacha que, en el frenesí de la huida, se ha enamorado perdidamente de su secuestrador. Pero monsieur Missier sabía demasiado bien que ese era un riesgo que él no podía correr. Aunque no le concediera el menor valor a su propia vida ni a la del prójimo, seguro que encontraba la manera de romperse la crisma en la escalera al salir de casa o, en el mejor de los casos, de acabar en el cuartelillo por marcharse sin pagar de algún sitio, balbuceando que se había olvidado de la cartera y pagando la multa sin rechistar. Su propia e irremisible insignificancia era su más arraigada convicción y descartaba de entrada cualquier trayectoria vital que terminara en un Fort Chabrol[1] que movilizara a la prensa y a la policía, que le procurara el amor de su cautiva y las emociones más intensas que había conocido y conocería jamás, así que volvió a sopesar la funesta opción de los barbitúricos, aunque le daba miedo equivocarse de dosis y acabar con una úlcera que solo agravara su dolor. Tres años después de regresar de Indonesia, cuando su mujer le abandonó para casarse con un médico de provincias que se la llevó al sur de Francia, donde tenía su consulta, tampoco se sorprendió. La pena que sentía era la misma. La mujer a la que amaba y que ya no lo amaba le había arrebatado su semblante eterno, su voz preservada en las cintas del método, y un retorno repentino de la ternura o un arrepentimiento suyo no habrían alterado en absoluto la naturaleza de su desdicha, que se renovaba a diario, cada vez que recomendaba a sus alumnos el estudio de tal o cual lección, pues todas ellas encerra-

---

1. En el verano de 1899, a raíz de unos disturbios asociados al caso Dreyfus, la policía rodeó un edificio de la calle Chabrol en el que se había atrincherado el militante antisemita Jules Guérin, director del diario *L'antijuif*, junto con un puñado de partidarios. Con el apoyo de varios colaboradores que los abastecían desde los tejados, Guérin y los suyos resistieron el asedio de la policía durante treinta y ocho días. *(N. del T.)*

ban aún sus ilusiones segadas en flor y la historia entera de su vida.

Y ahí la tenía ahora, a la verdadera Dewi, a madame Missier. Por lo que Victor pudo comprobar durante la ceremonia del pésame, la colonia la había recibido como a una especie de mesías o, en todo caso, como a una embajadora, investida de una autoridad que apuntaba a la existencia de una jerarquía superior, lejos de Surabaya, que ordenaba y controlaba las actividades de aquella célula local. Y puesto que la embajadora en cuestión se contaba entre las fabulaciones de Marguerite, puesto que era ella, sin discusión posible, quien había introducido y otorgado luego un papel principal al matrimonio Missier (aunque su marido permaneciera al margen, como un reservista apartado por el momento pero dispuesto a luchar por la causa, y Victor rumiaba ya el modo de ganarlo para la suya), el poder supremo en la sombra no podía ser otro que la propia Marguerite. Así pues, la confidente de todas las intrigas que lo atribulaban era también su cerebro, su hacedora.

A la vuelta de la isla de los catorce karatecas, Victor trazó una hoja de ruta a la que decidió atenerse, menos por cálculo que por desesperación, incluso después de que los dos sucesivos golpes de mano –el probable asesinato de P.-T. a manos de la colonia y la llegada de madame Missier– trastocaran por completo las posiciones respectivas que sustentaban su plan. Se prometió no escribir a Marguerite –o no enviarle las cartas que le escribía, al menos– durante la semana siguiente a su SOS de las carreteras y, cumplido ese plazo, enviarle una carta breve, imitando como pudiera la letra y la prosa de alguien que tratara de falsificar las suyas, sin conocerle mucho. Su misiva anterior, le diría, se la había escrito en un momento de depresión y no debía tomársela al pie de la letra, pero ya se encontraba mucho mejor, el mal trago había pasado y muy pronto le escribiría largo y tendido, etcétera. Una carta sospechosa, en suma, que sirviera para confirmar sus peores augurios y dar más peso a la anterior, la última señal de vida del verdadero Victor, remplazado a continuación por alguna clase de impostor.

El plan, cuya pieza fundamental se componía de esas dos cartas sucesivas y mucho más espaciadas que de costumbre, pretendía poner punto final a un proceso iniciado justo después de su separación y precipitar su reencuentro en un terreno elegido por él, o esa era la idea antes de los «acontecimientos». La acumulación epistolar de mentiras estratégicas había dibujado a ojos de Marguerite el rostro de un Victor desconocido, que emergía fragmento a fragmento para sustituir al Victor de siempre (que en el fondo nunca había existido) por otro constructo mental. Todas esas patrañas, toda esa dramatización desmesurada, justificada en un principio por la urgencia de mantener el contacto, había dado pie a respuestas afines de Marguerite, de tal modo que, de una y otra parte, la solidez del lazo que los unía trabajaba en su propia erosión, en la sustitución paulatina de las dos personas así unidas por otras dos. Aquella deriva no era solo el cambio inevitable y trivial que obra el tiempo e impide que dos seres cualesquiera sean los mismos al cabo de un periodo de varios meses: se veía agravado a causa de una falsificación deliberada, del recurso constante a esos nuevos Victor y Marguerite, mejores conductores de una electricidad cuya fuente era el mantenimiento circunspecto de la duda y el pánico. De forma voluntaria, se habían convertido en esos dos pasajeros que se encuentran en un tren. El primero, después de mirar al otro de arriba abajo, le pregunta: «¿No nos habíamos visto ya en Dunkerque?». «Lo dudo mucho, porque nunca he estado en Dunkerque», responde el otro. Tras sopesar la afirmación, el primero reflexiona un instante y concluye: «La verdad es que yo tampoco. Debían de ser otras personas». Gracias a las cartas «tranquilizadoras» que Victor se disponía a enviarle cada semana, después de visitar las carreteras, y gracias al folleto publicitario que anunciaba la llegada inminente de una falsa Jungla conchabada con sus enemigos, el desarrollo de esas «otras personas» estaba ya tan avanzado que justificaba, además de su deseo, su temor a un reencuentro real en cuyo frenesí los dos inocentes que se habían conocido en Dunkerque corrían el riesgo de entenderse de maravilla y derribar así aquel edificio erigido con tanta paciencia. Es cierto que la necesidad de ese edificio derivaba tan solo de la ausencia y que, una vez reunidos Victor y Marguerite, habría resultado tan inútil como lo son las fortificaciones al término de una guerra. Pero la emoción que habían sentido al construirlo le confería un valor que iba más allá de su utilidad práctica, y a esas alturas estaban decididos a seguir habitándolo, a jugar a los soldados perdidos en un atolón del Pacífico, que creen o quieren creer que la guerra no ha terminado, que intensifican las rondas y las verificaciones del arsenal y extreman la vigilancia hasta tal punto que el horizonte, apacible desde hace tiempo, se convierte en una amenaza aún más insidiosa y permanente. Así pues, Victor no se imaginaba la presencia de Marguerite a su lado como la señal de un armisticio, sino como el comienzo de una nueva fase del juego. Si Marguerite aparecía, era porque había asegurado sus posiciones y evaluado el riesgo de una ofensiva con conocimiento de causa. Lo que venía a decir que ya no quedaba ni rastro de la antigua Marguerite, la que se había quedado en Francia, con la que había coincidido en Dunkerque, en Châteaufourchut, en la calle de Fleurus, y a la que iba a conocer de veras –aunque eso aún no lo sabía– en Biarritz. Venía a decir que aquella segunda Marguerite, que conservaría escrupulosamente la apariencia de la primera, estaría del lado de las fuerzas hostiles, de los señores de Surabaya, de los constructores de carreteras absurdas por las que circulaban, en su carrera infernal, los muertos y los moribundos de la colonia, los karatecas ahogados, los espectros de las cintas magnéticas, todo aquel pueblo de peones camineros de inspiración nimesa de los que el notario, con sus vagas alusiones, le había recomendado mantenerse alejado.

Los «acontecimientos», como él los llamaba, no desbarataban en ningún caso el plan, los detalles de cuya ejecución, por lo demás, aún no estaban claros. Tan solo modificaban la distribución de los obstáculos: Victor había perdido la iniciativa que en el fondo, como se percataba ahora, nunca había tenido. La falsa Jungla intervendría ahora en persona, anunciando de paso el final del episodio. No tenía más remedio que esperar su llegada, en su territorio. En el hotel Bali.

EN EL HOTEL BALI

Una vez franqueadas las grandes puertas acristaladas automáticas, que se abrían en cuanto uno estaba a un metro de distancia –lo que no impedía que un solícito botones hiciera el ademán de accionarlas–, la ciudad quedaba atrás. Por de pronto, estaba el potente aire acondicionado, responsable de los resfriados crónicos que padecían los huéspedes del hotel, reconocibles, como los miembros de una cofradía, por su goteo nasal y sus continuos sorbeteos. El brusco descenso de la temperatura, la rapidez con la que el sudor se congelaba en el cuerpo, adhiriendo la camisa al hueco de los omoplatos, bastaba para dar idea del cambio de universo, del acceso a unas esferas en que el aire se enrarecía, como si hubiera allí cadáveres cuya putrefacción hubiera que aplazar a toda costa. Aquel enclave en el corazón de una ciudad sofocante, superpoblada, pululante, tenía algo de capilla y de cámara frigorífica. En el Bali, además, el volumen de ruido disminuía en proporción directa a la temperatura, no solo porque allí la gente hablaba más bajo, sino también porque la densidad de población era diez veces menor que en el resto de la ciudad: las palabras espaciadas, perdidas en su enorme vestíbulo, adquirían un relieve que era inédito en la calle y debía de ser inconcebible para los ciudadanos que no habían pisado el hotel. Además, el eco

145

insólito del lugar obligaba a la gente a bajar la voz, porque no era necesario elevarla para hacerse entender, como afuera, y también a causa de ese fenómeno que hace que en una iglesia susurren hasta los ateos que se ponen morados de morcilla el Viernes Santo. El aire congelado, el reducido número de personas, el ruido sordo de los pasos y las conversaciones: todo parecía filtrado en el Bali. Nada en su decoración sugería que uno se encontrara en Java. Para la mayoría de los huéspedes de paso, estresados hombres de negocios que iban del aeropuerto al hotel y del hotel al despacho de la empresa donde firmaban sus contratos, el Bali era un mundo normal, familiar, desde el que el mundo exterior apenas se vislumbraba a través de sus ventanas insonorizadas. Para la colonia era un sueño de altura, una negación de la ciudad. Para Victor, en cambio, era una ciudadela a la que se aproximaba desde el exterior, al término de una especie de gincana, y aquella tierra de nadie desprovista de todo color local, que igual podría haber estado rodeada por un desierto, una banquisa o un suburbio guatemalteco, representaba a sus ojos la esencia misma de Surabaya, su verdad decantada, del mismo modo que la vida confusa de la colonia podía entenderse trasladándola al plano más puro y menos atiborrado de materia que habitaban sus fantasmas y la figura evasiva de la tía de Biarritz daba una idea más cabal de su sobrino Gérard, enturbiado por su opaca y resentida presencia física. (En realidad, habría sido mucho más lógico situar el espacio cuasiplatónico que habitaba la colonia en la isla de los catorce karatecas, pero dado que Victor no podía visitarla con la frecuencia que hubiera querido, se avino a considerar las carreteras como el campo de maniobras fijado por un estado mayor cuyo cuartel general debía encontrarse, si no iba muy desencaminado, en algún lugar del hotel.)

Victor acudía al Bali impelido por esa curiosidad temeraria que lleva a cometer las peores imprudencias a los protagonistas de las películas de terror, por ese demonio que les insta a pernoctar en un castillo de Transilvania cuya existencia fingen desconocer los lugareños sentados a la mesa en la posada, sin dejar de santiguarse, compungidos y mudos de terror bajo sus rosarios de cabezas de ajo, y, una vez allí, en lugar de atrincherarse en su habitación y pasar la noche entera temblando bajo las sábanas, rezando para que el baúl con el que ha atrancado la puerta de roble resista hasta el amanecer, se pone a deambular por los pasillos hasta la medianoche, buscando la cripta donde reposan los ancestros del anfitrión y, con toda probabilidad, el propio anfitrión. Dos o tres veces por semana, al volver de sus paseos vespertinos, Victor subía a los infiernos del hotel. Cruzaba el vestíbulo luminoso, sembrado de confortables sillones en los que se hundían europeos con camisas de batik y financieros chinos con Ray-Bans, cuyos retazos de conversación se mezclaban, con el tintineo de los cubitos de hielo, en un murmullo ajetreado y discontinuo, perforado de silencios, y subía y bajaba en los ascensores, cuyos caprichos –atribuibles a llamadas previas, de hecho– lo conducían a los pisos superiores, donde se encontraban las habitaciones. Recorría los pasillos con sus puertas cerradas a ambos lados, separadas por apliques que representaban a un mandarín sonriente que bajaba la cabeza y sostenía entre sus dedos regordetes una especie de calabacín, más bien obsceno, en cuyo extremo se enroscaba una bombilla rematada por una pantallita de flecos escarlata. Puerta, mandarín, puerta, mandarín, a veces un par de zapatos delante de una puerta... Como en las carreteras, al circular por esos pasillos tenía la sensación de estar cometiendo una falta grave que podía costarle muy caro si lo pillaban. Más allá de aquel temor estimulante, sus batidas de reconocimiento no tenían ningún objeto muy preciso. En más de una ocasión buscó la sala que había acogido el acto en memoria de P.-T., pero fue en vano. Quizá la sala no se abría al público salvo en circunstancias excepcionales, quizá ni siquiera *existía* salvo en circunstancias excepcionales, como la visita de madame Dewi. Se preguntaba dónde podría estar la señora. Un día se topó con Michèle en el vestíbulo –terreno relativamente seguro, pues había demasiados testigos– y le preguntó cómo andaba su amiga, madame Missier. ¿Madame Missier? El desconcierto de Michèle parecía sincero. Sí, insistió Victor, la señora que... que..., madame Dewi, vamos. Ah, dijo Michèle, ¡madame Carène! (Victor anotó mentalmente el seudónimo.) Ya no está en Surabaya, se ha ido a descansar al campo, a la punta de Java Oriental. Claro, pensó Victor, estará inspeccionando las carreteras, es lógico.

Casi siempre acababa en el bar del sexto piso, un local espacioso y normalmente desierto, con ciertas ínfulas británicas (sillones de cuero, reflejos dorados de botellas de whisky, grabados de caza...). A veces pasaba allí varias horas, lo que le valió la simpatía discreta e intrigada de las camareras: venía solo, no ligaba, solo hablaba para responder con cortesía, sin buscar conversación. Se bebía su gin-fizz o su tónica, fumaba cigarrillos rubios sin filtro, con la mirada perdida, y escuchaba a miss Dewi, que cada noche, de ocho a once, cantaba baladas americanas acompañada de una pequeña orquesta. Su voz era tan potente que el micrófono era del todo innecesario. Lo tenía siempre desconectado, pero no se separaba de él, lo sujetaba con una mano firme y se lo llevaba a los labios, sin que el gesto revistiera el carácter sugestivo que le imprimen ciertas estrellas del pop. El micro era solo un atributo indisociable del oficio de cantante, como lo es el pincel del de pintor, aunque luego aplaste los colores con un cuchillo o lo rocíe con un pulverizador.

Al oírla y reconocer en sus interpretaciones el estilo inconfundible de las vedetes del bingo cantante, Victor no podía evitar superponer a aquel rostro aún juvenil el de madame Dewi, o a su voz aquella otra que hacía estragos en la calle de

Fleurus, y aquellas dos Dewi imbricadas, aquellas dos agentes de Marguerite en la isla, parecían estar llamándolo, invitándolo, asegurándole que el bar del hotel, su feudo, era el único escenario adecuado a un golpe de efecto como su llegada a Surabaya.

Victor pasó allí muchas noches de minuciosa expectación, inventariando las posibles versiones de aquel golpe de efecto. Y le parecía que cada instante, más que posibilitarlo, lo anunciaba a bombo y platillo. El más mínimo gesto que hacía en el bar o hacían a su alrededor adquiría una solemnidad particular: era el gesto que precedía a su aparición. Y el hecho de que ninguno de aquellos momentos resultara ser el decisivo solo aumentaba las posibilidades de que lo fuera el siguiente.

Hay un disco de John Coltrane que grabó con su cuarteto en un club de Nueva York, y en uno de los temas, el pianista, el bajo y el batería se apañan una breve introducción para preparar la entrada del saxo, pero Coltrane permanece mudo. Los músicos siguen tocando, un tanto desconcertados por aquel antojo, sobre todo porque se trata de una pieza habitual de su repertorio, en la que pueden predecir fácilmente las reacciones del resto de la banda y en la que la improvisación no llega hasta algo después. Los músicos improvisan un poco para salir del apuro, Elvin Jones se marca un buen solo y, después de perder algo más el tiempo, los tres acometen una frase que por fuerza debe dar pie al saxo tenor. Pero el silencio se prolonga. Basta escuchar el disco para tener la sensación física de ese hiato, de la sorpresa de los tres músicos. Apostaría uno que se han quedado mirando a un Coltrane impasible. Durante diez minutos, el tema no es más que una sucesión de preludios, de ocasiones propicias a la entrada del líder de la banda, tan seguidas que no hay un solo instante ni una sola nota que no parezca en suspenso, que no reclame la llegada del saxo. La gente del público participa de esa expectativa y grita «¡Coltrane, Coltrane!», pero Coltrane, saxo en mano, no se mueve. A lo mejor se lleva un momento la boquilla a los labios, alimentando una esperanza que se desvanece de inmediato. A partir de los ruidos de fondo, las reacciones del público y hasta las figuras que improvisan sus tres compañeros, es posible imaginar la actitud y la expresión taciturna del líder de la banda. Ocupados por un lado en preparar la entrada sensacional del saxo y, por otro, en aprovechar su inesperado eclipse para hacer valer su talento como solistas, Elvin Jones, McCoy Tyner y Jimmy Garrison rivalizan en inventiva y, a quien haya escuchado el tema, le será imposible creer que su ejecución fuera premeditada o que su asombro no fuera en aumento. Al cabo de diez minutos, los tres ponen fin a esa ristra ininterrumpida de introitos y deciden apañárselas por su cuenta, como resulta evidente en la forma en que McCoy ataca su solo. Dando un giro de ciento ochenta grados que podría interpretarse como un homenaje o un desafío a Coltrane, los tres cierran a cal y canto su discurso melódico, que se vuelve tan hermético como estaba abierto un momento antes. Toda la improvisación orientada a la irrupción del solista se emplea ahora en impedirla, en vigilar cualquier resquicio por el que pudiera colarse. A su insistente y creativa llamada le sigue una autarquía que no exige menos imaginación, pero sí más vigilancia. Y en medio de ese flujo musical concebido para excluirlo, Coltrane se decide a entrar, lanzando una sola frase, inmensa, de una belleza desgarradora, una de esas frases musicales que, más que dejarse definir con ellas, permitiría definir palabras como «amplitud», «plenitud» o «elevación». La intuición les dicta entonces a sus compañeros superponer a esa frase un cataclismo sonoro que, sin enterrarla por completo, pone fin al tema de forma tajante, en un temblor de platillos que se corta en seco justo en el momento en que Coltrane se detiene, sin aliento.

Podría decirse que la expectación de Victor reprodujo los dos movimientos de aquella sesión memorable, que al fin y al cabo es una variación sobre el tema del reencuentro. Era obvio que ese reencuentro tendría lugar en el Bali. En cuanto aterrizara en Surabaya, Marguerite iría al hotel y se instalaría en una habitación de la que apenas saldría. Se limitaría a pasar cada noche por el bar del hotel. Allí esperaría, escuchando a miss Dewi, y volvería a su habitación en cuanto terminara su copa. A ese paso, ¿cuánto tardaría en encontrarse con Victor? Y él, ¿qué estrategia debía adoptar? ¿Era preferible apalancarse en el bar toda la noche, para estar seguro de encontrarse con ella si había llegado, o no pasar allí más que cinco minutos, para no cruzarse con ella y prolongar la espera? ¿Debía venir todas las noches o, como había decidido al principio, antes de perderse en las carreteras, una o dos veces por semana? Las ganas de acabar de una vez por todas con aquel juego del escondite, con aquellos pasos preliminares, y entrar por fin en esa nueva fase para la que, de todos modos, no estaría mejor preparado retrasando su llegada, se contraponían al miedo, a la tentación de la política del avestruz. Después de todo, si no volvía a poner los pies en el Bali no vería nunca más a Marguerite: el juego terminaría por abandono. Porque ella no saldría del hotel, no haría el trayecto de diez minutos en *rickshaw* que la conduciría a los brazos de Victor. Marguerite esperaría. Y él podía hacerla esperar si quería, como podía hacerlo ella, si no venía. La cosa podía alargarse. A condición, claro está, de que ella respetara el protocolo, que no había sido objeto de correspondencia alguna entre ellos. Pero ella no podía no saber, estaba seguro de que ella estaba al tanto, de que, como él, había aceptado tácitamente el nuevo marco de referencia. Podía transgredirlo, desde luego, podía ir derecha a su casa a buscarlo sin detenerse siquiera en el hotel. Tal arrebato habría sido muy propio de ella o, más bien, de una hábil artista del pastiche. Pero, por un lado, ella sabía que él debía haber previsto esa posibilidad y, por otro, no querría privarse –ni privarle– de la alegría que Victor les había preparado. Más que en su afición a las negaciones dialécticas imbricadas –él sabe que yo sé que él sabe que yo sé, etcétera–, que sabía que a ella le resultaban tediosas, con lo que en vez de entrar en el juego y detenerse en un nivel forzosamente arbitrario, ella habría preferido cederle la elección, Victor confiaba en su ternura, que ningún disfraz –ni siquiera el de la falsa Jungla– podía menoscabar. Ella iría al Bali, no le cabía la menor duda. Pero, entretanto, se complacía en aplazar su llegada. Y él podía creer que cada día de espera era el último. Si había recibido aquella mañana una carta suya –uno de esos absurdos informes semanales, falaces por costumbre, escrupulosos más que calculados, que se intercambiaban desde los «acontecimientos»–, eso solo significaba que no podía llevar allí más de una semana, a menos que le hubiera encargado a alguien que fuera enviando sus cartas desde París. A falta de nada mejor, instó a mademoiselle Sudirno a consultar las etiquetas –cada vez más escasas, se lamentaba la pobre– con sus matasellos y horas de recogida, para determinar sobre tan endeble base si la carta en cuestión podía haber sido enviada por una chica que partía rumbo a Surabaya una hora más tarde. La anciana se dio por vencida y solo se pronunció sobre una carta enviada desde la oficina de correos de Roissy. El dictamen no le pareció muy concluyente a Victor, que se mostró sorprendido y empezó a dudar de las facultades adivinatorias de la vieja dama.

Las noches de espera en el bar del Bali sumían a Victor en tal estado de tensión nerviosa –el menor movimiento en la periferia de su campo de visión lo sobresaltaba y le impelía a escrutar la zona sospechosa– que se marchaba siempre febril, casi temblando, y hasta que salía por la puerta y lo envolvía de nuevo el aire sofocante de la calle no dejaba de temer que el reencuentro se produciría en el último instante, en el vestíbulo, al salir del ascensor, en la rampa de entrada. Dentro de los confines del hotel, solo podía bajar la guardia cuando le era materialmente imposible verla o ser visto por ella. Se sentía tenso en el bar, en las escaleras, en los pasillos y en los restaurantes, donde Marguerite podía aparecer en cualquier momento, pero se demoraba en los ascensores, seguro de encontrarse allí a salvo, al menos entre un piso y otro. Cuando el paralelepípedo herméticamente cerrado se detenía en una planta, pulsaba enseguida otro botón, calculando las posibilidades de ponerse en marcha de inmediato sin que se abriera la doble puerta y revelara una parte del rellano donde podría atisbar a Marguerite, sonriente, tendiéndole los brazos. Adquirió así una asombrosa destreza en el manejo de los ascensores y, como los amantes ávidos de nuevas experiencias que copulan en posturas complicadas entre la planta baja y el piso treinta, llegó a tomarse aquellos viajes verticales como pruebas deportivas, susceptibles por tanto de perfeccionarse con la práctica. Y batió sus propios récords. Una noche, antes de llegar al bar, pasó cincuenta y cuatro minutos dentro del ascensor, subiendo y bajando sin que se abrieran las puertas en ningún momento. Si el mecanismo que empezaba a dominar no sufría una avería, temía que su destreza pudiera condenarlo a no salir jamás de aquel ascensor, a poner el listón cada vez más alto hasta caer rendido, como esos fanáticos del ayuno que, llegados a cierta marca, consideran que sería una tontería dejarlo ahí y bajarse del carro, prefiriendo la muerte por inanición a la renuncia. Pero no corrió esa suerte, porque un día el ascensor se detuvo y se quedó a oscuras. Al cabo de un momento, que se le hizo larguísimo, la luz del techo parpadeó y volvió a encenderse. El ascensor escapó entonces a su control y, mientras Victor pulsaba frenéticamente todos los botones, descendió a la planta baja, donde no pudo impedir que se abrieran las puertas. Frente a él, un grupo bastante nutrido de espectadores lo miraba con los ojos como platos. La mayoría eran empleados del hotel, pero entre ellos distinguió a Gérard y su mujer. Hacía media hora que trataban de descifrar los movimientos peregrinos del ascensor. Habían apostado a vigilantes en todos los pisos y se habían reunido en la planta baja para seguir, como si de un partido de fútbol se tratara, la danza de cifras luminosas que indicaban las plantas donde el ascensor hacía un amago de detenerse para ponerse de nuevo en marcha. Trataron de llamarlo antes de que reemprendiera su impredecible camino, pero no eran lo bastante rápidos. Al final, tras consultarlo con la dirección, Gérard y Simone tomaron cartas en el asunto y, para solventar el problema de forma expeditiva, ordenaron que cortaran la electricidad. El incidente, que pudo remediarse de forma tan sencilla, se vio magnificado por el espanto del personal del hotel, que era de lo más supersticioso y estaba convencido de que en el ascensor se estaba celebrando un aquelarre. Solo el escepticismo de Gérard pudo disuadir al director de pedir socorro a un *dukun* para que estudiara el caso y, si se confirmaban las sospechas, practicara el exorcismo pertinente. Los centinelas que montaban guardia en cada rellano temblaban como flanes, aterrados, al igual que Victor, ante la perspectiva de ver abrirse las dos puertas del ascensor, con su característico ruido de succión. Aunque por distintos motivos, uno y otros estaban convencidos de que el hotel estaba encantado, y su encuentro habría sido más perturbador. Y también más caluroso. Gérard, en cambio, pasó de esa especie de estupor del conde de Almaviva al descubrir a Cherubino –¡otra vez él!– escondido tras la butaca de su dormitorio a la cólera previsible tras semejante hallazgo. Con todo, Victor salió razonablemente airoso del apuro, pues solo habló con el gerente del hotel, al que le explicó que el ascensor se había vuelto loco y poco le había faltado a él para correr la misma suerte durante la hora que había pasado allí dentro. Llegó incluso a clamar que aquello era inadmisible, concitando la exasperación de Gérard que, sin tener una idea muy clara del asunto, algo sí se olía, y no entendía que a la presunta víctima no se le hubiera ocurrido accionar la señal de alarma, como le señaló al gerente con sagacidad. Sin saber a qué carta quedarse, y pese al prestigio del que gozaba Gérard, el gerente prefirió invitar a Victor a un cóctel en el bar para que se repusiera del mal trago, por el que le presentó sus disculpas en nombre del hotel. Gérard y Simone no quisieron acompañarles. Después de aquel episodio, Victor renunció a atrincherarse en el ascensor, que era su único refugio en el hotel, y abandonó también sus andanzas por los pasillos. En el Bali era ya una figura conocida, aunque no fuera un habitual, y se veía ahora revestido de un prestigio que aunaba el respeto que merece el superviviente de una catástrofe y la desconfianza que suscita, pues si escapó a ella de forma tan milagrosa es tal vez porque la provocó. Además, a ojos del personal era sospechoso de tener comercio con los demonios. En cuanto a los miembros de la colonia, apenas le dirigían la palabra.

Descuidando por un momento la intriga en la que estaba inmerso y las conspiraciones que la rodeaban, Victor centró su atención en una fantasía de violento erotismo: Marguerite, procedente del aeropuerto, ve perfilarse el gran edificio blanco al final de la avenida. El taxi sube la rampa y se detiene frente a las puertas automáticas. El brusco descenso de la temperatura ya lo conoce, por las cartas, al igual que el vestíbulo amenazador, las conversaciones que le llegan de los sillones, la luz fastuosa y fea. La afluencia de imágenes tantas veces representadas y ahora presentadas le procura una dicha tanto más intensa cuanto que sabe que Victor imagina y ha imaginado siempre cómo será para ella ese momento y los que lo sucederán durante los seis días que va a pasar en el hotel Bali de Surabaya, cuyo conjunto indiviso constituirá sin duda el punto culminante de su relación. Marguerite no podía dejar de venir. Y allí está. Ni siquiera siente el remordimiento –que habría torturado a amantes menos perfectos– de pensar que Victor, en ese preciso instante, no sabe que, mientras él se ocupa en idioteces, a unas pocas calles de allí ella está viviendo todo esto por él y con él. No solo porque de hecho está con él, como estaban juntos en aquella noche única en la que el uno escribía una carta que el otro leía por encima de su hombro, sino porque sabe que él lleva casi un mes experimentando un éxtasis similar al suyo, que ya solo vive por y para el momento que ella está actualizando ahora mismo, que para él ese momento sucede a todas horas. Marguerite sabe que lo que le pasa a ella le pasa a Victor desde hace un mes, sin cesar, que todas sus fuerzas físicas y mentales se emplean en producir una imagen cuyo resplandor, repartido entre todos esos días, los irradia sin tregua. Y que es ella quien, aplazando su llegada, le ha brindado ese mes de éxtasis ininterrumpido.

Nada, pues, secciona ni divide esos seis días. Marguerite apenas duerme, pero su trance no la abandona ni siquiera durante el sueño. Las imágenes y las personas pasan a su lado como los decorados y figuras de un sueño, de contornos nítidos e imprecisas correlaciones. Sus propios gestos le parecen los de otra persona y tiene que ver su propio brazo o alguna parte de su cuerpo, su sexo, para estar segura de que se trata en efecto de ella. Está en el Bali, pasea por su habitación, se tumba en la cama, extiende sus piernas desnudas, se vuelve sobre el costado y siente cómo se desplaza el peso de sus pechos entre sus brazos flexionados. Durante seis días no desciende de sus altas cumbres. Al segundo día, ni siquiera se inmuta cuando en el vestíbulo, al que ha bajado a comprar tabaco, repara en un hombre de aspecto inconfundible al que su mujer llama Gérard. Es como distinguir en un cuadro a un personaje cuya ejecución pictórica se alegra uno de poder apreciar de cerca, por supuesto, pero que ya sabía que figuraba en la composición, y cuya ausencia, en cambio, le hubiera hecho dudar de la buena marcha del mundo o de su propio cerebro. Había llegado la víspera, a altas horas de la noche, y no pudo ir al bar, que había cerrado ya, de suerte que ese día, el segundo, tiene la sensación de que la acción está aún por comenzar, que sigue sin estar ahí del todo, como un alumno en su primer día de clase, mientras rellena los formularios y las fichas para los profesores. Todo empezará esta noche, es posible que Victor esté al caer. Se ha pasado la mañana explorando el hotel, recorriendo sus pasillos sin parar mientes en el estado mental propicio a su labor de reconocimiento, sin saber si debería echarse a temblar de miedo al pasar junto a esas puertas cerradas, flanqueadas por mandarines que blanden lámparas fálicas, o al cruzarse con Gérard, o si por el contrario, siendo como es la falsa Jungla, debería pasearse por allí como Pedro por su casa y pasar de largo junto a Gérard, que le ha lanzado una mirada concupiscente, diciéndose que es su aliado, su subordinado incluso. La euforia del momento no permite claridad ni rigor, y las posibilidades revolotean a su alrededor sin que se decante por ninguna: lo cierto es que le importa una mierda. Pero ha llegado el momento de tomar una decisión, porque justo cuando Gérard sale del hotel con su mujer para subirse al cochazo de lunas ahumadas que les espera fuera, justo cuando ella pone el pie en el primer escalón de la escalera que se dispone a subir para volver a su habitación, su mirada va a posarse en Victor, que acaba de entrar en el vestíbulo y se cruza –sin saludarse– con la pareja de franceses, que tienen cierto aspecto de pisapapeles, piensa ella ahora, los dos igual de chaparros, rubios y colorados. Su pensamiento pasa de los unos al otro sin solución de continuidad, porque para ver a Gérard y Simone y luego a Victor no tiene que desplazar su mirada: los tres se cruzan en su campo de visión. Advierte también que Victor ha adelgazado, que está bronceado y que al entrar se ha mirado en un espejo para ver al otro, al que ella verá, al que ella ve ahora sin que él se dé cuenta, porque él ha imaginado a menudo e imagina también ahora esa escena y otras similares en que ella lo ve sin ser vista. Sin vacilar, aplazando el momento de decidir la estrategia adecuada, sube los dos escalones que la sitúan tras la pared, a cubierto, y luego los siguientes. Vuelve a su habitación, se tumba en la cama después de desvestirse y se levanta para ir a ver lo guapa que está en el gran espejo fijado a la puerta del armario. Mientras admira sus pechos se pregunta, como si se tratara de un problema formal, si habría ganado puntos al mostrarse e iniciar su ofensiva en un terreno que no era ni mejor ni peor que otro, pero que Victor no había previsto. Es, piensa, la clase de pregunta que se haría Victor en las mismas circunstancias. Se la plantea por él, de hecho, aunque también le importa una mierda. En realidad, solo piensa en prolongar un poco el placer. Pronto estará haciendo el amor con Victor y, entretanto, se dedica a contemplar sus pechos: Victor no sabe que están ahí, que hace un minuto se movían bajo su camiseta al compás de su respiración a unos metros de él, y que ahora se los está acariciando.

Y mejor dejarlo ahí, pensó Victor.

Aquella noche, Marguerite fue al bar y salió al cabo de un cuarto de hora. Pasó ese tiempo con la vista puesta en el escenario, que borraba todos los escenarios anteriores, imprecisos, ensamblados al azar a partir de las descripciones de Victor. Había compuesto aquellas imágenes a sabiendas de que eran inexactas, y ahora, por más que se esforzaba en recordarlas y comparar el verdadero bar con las aproximaciones visuales que se habían ido sucediendo en su imaginación, era inútil. Aquellas imágenes se habían esfumado. Por otra parte, la extrema singularidad de su percepción actual les confería retrospectivamente una carga de realidad añadida, como si las legitimara al tiempo que suprimía su recuerdo.

Los días siguientes tampoco se quedó allí más de un cuarto de hora. Desde su habitación de la quinta planta, que daba a la gran avenida y tenía buenas vistas de la entrada del hotel, aguardaba la llegada de Victor. Pero el episodio del vestíbulo no se repitió. Durante aquellos seis días, Victor solo fue al bar del Bali en dos ocasiones. La primera llegó demasiado tarde, una hora después de que ella se hubiera marchado. Al salir, se cruzó con dos miembros de segunda fila de la colonia, que hablaban del fabuloso chasis de la rubia a la que no se han atrevido a acercarse.

El sexto día, Victor llegó hacia las diez de la noche, se sentó y se sumió en su trance habitual, que un mes de práctica no había atenuado. Escuchó a miss Dewi y trató esta vez de sincronizar la posible aparición de Marguerite con cada una de sus inflexiones y, en la medida en que entendía su inglés, con las letras de las canciones. La infinidad de acontecimientos de todo tipo que suceden en un instante y la correspondencia del acorde que compone cada uno de ellos con esa entrada continuamente diferida le impelían, desde hacía algún tiempo, a aislar series cada vez más limitadas. Algunas noches concentraba su atención en el ir y venir de los clientes, otras en el de las camareras, en los retazos de conversaciones que llegaban a sus oídos o en los músicos, en el pianista, el batería, el bajo, a menudo en miss Dewi. Aquella noche acababa de cantar «Love Me Madly Again» con mucho sentimiento y al terminar los músicos se habían retirado para hacer una de las tres pausas que jalonaban cada sesión, durante las que ponían discos de *crooners* locales. Y aunque no había ningún motivo para que la aparición de Marguerite obedeciera a la serie que Victor había escogido aquel día, para que se abstuviera de empujar la puerta hasta que la cantante que era el principal foco de su atención hubiera regresado al escenario, Victor se relajó un poco, como cuando uno deja de escribir para fumarse un cigarro, pensando en lo que dirá dentro de dos minutos, cuando vuelva a coger la pluma, recelando un poco de ese humo que también se lleva las palabras y que hace que la frase a medias que uno retoma le parezca tan lejana. En ese momento Marguerite entró por la puerta que había a sus espaldas, de modo que no la vio hasta que pasó junto a él, sin mirarle. Escogió un asiento bastante alejado del suyo, al otro lado del estrado reservado a los músicos. Como estos aún no habían regresado, permaneció un buen rato en su campo de visión, vestida con unos vaqueros y una camiseta blanca. Llevaba unas gafas muy feas, de funcionaria, con la montura semimetálica, que le daban a su rostro un aspecto más anguloso y tenso que el que tenía en realidad. Pidió un Pimm's y esperó, observando a los parroquianos, es decir, a Victor y a otros tres tipos que tenía más cerca: dos occidentales y un chino, hombres de negocios. Victor no los conocía. Sopesó la idea de abordarla como un ligón solitario, pero el trío se le adelantó, trasladándose a la mesa de Marguerite pese a las evidentes reservas del chino, que se veía arrastrado a la jarana por sus dos colegas. En cuanto se levantaron, copas en mano, miss Dewi y su banda volvieron al estrado, impidiendo a Victor ver al grupito y escuchar lo que decían. También él cambió de mesa: escogió una desde la que podía ver toda la sala, justo a tiempo de distinguir un gesto de Marguerite que, según le pareció, se remitía a un gesto anterior de uno de los dos occidentales, el ofrecimiento de un objeto, por ejemplo, y adquiría retroactivamente un carácter furtivo, clandestino. Aunque el tipo no había hecho ningún gesto, el de Marguerite tenía algo de respuesta, era la segunda fase de una serie, y como lo hizo justo en el momento en que el grupo volvía a ser visible para Victor, Marguerite le dirigió una mirada fugaz, como para asegurarse de que no la había visto y delatando así que tenía algo que ocultar. Luego mantuvo la mano derecha cerrada y, cuando se levantó para ir al baño, se la metió en el bolsillo de los vaqueros, demasiado ajustados para haberlo hecho mientras estaba sentada. A la vuelta, abrió la mano con normalidad e incluso sacó del bolsillo unas chucherías que repartió entre sus interlocutores. Los occidentales, alemanes u holandeses, hablaban mucho y se reían a carcajadas, pero Victor no podía oír lo que decían. El chino, en cambio, estaba cada vez más callado. Entre canción y canción, los cuatro aplaudían a miss Dewi, que sonreía y les daba las gracias. Así transcurrió casi una hora. Victor esperaba sin impacientarse, contemplando a Marguerite, que participaba alegremente en la conversación. Pidieron una botella de champagne, de la que el chino no bebió. Y entonces, por alguna razón inexplicable, en lugar de aprovechar la ocasión, uno de los holandeses llamó a la camarera y pidió que le cargaran la cuenta a su habitación, puesto que no pagó. A continuación, los tres hombres se levantaron, saludaron cortésmente a Marguerite y salieron del bar. A juzgar por sus expresiones satisfechas, era imposible que ella los hubiera mandado a paseo. Salvo por los músicos y las camareras, los únicos que quedaban en la sala eran Victor y Marguerite. Hacía unos minutos que él había desplegado un periódico que fingía leer, como los detectives privados en las parodias de cine negro. Entonces Marguerite se levantó y fue a reunirse con él. Después de sentarse en la butaca de enfrente, le señaló el periódico que él había posado en su regazo al verla llegar y le dijo:

–¿No tenía que ser el *Indonesian Times*?

Victor bajó la mirada y leyó la cabecera: era el *Jawa Pos*.

–Debería tener más cuidado –prosiguió–: en estas situaciones, los malentendidos son mortales de necesidad.

–¿Mortales, dice? –preguntó Victor, sonriendo amablemente, como un buen hombre que no sabe lo que se pesca y

empieza a barruntar que lo han confundido con otro. Conocía los riesgos de aquel contrataque: en caso de confusión, el
espía debía recoger velas rápidamente, decir «no me haga
caso, estaba bromeando» y alejarse de allí, procurando no volver a cruzarse con el cretino al que había estado a punto de
mostrarle el juego. Pero Marguerite, sin pedirle siquiera que
dejara de hacer el imbécil, pasó por alto su pregunta.

–He visto a Médor –dijo–, lo tengo. Si vamos a cruzar
juntos la frontera, más vale que lo tenga usted.

A Victor le extrañó aquel giro argumental. Después de
todo, si ella le daba algo, lo lógico habría sido que luego se
separasen. Aun así, cogió el objeto que ella le tendió abriendo
el puño de su mano derecha, que volvía a tener cerrado. Y al
hacerlo, Victor reprodujo el gesto en el que se había fijado
una hora antes: mantuvo el puño apretado, porque también
llevaba los vaqueros muy ajustados, y no se metió la llave en
el bolsillo hasta que se levantaron, cosa que sucedió al cabo de
dos minutos, durante los que adoptó un aire aún más bobalicón, tratando todavía de pasar por el tipo que está en la inopia, convencido de que lo toman por otro, pero que decide
sacar partido de la confusión y hacerse pasar por quien no es.
Cargando un poco las tintas, se atrevió a añadir:

–¿Cómo le va a Médor?

El comentario puso un poco de alegría en el rostro hierático de Marguerite, que respondió como si Victor no acabara
de entender la broma que encerraba la pregunta y hubiera
dado en el clavo sin querer:

–Bien. Dentro de lo que cabe, le va bien.

Buscando inspiración para una nueva réplica, Victor entreabrió el puño y le echó un vistazo al objeto que le había dado
Marguerite, aunque ya lo había identificado al tacto: era una
llave de pequeñas dimensiones, sujeta con un cordón a un disco de madera, una llave de hotel, como corroboraba la inscripción en el semicírculo superior del disco, Les Tamaris y, en el

centro, el número 982. Lo cierto es que había ahí de sobra para animar la conversación. En casi todos los hoteles del mundo la numeración de las habitaciones obedece al mismo principio: el primer dígito corresponde a la planta donde está situada y los siguientes, en los grandes hoteles al menos, al orden en que están dispuestas en cada planta. Ya era bastante raro que Les Tamaris, con su nombre de pensión familiar y sus llaves con disco de madera, tuviera nueve plantas, pero que esa novena planta tuviera al menos ochenta y dos habitaciones era muy poco probable. Cabía suponer, pues, que el establecimiento había ideado un código más complejo para disimular su limitada capacidad de alojamiento. Podía tratarse, por ejemplo, de la habitación 29, solo que las cifras aparecían invertidas y entre ambas se añadía la cifra inmediatamente inferior a la más alta. A no ser que la numeración fuera arbitraria del todo, claro, lo que no debía facilitarle la vida al personal. Sin mojarse mucho, Victor señaló con un movimiento ocular el puño que volvió a cerrar enseguida y farfulló:

–Un trabajo difícil, hay que tener buena memoria. Y pensar rápido.

Esta vez Marguerite ni siquiera se dignó contestar. Se puso en pie y Victor la siguió, olvidándose de pagar. Llegaron al ascensor, bajaron a la quinta planta y entraron por fin en la habitación 512. Mientras se desvestía, Marguerite, que sabía perfectamente que a Victor no le molestaba en absoluto la menstruación e incluso le excitaba, le dijo con voz cansada y vulgar que tenía la regla. «Slurp», dijo Victor con lascivia y, en cuanto ella se quitó las bragas, se zambulló entre sus larguísimas y doradas piernas, en aquel vello rubio, suave, algo aplastado por la presión de la ropa interior, encontró y apresó entre los incisivos el cordón del támpax y tiró de él. En cuanto lo hubo desalojado del lugar donde le envidiaba que pasara tantas horas, estiró la lengua cuanto pudo, hasta que le dolió, con la boca chorreante de felicidad.

—Es una pena que en cuanto acaban los preliminares todo vaya siempre tan deprisa –dijo Victor, eyaculador precoz ocasional, en el avión que los llevaba de vuelta a Francia al día siguiente.

Y, en efecto, a partir de ahí todo fue mucho más deprisa.

II

Mi padre me contó una vez lo que sentía uno en la sala de espera del dentista. Cada vez que la enfermera abría la puerta, pensaba: «Ya está, esto es lo que me he pasado la vida temiendo que ocurriera».

PHILIP K. DICK
Ubik

DE GORRA Y DE GORRAS

La racanería, le dijo Marguerite, aguza el ingenio y el espíritu de aventura. Hacía poco había bajado en coche al sur de Francia en compañía de una tía excepcionalmente roñosa, que era muy reacia a pagar por utilizar la autopista. Su manera de defraudar a la dirección de tráfico impresionó tanto a Marguerite que en cuanto volvieron a Francia, en lugar de quedarse en París, se agenció un viejo 4L amarillo no demasiado abollado y arrastró a Victor a un viaje sin objeto aparente que durante varios días, hasta que se aburrieron, sirvió de pretexto a la práctica de aquel deporte.

La regla era sencilla: pasado el primer peaje, en el que se entrega a los automovilistas un ticket que, en el segundo, permitirá calcular la tarifa, se trata de abandonar la autopista de forma clandestina antes de llegar a ese segundo peaje. Una evasión de esta clase precisa atención y buenos reflejos. Además de las salidas normales de pago, hay en las autopistas salidas de mantenimiento con portones de doble batiente que suelen tener candado. La vigilancia de estas vías de acceso depende de su ubicación respecto a los dos extremos de cada tramo. Muy laxa en los alrededores del primer peaje –al fin y al cabo, nadie es tan retorcido como para escabullirse al cabo de veinte kilómetros–, va aumentando a medida que uno se aproxima al segundo peaje. Según la tía roñosa, había que probar suerte a mitad de camino, lo bastante lejos del primer peaje para que el esfuerzo valiera la pena y lo bastante lejos del segundo para que cupiera contar aún con la negligencia del personal de mantenimiento. En cualquier caso, cuanto más avanzaba uno, menores eran sus posibilidades de lograrlo.

Fiel a estos preceptos, cuando había recorrido la mitad del tramo a toda velocidad, Marguerite aminoraba, se colocaba en el carril derecho y comenzaba a otear posibles salidas. La experiencia de la tía le había enseñado que estas solían encontrarse en las proximidades de los puentes, las estaciones de servicio y, a saber por qué, los depósitos de agua. Al detectar cualquiera de estas señales era posible prever la ubicación de las salidas con la suficiente antelación para reducir la velocidad y detenerse ante la verja, provocando un concierto de bocinazos furiosos, pero eludiendo el accidente mortal. Victor, ascendido a copiloto, se apeaba entonces para echar un vistazo al portón: todo dependía del candado. Como no disponían del equipo necesario para forzarlo, si estaba puesto volvían a salir, decepcionados, cada vez más contrariados a medida que, de salida en salida, se aproximaban al segundo y fatídico peaje: se reprochaban entonces no haber comenzado el reconocimiento unos kilómetros antes, haber pasado de largo verjas abiertas de par en par porque era aún muy pronto y ya encontrarían otras más adelante. El objetivo era salir de la autopista lo más tarde posible, lo más cerca posible del segundo peaje. Eso llegaba a veces a arruinarles el placer de encontrar un candado abierto o una cadena mal sujeta y a menudo renunciaban a aprovechar aquel golpe de suerte con la esperanza de que volviera a suceder, cuando era algo cada vez menos probable. Y la tarea tenía también su buena dosis de imponderables cuando conseguían por fin abandonar la autopista y exploraban su periferia, los caminos de tierra reservados al servicio de mantenimiento, donde se exponían a ser sorprendidos en cualquier momento por la policía de tráfico y no tenían la menor idea sobre la dirección que debían tomar. Tenían que orientarse entonces a ojo, mal que bien, y avanzar en paralelo a la autopista para regresar a ella pasado el segundo peaje, en el siguiente tramo, donde el juego volvía a empezar.

Consagraron tres días a aquel safari de escaqueo, tres días que pasaron en la autopista, de la que solo salían para rodear peajes y volver a ella lo antes posible. Tres días sin contratiempos, pese a que su osadía iba en aumento: solo tuvieron que pagar dos veces. Tras dos trayectos de ida y vuelta de París a Valence, se conocían al dedillo la autopista del sur, sus moteles infectos, sus gasolineras, sus cafeterías y sus salidas laterales, que tomaban con la misma facilidad que las vías de acceso habilitadas. Aquellos trayectos absurdos les producían además la ilusión de borrar su rastro. Por anónimas que fuesen las transacciones efectuadas en los peajes, les parecía que al evitarlas eludían posibles registros y no dejaban la menor huella, la menor pista que pudiera permitir a sus enemigos reconstruir su itinerario y darles caza.

Después de pasar tres días en la clandestinidad viaria, modificaron su estrategia de evasión. Era el final de las vacaciones de verano. Relevándose al volante de su carraca amarilla, se limitaron a circular por carreteras comarcales para realizar trayectos que unían caprichosamente los puntos de un mapa de uso privado en el que constaban todos los lugares donde Marguerite conocía una casa en la que pasar la noche y, a veces, varios días. Sobre los propietarios de aquellas casas, siempre vacías, ella se mostraba evasiva, diciéndole tan solo que los conocía de vista. En general, estaban abiertas de par en par o había por ahí un tendero, una anciana del pueblo o un mecánico al que ella iba a pedirles la llave, que le daban en cuanto la reconocían, dándole dos besos si era menester y ofreciéndole provisiones o una botella de butano... Victor asistía atónito a aquellos tejemanejes y se dejaba llevar.

Hicieron alto en una granja restaurada en plan rústico, cerca de París; en casa de un notable a las afueras de un pueblo del suroeste, con una cama enorme y muy alta, sábanas de franela y una cocina adornada de cacerolas alineadas por orden de tamaño sobre la gran chimenea; en un chalé que parecía una casita del extrarradio, de las que había un buen número de ejemplares en un trecho de la costa landesa, repartidas en diversas urbanizaciones. Terminadas las vacaciones, casi todas estaban vacías, y al recorrer aquella aglomeración de casitas distribuidas uniformemente a lo largo de la carretera que conducía a las dunas de la playa, les dio la sensación de estar visitando una ciudad fantasma. Entraron en la casa sin llave, rompiendo una ventana. Tras estudiar la actitud de Marguerite en las horas que precedieron a aquel allanamiento, Victor llegó a la conclusión de que no tenía ninguna específica en mente y solo buscaba un lugar discreto en el que alojarse. Había abandonado al azar la carretera comarcal por la que circulaban, después de ver el panel indicador del pueblo, que llevaba el nombre de la promotora inmobiliaria. Marguerite tenía un instinto infalible para encontrar sitios que podía uno ocupar sin muchas dificultades y pasaron allí ocho días solos, a la orilla del mar, viendo subir la marea del equinoccio.

Se alojaron casi todo el mes de octubre en una granja de la región de Drôme, que se explotaba seis meses al año. Cuando llegaron, los granjeros acababan de bajar por la carreterita sinuosa e intransitable en invierno que conducía al pueblo, en el valle, donde se quedaban hasta Semana Santa. Marguerite fue a su encuentro, repartió abrazos e intercambió con ellos noticias de conocidos cuyos nombres de pila, mencionados con familiaridad, no le sonaban a Victor de nada. Después de entregarles la llave, les aconsejaron que no alargaran mucho su estancia y se marcharan antes de finales de mes, si no querían verse aislados por las nevadas.

Todos los días bajaban al pueblo a comprar comida y, en el quiosco, nuevos números de *Jungla* que leían por la noche y los surtían de ideas. Daban largos paseos sin cruzarse con nadie, salvo una vez en que se toparon con un belga muy simpático que practicaba el ala delta. Habían acordado tácitamente que estaban huyendo, que tenían que esconderse y desconfiar el uno del otro. Sin embargo, la falsa Jungla y el Victor que había sido suplantado en la isla de los catorce karatecas parecían relegados por el momento a una condición accesoria, de ficciones más o menos paródicas. Habían dotado a los dobles que encarnaban de una perfección transformista que les dispensaba de acreditarlos por medio de divergencias rebuscadas. El postulado fomentaba la pereza: ambos eran impostores, pero cuando un impostor tiene talento nada le distingue de la persona cuyo lugar ha usurpado. Así pues, imitaban sin falta a los Victor y Marguerite de antaño, a aquellos jóvenes cándidos, aficionados a las comedias pueriles, que a todas horas fingían no conocerse y estar ligando por primera vez, que se tendían trampas y hacían el amor esforzándose por disimular lo acostumbrado que estaba cada uno al cuerpo del otro, disfrutando de torpezas simuladas que solo traslucían el control que ejercían sobre ellos mismos y su perfecta complicidad. Jugaban a desconcertarse, a preocuparse como lo hacían sus modelos, y cada una de sus desviaciones, cada uno de los gestos que no debían haber hecho, que no cuadraban, tendían solo a demostrar que eran ellos quienes los hacían. Eran a los originales de Victor y Marguerite lo que serían dos palabras a un tiempo sinónimas, homónimas y distintas. Como sus sosias de otro tiempo, se contaban historias y pasados imaginarios y se referían a falsos recuerdos comunes. A veces, cuando uno de ellos afirmaba recordar lo que sabía perfectamente que el otro acababa de inventarse, este

171

hacía una mueca, como si hubiera querido ponerlo a prueba, tenderle la trampa en la que acababa de caer. Todo era igual que antes, hasta tal punto idéntico que no sabían muy bien en qué podía consistir aquel antes. La perfección de su idilio, unida a la influencia de Marguerite, triunfaban incluso sobre el hastío que solía provocarle a Victor el espectáculo de la naturaleza.

Aquello duró hasta la última semana de octubre. Un día se encontraban holgazaneando en lo alto de una colina que dominaba la granja, que llamaban el «castillo» porque, al parecer, había habido un castillo más o menos donde estaban ahora tumbados al sol. El camino pedregoso que conducía al pueblo llegaba hasta el pequeño terraplén situado enfrente de la granja, y el coche de Marguerite era el único que pasaba por ahí. Hacía ya tres semanas que no habían visto ningún otro. Por eso se miraron inquietos cuando oyeron el ruido de un motor, aunque el vehículo del que procedía permanecía oculto. Al cabo de un minuto, un gran coche negro se detuvo junto al terraplén. Desde lo alto de la colina no podían ver al conductor que, sin bajarse del coche, tocó el claxon dos o tres veces. Rodaron ladera abajo a todo correr. Al verlos llegar, el conductor se apeó. Era un tipo chaparro, calvo, tirando a viejo, con un aire al actor cómico Paul Préboist, vestido con un traje de tres piezas sin la chaqueta, que estaba colgada de una percha junto a una de las portezuelas traseras.

–¿Me podría indicar dónde está el alcalde? –le preguntó a Victor, pero fue Marguerite quien le contestó que si quería ver al alcalde tenía que bajar al pueblo.

–No, no –dijo el hombre–. A quien busco es al alcalde de Châteaufourchut.

Ese era el nombre de la granja y, por extensión, de los cerros colindantes. Que Marguerite supiera, no había allí ningún alcalde.

–Por supuesto que lo hay –respondió el hombrecillo

como quien descarta una insensatez, pero con benevolencia–. Todo término municipal tiene un alcalde. Ya sé que este es pequeño, por eso estoy aquí, pero es un municipio y bien que ha de tener su alcalde.

Marguerite no tenía ni idea de que Châteaufourchut, que era una granja y poco más, fuera también un término municipal. ¿Era posible que el granjero, que vivía allí con su familia y solo unos meses al año, ejerciera además de alcalde? Admitió que tenía sus dudas.

–Qué mala pata –dijo el señor–. ¿Y el peón caminero? Dígame, ¿podría indicarme al menos dónde encontrar al peón caminero?

Ya estamos, pensó Victor. La que se nos viene encima.

Con total naturalidad, pero evitando mirar a Victor, Marguerite se echó a reír y le dijo al hombre que tenía ante él a la población de Châteaufourchut al completo, sin alcalde ni peón caminero, pero el tipo no se dio por vencido.

–Y, sin embargo, hay carretera, aunque no está muy cuidada. Si aparece un agujero o una piedra que obstruya el paso, ¿quién se ocupa de arreglarla?

–Como ahora mismo somos los únicos que la utilizamos –dijo Marguerite, haciendo caso omiso de la alarma en los ojos de Victor–, nos ocupamos nosotros. Si de verdad quiere ver a los peones camineros del municipio, somos nosotros. O lo seremos, vamos, en caso de necesidad.

El hombrecillo sonrió como el maestro que ha logrado que un alumno especialmente rebelde le diga lo que quería oír y, orgulloso de sus poderes mayéuticos, le comunica que ya lo sabía, que bastaba con pararse a pensar un poco:

–Ahí está, ya lo ven –dijo–. En tal caso, esperen un momento, que voy a ponerme la chaqueta.

Abrió la portezuela delantera, alzó la palanquita que abría la trasera, descolgó la percha, le dio dos palmaditas a la chaqueta con la misma solicitud jovial con que se las habría dado a Marguerite en las mejillas para recompensar su respuesta, metió los brazos en las mangas y se la puso.

–Listo. Ahora me explico.

Respiró hondo, como si fuera a emprender uno de esos relatos interminables que en las novelas cuentan los huéspedes de un hotel reunidos por casualidad, impacientes por hacerles saber a sus compañeros de fortuna la singular cadena de circunstancias que los han conducido adonde están.

–Represento a una pequeña pero dinámica empresa de gorras –anunció–. Pequeña, pero dinámica. Y la prueba es que aquí estoy, que me he tomado la molestia de venir hoy a importunarles –soltó una risita amable–. Verán, tenemos contratos con un buen número de municipios de toda Francia para equipar con gorras a los servicios de mantenimiento vial de dichos municipios. Los contratos de esta clase se multiplican, la verdad es que hay una demanda de aúpa y hay que decir que es normal, lo entenderán en cuanto vean nuestras gorras, que para eso estoy aquí. Artículos de una calidad indiscutible. La ciudad de París nos ha concedido hace poco la exclusiva y por toda la capital, y no solo allá, sino en muchas otras ciudades, verán ustedes que los peones camineros llevan siempre nuestras gorras, en verde o en burdeos, según la estación, porque son reversibles, y cuentan con un forro de piel para el invierno. Es sintético, por supuesto, pero calienta como ninguno, créanme, y además cubre las orejas. Les diré que es un auténtico placer pasearse por la calle y ver todas esas gorras salidas de nuestros talleres, sobre todo si uno recuerda nuestros humildes comienzos: tres personas, ni una más, en una trastienda del boulevard de Rochechouart, y ahí nos tienen ahora, en dos plantas de oficinas enteras en Kremlin-Bicêtre, cuarenta y cinco trabajadores y todas esas gorras por toda Francia, créame, caballero, y usted también, señora, ¿señora o señorita? Yo no estuve desde el principio, no soy uno de los padres fundadores: así los llamamos, los padres funda-

174

dores, es un chiste privado. Yo llegué más tarde y, aunque me complazca decir que he tenido algo que ver con el fulgurante crecimiento de la empresa, no es exactamente lo mismo, las cosas como son, ¿no es cierto? Pero es algo que me reconforta y me llena de orgullo. Solo espero que no se me suba a la cabeza, esto de las gorras –soltó una carcajada–. Porque ese contrato que hemos conseguido en París es un gran paso adelante, sí, pero es solo el principio, tenemos otros contratos, proyectos en el extranjero. Si les dijera que también en Extremo Oriente, en los países asiáticos, me dirán ustedes que allá el mercado de las gorras es también de aúpa, pero no hay ningún nicho disponible, por culpa de los americanos, pero yo les responderé que sí lo hay: claro que lo hay. Sería absurdo buscar la exclusividad, como en Francia, eso se lo concedo, pero comenzar la expansión, pues sí, está en nuestros planes, y no creo que tarde mucho en irme de gira por Hong Kong como hoy me he acercado aquí. La verdad es que allá las posibilidades son enormes, si nos lo proponemos, porque hay que proponérselo. Oigan, ¿este pueblo de ustedes no estará hermanado por casualidad? ¿Están seguros? Saben, es algo que a veces la gente no sabe, pero la cantidad de pueblos hermanados es de aúpa. La verdad es que tendría su gracia que acabara yendo de su parte a buscar al peón caminero de algún pueblo filipino, o indonesio, o incluso de una ciudad: ya saben que esto de los hermanamientos no es siempre una cuestión de tamaño, en una de estas los hermanan a ustedes con Singapur, deberían informarse. Hay tantas ciudades hermanadas que no tienen nada en común, salvo en que están hermanadas... Si estuviera aquí el alcalde podríamos preguntárselo, él debe saberlo. Hay ceremonias de hermanamiento, intercambios, es algo muy bonito. Pero aún no se lo he dicho, porque hablo y hablo, qué quieren, uno es parlanchín y ustedes seguramente siguen sin explicarse qué hago aquí. Porque verán, por algo me he puesto la chaqueta. Les estaba diciendo que tenemos contrato con París y luego se nos ocurrió la idea, de hecho la idea fue mía, de anunciarnos en el periódico de alcaldías. Existe un periódico para alcaldes, y alcaldesas claro está, digamos que para autoridades municipales supremas en general. Es un periódico bastante desconocido para el gran público, es cierto, pero los alcaldes lo leen, y para una empresa que trabaja con el sector público no es desdeñable, es una cuestión de prestigio, como se suele decir. Porque al final son los alcaldes, y los consejos municipales, claro, quienes otorgan los contratos, o una parte de los contratos, en todo caso, sobre todo con la descentralización, y un contrato de equipamiento vial es un contrato como cualquier otro. ¿No estarán ustedes por casualidad en el consejo municipal? No, ¿eh? Ah, a lo mejor es que no tienen consejo, aquí, será el alcalde quien lo decida todo, no creo que sea una faena para herniarse. En fin, como les decía, que decidimos poner un anuncio en el periódico de alcaldías y a mí se me ocurrió un eslogan que no está nada mal, en mi humilde opinión; lo que dice lo dice como hay que decirlo, en todo caso, y además es un mensaje fidedigno, así que no hay nada que objetar o, vamos, que no lo habrá. El eslogan es este: «Equipamos carreteras, desde el municipio más grande de Francia al más pequeño». El más grande, como bien saben, es París, que cuenta con una red enorme, y somos nosotros los que la equipamos desde hace poco, como les decía. Así que nos pusimos a buscar el municipio más pequeño y resulta que es este, Châteaufourchut. ¿No estaban al corriente? Fíjense que estas cosas nunca las sabe nadie: aquí donde me ven, yo viví diez años en la ciudad más insalubre de Francia y no me enteré hasta diez años más tarde. Y no es que me encuentre tan mal de salud, la verdad. Pues bien, esto es un municipio, eso también se lo digo. Antiguamente debía de tener más casas, dispersas por ahí, quizá, en las colinas, les juro que me ha sorprendido también a mí, no esperaba que esto fuera tan pequeño, no es más que una granja, a decir verdad, es curioso que no se haya fusionado ya. Sea como fuere, comprenderán que no nos podemos permitir el lujo de hacer publicidad engañosa. Ya se imaginan al alcalde del municipio más pequeño de Francia que abre su periódico, se topa con nuestro anuncio y nos pone un pleito porque no nos conoce ni equipamos a sus peones. Yo seguramente haría lo mismo, en su lugar. Y es por eso que salí ayer de París y he bajado hasta aquí, esto es muy bonito, muy silvestre, pero yo, como comprenderán, vengo a traerles mis gorras. Que corren por cuenta de la casa, claro está, entrega a domicilio y a título gratuito. He traído dos, ustedes son dos, y como no hay peón caminero oficial los peones serán ustedes. ¿Contentos? Solo les voy a pedir que me firmen un pequeño recibo, certificando que las han recibido y que nunca aceptarán gorras de ninguna otra marca. Tampoco hay muchas posibilidades, porque después de lo de París somos los únicos que podemos hacer este tipo de publicidad. Y más tarde, cuando vean al alcalde, háganme el favor de informarle para que él tampoco acepte las gorras de nadie más y no se sorprenda al ver el anuncio en su periódico. Listo. Las gorras las tienen aquí, las tengo en tres tallas. –Sin dejar de hablar, volvió al coche para coger una maleta y la abrió–. Pueden probárselas y elegir las que más les gusten, una por cabeza. Ya ven que son reversibles, y tienen forro de piel, no tardarán en alegrarse de tenerlas. Ah, también tengo que sacar una fotito. Aquí tienen. Pónganselas, que les quedan de perlas. Sonrían, a mí no me miren. Ya está. Listo.

Nombrados Victor y Marguerite peones camineros y tocados con sus gorras que, contra todo pronóstico, estaban muy bien, calentitas, cómodas y nada feas, si a uno le gustan las gorras, el viajante, que tenía un largo día de carretera por delante –quería estar de vuelta en París esa misma noche– volvió a su coche, les dijo adiós sacando la mano por la ventanilla y desapareció tras el recodo que rodeaba el castillo.

Durante todo su discurso Victor y Marguerite no habían intercambiado ni una mirada, ni siquiera en el momento de firmar: habían dado nombres falsos, sin esperar gran cosa de tan lamentable camuflaje.

–Sabía que acabarían por encontrarnos –dijo Marguerite–. Bueno, no perdamos más tiempo. Vámonos.

Recogieron sus cosas a toda prisa y cerraron la casa. Los dos tenían ese aire entre decidido y contrito de quien ve que termina una tregua, un retiro en el que fue feliz, en el que se sentía protegido, tan protegido que acabó por creer que podía durar. Condujeron toda la noche, sin la menor duda sobre su itinerario. Esta vez Marguerite sabía adónde iba. Cuando Victor le preguntó cuál era aquel escondite del que estaba tan segura, ella le dijo que esconderse ya no tenía sentido, que a esas alturas lo mejor era plantar cara al adversario. El aplomo de aquel giro estratégico impresionó a Victor que, dejando que ella condujera, se recostó contra la puerta y durmió durante la mayor parte del viaje. De vez en cuando, Marguerite lo despertaba de un codazo para que le encendiera un cigarrillo. No quería detenerse y Victor tuvo que montar todo un drama para que le dejara bajar a mear a toda prisa contra un árbol.

EL PRESENTE (O JUSTO ANTES)

Llegaron a Biarritz por la mañana. Victor no conocía la ciudad, salvo por su merecida reputación de «encanto de antaño», con sus casas recargadas, sus hoteles rococó, sus casinos y sus pastelerías, todo cerrado en invierno y propicio a una deriva bien temperada. Marguerite se orientaba allí con una seguridad que, dada la gravedad de la situación, ni siquiera se molestó en disimular. Lo llevó primero al mar, a un largo paseo bordeado de edificios blancos. Aparcaron ahí el coche y llegaron a pie hasta una avenida plantada de tamariscos, con hermosas casonas altivas, parapetadas tras setos y verjas en las que solían figurar sus nombres: nombres de pila, femeninos por lo general, villa Claire, villa Pauline, o topónimos que debían de ser dialectales, repletos de jotas y de zetas. Recorrieron la tranquila avenida que subía hasta el faro. Los coches, escasos, circulaban por ella despacio, después de anunciar de lejos su presencia con un estruendo. A cincuenta metros de allí, una curva con muy mala visibilidad en la carretera que conducía a la cornisa les obligaba a reducir la marcha. Cincuenta metros más allá, en dirección contraria, volvían a subir una marcha, viendo que la avenida era recta y estaba despejada. De modo que había un tramo de unos cien metros, entre los límites de aquellas dos señales sonoras –escandalosa una, porque la curva era de miedo, y la otra muy leve, aunque perceptible–, transitado por automóviles soñadores, como si la belleza del panorama, para quien venía de la cornisa, sumada a la brusquedad de aquella curva, embriagara una y otra vez a los conductores, suscitando en ellos un deseo fugaz de suavidad, de languidez. En este tramo de avenida iba a desembocar una callejuela asfaltada pero desprovista de acera, con una cuneta y una franja de hierba a cada lado, que unía la avenida con el mar. Doblaron por ella y caminaron dos minutos antes de que Marguerite se detuviera ante una gran verja con la pintura desconchada, de color siena. La empujó, pero estaba cerrada, así que treparon por ella con facilidad, pasaron al otro lado su bolsa de viaje y, al caer, sus pies rechinaron sobre la grava. La villa se alzaba en mitad de un jardín tan descuidado que la zona donde debía balancearse un pequeño columpio colgado de una rama nudosa había desaparecido bajo una espesura de zarzas y matorrales que impedían llegar hasta la tablilla podrida, y no digamos ya columpiarse en ella. La casa era de dos pisos, con un tejado a dos aguas, una entrada rematada por un techo de cristal roto, cuyas esquirlas yacían desparramadas por el suelo, y vigas exteriores horizontales, verticales e incluso laterales, como es habitual en la arquitectura tradicional vasca. Pisoteando los añicos de vidrio, subieron los tres peldaños redondeados de la entrada, recubiertos de musgo, y empujaron la puerta, que no cedió más de lo que había cedido la verja. Pero el postigo de una de las ventanas de la fachada colgaba de uno de sus goznes y el cristal estaba roto, con lo que solo tuvieron que encaramarse al alféizar para entrar. Marguerite rebuscó en su bolsa de viaje y sacó una linterna, con la que exploraron la planta baja, las habitaciones de techos altos más o menos en buen estado –el parqué aguantaba bajo sus pies– y completamente vacías, salvo por un armario lo bastante grande como para justificar el viejo chiste de que la casa entera debió de construirse en torno a él. En la parte opuesta a la fachada, un salón comunicaba a través de dos puertas vidrieras con la parte más extensa del jardín abandonado, que tenía buenas vistas del mar. Les separaba de él una sola casa, construida algo más abajo, que tenía echados los postigos y en la que no se veía una sola luz. Cabía suponer que estaba vacía, al menos por el momento, lo que reducía considerablemente las precauciones que debían tomar. En fin, que habían ocupado la casa ideal.

Se instalaron aquel mismo día y Marguerite dejó a Victor solo en la casa unas horas, porque tenía recados que hacer, lo cual no le sorprendió en absoluto. Sentado en una de las sillas de jardín oxidadas que encontraron en el garaje, Victor se pasó un buen rato contemplando el mar y luego, mientras daba una vuelta por el exterior de la casa, vio ante la verja un gran colchón de gomaespuma, doblado sobre la grava. Cuando volvió Marguerite, un poco más tarde, le dijo simplemente que lo había comprado. Entre los dos, lo trasladaron hasta el gran salón de las puertas vidrieras. Con una seguridad que ya ni siquiera levantó sus sospechas, Marguerite encontró en el jardín, cerca del columpio atrapado entre las zarzas, la losa bajo la que se encontraba la llave del agua, un grifo oxidado que les permitió darse una ducha fría esa misma noche en el cuarto de baño del primer piso, después de limpiar la bañera de sus telarañas más aparatosas.

Pronto se hizo evidente, al menos para Victor, que el colchón dispuesto en el centro del salón cumplía una doble función: la práctica, por un lado, que se correspondía con el uso habitual de un colchón –y ellos lo usaban muchísimo, aunque no siempre de la forma habitual–, y, por otro, la que tienen ciertos objetos premonitorios, como la brida de Belerofonte o esa flor del inframundo que primero Píndaro y luego Coleridge recibieron en sueños y encontraron en su puño al despertar, testimonios, como madame Dewi, de la inquietante expansión de sus tribulaciones mentales en el ámbito de la realidad cotidiana. El colchón no pesaba mucho, pero era demasiado voluminoso para que Marguerite pudiera cargar sola con él, y si no le había pedido ayuda a Victor era porque otra persona le había echado una mano. Lo cual, de por sí, no tenía nada de sorprendente, pero apuntaba desde el principio a la extraña complicidad que existía entre Marguerite y Biarritz, donde unos poderes ajenos a su relación, desconocidos para él, los habían acogido, los hospedaban y se ocupaban de que vivieran con un mínimo de comodidad. Por la misma vía misteriosa, su mobiliario se enriqueció con una lámpara de queroseno y un hornillo de gas. Lo cierto es que aquella casa ocupada no era como las demás. Marguerite no tomaba la menor precaución, entraba y salía empujando la verja, cuya llave había encontrado, encendía el fuego en el hogar, a riesgo de ser descubierta, si no por los vecinos de la casa de al lado, que seguían ausentes, sí al menos por otros vecinos del barrio. Su manifiesta familiaridad con la casa persuadió a Victor de que ella había pasado allí sus vacaciones en otro tiempo, puede que su infancia entera y, al recordar la suya, pensó que su llegada a la villa se parecía mucho a la que cada año inauguraba sus vacaciones estivales junto al mar, en Normandía: los postigos que se abrían y golpeaban ruidosamente contra la fachada, la limpieza inicial y, sobre todo, el peregrinaje a la losa, situada también en una esquina del jardín, para abrir la llave del agua. La seguridad con la que Marguerite había reconstruido aquella escena sugería que, también para ella, era la actualización de un recuerdo de infancia. Viviendo en aquella casa tenía la sensación de acampar en el auténtico pasado de su compañera, en ese territorio oscuro del que no sabía nada, incapaz como era de imaginar a Marguerite de niña, de colegiala, de adolescente, no solo porque la rotundidad de su esplendor físico hacía difícil imaginar su evolución previa, esa suma de granos, risitas y rivalidades infantiles que componen la cotidianidad de las edades que por fuerza había tenido que atravesar, sino sobre todo porque, para imaginar todo eso, hacía falta situarla en su escenario, rodearla de una familia, de compañeras, de sus primeros novios y, por dispuesto que uno estuviera a alterarla en retrospectiva, solo cabía imaginar a Marguerite sola. Ahora, si no iba errado, vivían en uno de los pocos lugares del mundo en los que no debía de haber estado sola. La mera idea de que Marguerite conocía en Biarritz a personas que la ayudaban y rondaban discretamente alrededor de la casa desasosegaba a Victor. Sin poder dar con una razón concreta, le parecía que aquellos no eran ya sus habituales contactos fantasmales, periféricos, que solo existían por defecto, por encontrarse ausentes de sus casas, por haberse cruzado un día u otro en el camino de la Marguerite actual y cabalmente constituida, sino personas que habían sido parte integrante de su vida, que la conocían desde hacía tiempo y, por inconcebible que pudiera parecer, la habían visto cambiar. En suma, personas reales de su pasado real, el colmo del horror. Victor sentía celos de aquellos nuevos fantasmas. No los celos que provoca la sospecha de que la chica que uno ama le está poniendo los cuernos, sino los que suscita la intimidad de esta con su propio cuerpo, el hecho de que se pasee a todas horas con ese cuerpo, el suyo, ese objeto de deseo, que lo conozca mejor de lo que uno lo conocerá nunca, que camine sin pensar en el balanceo de sus pechos, por ejemplo, ni en el coño que lleva entre las piernas, aunque esté ahí, y viva, todo lo cual se resumía en el comentario del propio Victor, cuando le dijo a Marguerite que estaba celoso de su támpax.

De hecho, Biarritz se le antojaba ahora un támpax inmenso, la suma de todo lo que Marguerite era y lo excluía a él. Habría dado cualquier cosa, su vida misma sin pestañear, por habitar el cuerpo de Marguerite en lugar de penetrarlo, por saber no solo lo que le sucedía en ese momento, sino lo que sentía cuando tenía la regla, cuando orinaba sentada, cuando se daba un baño y se acariciaba, o al tener que añadirle una «a» a las palabras que la designaban. Sobreestimaba sin duda, por creerlo incesante, el placer de ser mujer, de tener un sexo de mujer, pero tenía la excusa de amar a Marguerite, cuyo ejemplo verificaba la exactitud de su apreciación. Siempre le había parecido de una simetría grosera y absurda que, como todo parecía indicar, la mayoría de las mujeres se sintieran tan conmovidas por una picha como los hombres por un coño. Marguerite, al menos, tenía una visión más sensata de las cosas. Fascinada por su propio sexo, se ocupaba de él tanto como Victor y con igual fervor. Juntos lo miraban, lo acariciaban, lo admiraban como dos padres babeantes ante su retoño. Ella, al menos, envidiaba a Victor por una buena razón: porque podía besarle el sexo, lamérselo. Y, aunque admiraba su polla, lo hacía a la manera del esnob que no estima a alguien por sus méritos personales, sino por el entorno en el que se mueve. Aunque no era muy peluda, una fracción de su vello púbico sobresalía a veces de sus bragas, en el pliegue de la ingle. Con ayuda de tres tijeritas diseñadas a tal efecto, Victor ponía todo su esmero en recortar ese triángulo rubio. Sus reglas eran breves y poco aparatosas, como las de la mayoría de las chicas que llevan tiempo tomando la píldora, y obligaban a Victor a acariciarla con mayor atención y precaución que de costumbre, por miedo a hacerle daño. Sin embargo, la intimidad fomentada por este culto compartido no derivó en la transparencia con la que Victor había soñado, y las invenciones de sus pasados respectivos, inciertos hasta su encuentro, no eran para él más que un pobre sucedáneo.

Si algo le consolaba era que Marguerite jugaba deliberadamente esa misma carta contra él. Lo había llevado allí para hacer de esa sensación irreprimible un elemento más del juego, para integrar esa exclusión en su complicidad, por así decirlo. Por él, para fastidiarle, para asustarle, convocaba a aquellas presencias implícitas en torno a la villa, se las apañaba para transportar un colchón sin su ayuda y, por ende, con la de otro. Para que pudieran hacer el amor en su territorio, en el de ella.

Pasaban mucho tiempo en aquel colchón tan preñado de simbolismo. En su conducta habitual, cuyas transgresiones evaluaban minuciosamente, hacer el amor no se distinguía de ninguna otra actividad, lo que equivalía a decir que su única actividad era la de hacer el amor. La mayor parte del tiempo lo pasaban en la casa, tumbados en el colchón como en una balsa. El suelo alrededor de esa balsa estaba sembrado de todo lo que necesitaban: paquetes de tabaco, la llave número 982, el hornillo de gas, bolsas de galletas o de patatas fritas. Les bastaba con extender el brazo y de un vistazo podían hacer el inventario de sus posesiones. Salir de la habitación, aunque permanecieran en el interior de la casa, se consideraba una salida, una excursión equiparable en todo a las que los llevaba a veces a la ciudad. Tumbados, sentados o en cuclillas, a la javanesa –postura que Victor encontraba paradójicamente cómoda–, hablaban, tomaban té o comían galletas mientras se magreaban. Cuando se vestían, lo hacían a medias, con una camiseta o un jersey bajo los que se deslizaban a todas horas las manos del otro, su boca, su sexo. Victor pronunciaba largos discursos, puntuando sus frases con breves lametones a todos los labios de Marguerite. Sus pasados cobraban forma y el abandono en que vivían favorecía el ejercicio sistemático de la sospecha. Cuando hacer el amor es un acto distinto al resto, se ve investido de ese peso particular que nos permite mentirnos, engañarnos la mayor parte del tiempo, vivir separados durante el día a día y, no obstante, al echar un polvo, preservar la ilusión de que ese polvo es la prueba de fuego: desnudos ante el otro, nos revelamos tal como somos, y si somos mezquinos de veras aprovechamos esa confianza mutua para confesarnos pequeños secretos que callamos fuera de esa tregua. Pero Victor y Marguerite hacían el amor sin tregua. Se acechaban, se esperaban a la vuelta de cada abrazo, para asustarse, para despertar a sus dobles justo cuando parecía indudable que eran ellos y no otros quienes se acariciaban, quienes se lamían e inspeccionaban sus cuerpos, cuyas superficies superponían lo más estrechamente posible. En estos combates, la especialidad de Victor eran las muecas. Siempre le había gustado hacerlas y se le daban muy bien. Dotado por la naturaleza de una cara maleable en extremo, había estudiado desde niño sus rasgos mudables ante el espejo, y la soledad de Surabaya había exacerbado esta inclinación. A menudo, durante las horas que pasaba escribiendo a Marguerite, se interrumpía e iba al cuarto de baño para componer el retrato de la persona que acababa de escribir aquellos pasajes horribles, tachados de inmediato o cubiertos de garabatos. Se miraba al espejo y trataba primero de permanecer impasible, de evitar cualquier expresión, como esos mismos garabatos. Luego su rostro se veía sacudido por leves convulsiones que moldeaba una por una. Bajaba las comisuras de los labios, grandes y carnosos, arrugaba la barbilla y enseñaba las encías de la mandíbula inferior. Alzaba el labio superior hacia la nariz y entornaba los ojos, y se asustaba entonces de la absoluta maldad de su expresión. Apoyándose en el borde del lavabo con ambas manos, con las venas marcadas y los nudillos blancos, se balanceaba hacia delante y hacia atrás, alejándose del espejo para acercarse luego de golpe, imponiéndose a sí mismo la visión de un rostro contraído, desmesuradamente grande, deformado sobre todo por su malignidad. Se acercaba tanto que tenía de sí mismo la imagen que podía tener una amante que tuviera los labios pegados a los suyos. En ese movimiento, rapidísimo, había un momento en que la proximidad le resultaba insoportable, en que aquella cara afeada se tornaba monstruosa, frente a él, y era ahora la cara aterradora de un extraño que reía, con las comisuras alzadas hacia las aletas trémulas de la nariz. La metamorfosis se operaba a una distancia muy precisa, que él trataba de determinar. ¿A cuántos centímetros de los ojos que la escrutan se vuelve una cara realmente aterradora? Para encontrar ese umbral ralentizaba la maniobra, se acercaba al espejo muy despacio, como un pez al vidrio de un acuario, pero el efecto no era tan dramático como cuando lo hacía de forma repentina. La verdad es que estas muecas son difíciles de describir, pero la mayoría de la gente puede ejecutarlas de un modo enteramente satisfactorio. El lector debería detenerse un momento aquí y tratar de imprimirle a su rostro el tipo de expresión que crea que se corresponde mejor con el adjetivo «demoníaco», por ejemplo, la expresión que podría acompañar a un acto atroz, gratuito e imprevisto, como el de pincharle el globo a un niño discapacitado y socialmente desfavorecido que cifraba en él su única dicha, o reventarle los ojos en pleno éxtasis a la mujer que uno ama y que le ama: las circunstancias propicias a este tipo de proezas son incontables. Esa expresión, sea la que sea, es bastante habitual, pero tiene sus variantes, que se obtienen sonriendo con desmesura, abriendo los ojos como platos o inmovilizando los rasgos de la cara, paralizada por el odio y el júbilo hasta que la mueca se vuelve intolerable y le arranca a la espectadora (o a la persona preferiblemente de sexo opuesto a la que uno se la inflige) un implorante «para, para, por favor», súplica que conviene desoír, por supuesto, acentuando si es posible esa fijeza. Lo que así se consigue no es solo asustar, sino asustar con razón. Porque la ejecución de tal mímica hará aflorar por fuerza toda la maldad a disposición del individuo, siempre que este posea un mínimo de imaginación. Victor sabía que la mueca era su arma más poderosa, mucho más temible, de hecho, que las que podía desplegar en sus cartas o en las premeditadas incoherencias de su conducta. Porque la mueca lo arrastra a uno: hace realidad el sueño de ser otro, de ser el monstruo que nos suplanta. Un verdadero gesticulador no puede detenerse, tiene que seguir, y seguro del espanto que provoca debe aumentar la dosis, inmovilizar el rictus, para que sus actos se ajusten cabalmente a los del huésped que lo habita, a los de esa parte de sí mismo que, deseosa de aterrar al prójimo, se sentirá defraudada si no llega hasta el final y, como en el fondo sería una pena detenerse a esas alturas, asumirá el riesgo de estrangular a su compañera. Así como el coito se ve interrumpido el orgasmo, al menos para los hombres, cuyos engranajes son de gran simpleza mecánica, la mueca no puede interrumpirse de veras hasta la consecución del horror que promete: el asesinato, la violencia pura. Cuando está uno metido en faena, dejar de gesticular, devolver a los propios rasgos su apariencia natural de calma y bondad es igual de frustrante que un *coitus interruptus*. Victor se detenía siempre a tiempo, pero iba aplazando cada vez más ese momento, ese límite que no osaba cruzar, y vivía así en un estado solo comparable en el plano sexual al priapismo, tensando su rostro sin cesar e incapaz de relajarlo del todo, como se relaja y se aplaca el sexo tras la efusión. Marguerite tenía miedo. Ahí sí que cedía, se asustaba, y le pedía que parara, porque sabía que fingir indiferencia solo podría incitarlo a continuar, a demostrarle que iba en serio, que no era ningún farol. Así que detenía el juego. Consciente de esa fuerza, pero también del peligro que entrañaba, él no solía recurrir a ella sino a modo de amenaza, insinuando la mueca mediante una repentina y sospechosa suspensión gestual, adoptando una expresión vacía, maleable como un pedazo de cera en el que se disponía a imprimir su sello, aunque no lo hacía. Por supuesto, también le ocultaba a veces su rostro, para que ella pudiera sospechar que la horrorosa transformación se operaba en él en cuanto lo perdía de vista.

Entre las convenciones de las películas de terror hay una imagen muy poderosa, la de la pareja que se abraza, mejilla contra mejilla y, por tanto, sin verse (en la medida en que ver a alguien es mirarle a los ojos). Un plano muestra la cara radiante de uno sobre un hombro del otro, de quien el espectador solo ve la nuca y los cabellos; en el plano siguiente, simétrico, la que está oculta es la cara radiante de hace un momento, y la que se muestra es la que permanecía antes oculta: sus labios se alzan, asoman los colmillos, es obvio que van a clavarse en el frágil cuello, seccionar la carótida, desgarrar la nuca con sus rizos rubios graciosamente recogidos en un moño suelto, y esa primera cara no lo sabe, se cree a salvo, de hecho, tan segura como podría estarlo en este mundo, entre los brazos de su amado. Sin verse a sí mismo, Victor contraía el rostro en la peor de sus muecas. Esta le procuraba, por el mero movimiento de sus músculos faciales, una sensación no simulada de horror absoluto que le transmitía sin falta a Marguerite. Entonces ella lo apartaba, se desasía de su abrazo y estudiaba, angustiada de veras, el rostro sereno y la tierna sonrisa de Victor, que había recompuesto apresuradamente sus facciones. Ella sabía que aquella serenidad y aquella ternura no eran ya las del muchacho apacible y mitómano, sino la máscara del monstruo. El hábito de prestar atención a las menores alteraciones de su rostro y, en particular, a esa atroz vacuidad que anunciaba la mueca al tiempo que la eludía, representándola solo de forma abstracta, sin mitigar en absoluto el espanto que inspiraba, ese hábito adquirido por Marguerite la llevó a agudizar su sensibilidad táctil en grado extremo. Cuando el rostro de Victor oculto a su mirada se acercaba a su piel, cuando sus mejillas se tocaban o sus labios se posaban en su oreja o en el hueco de su vientre, sabía interpretar cualquier espasmo, cualquier pliegue de la epidermis o movimiento furtivo que pudiera delatar el arco maligno en la comisura de sus labios, hundidos en alguna parte de su cuerpo, y ese leve cambio la alertaba, indicándole que la transformación se había operado, que era el otro quien la besaba o la acariciaba, que era la lengua del otro la que se introducía en su boca o en su sexo. Sabía que el otro la miraba mientras dormía, con el brazo bajo su costado y las manos sosteniendo sus pechos, con las

189

piernas encajadas en las suyas y las rodillas contra en esa carne tan tierna de la corva, donde se unen por detrás el muslo y la pantorrilla, enmarcada por tendones que a los dos les gustaba besar, recorrer con el dedo, y que se conoce también, por lo visto, como la fosa poplítea o el poplíteo a secas, adjetivo que Victor extendía a todo el cuerpo de Marguerite, modelado por entero en una carne igual de suave que la de esas fosas: la de la corva, la de la sangría del brazo o el pliegue de la oreja o el muslo. Y cuanto más estrecha era esa intimidad poplítea, más propenso era el monstruo a suplantarlo. Las deformaciones gestuales del rosto no eran el único medio de conseguirlo. Con sus cuerpos dibujaban también los espacios en blanco y los garabatos que emborronaban sus cartas. Es cierto que el cuerpo no dispone de muchos recursos expresivos, aparte del movimiento, brusco o lánguido, la rigidez, el encogimiento o el abandono manifiesto. Sin embargo, la mano, el hueso saliente de la cadera o la nuca inmóvil podían revestirse, a fuerza de práctica y mutua desconfianza, de una cualidad extraña, hostil, como un resorte oculto que, de un momento a otro, podía aflojarse, saltar sobre ella, hacerla pedazos. Sin tocarse siquiera, sentados cada uno en un extremo de la cama, recostados sobre los codos, levantaban las rodillas a la altura de sus rostros para ocultarlos y trataban de sortear aquellas defensas simétricas. Mientras están quietas, dos personas sentadas una frente a otra a un metro de distancia pueden ocultar fácilmente sus rostros tras las piernas dobladas. Pero ellos se movían, jugando a sorprenderse. Marguerite inclinaba la cabeza unos centímetros, lo bastante para sorprender la mirada de Victor, a menos que este esquivara a tiempo el ataque desplazando sus murallas, y la fracción de Marguerite que así veía le permitía prever el movimiento que ella se disponía a hacer. Amagaban un gesto que anunciaba a veces, pero no siempre, un movimiento mucho más rápido en sentido opuesto, para alcanzar a ver al adversario durante la fracción de segundo en

190

que se replegaba para contrarrestar la ofensiva engañosa y bajaba la guardia. Podían pasarse horas embebidos en esta coreografía de fintas y tanteos. Gracias a su virtuosismo gestual, Victor solía imponerse en aquel terreno: si Marguerite lo sorprendía, si un gesto imprevisto le daba ventaja y le permitía forzar la línea adversa, lo que ella entreveía antes de que la rodilla de Victor volviera a su posición defensiva era un rostro descompuesto, el de alguien que podía hacerse un ovillo, destensar los talones y saltar sobre ella en silencio. Ella solía ganar por velocidad, pero cuando Victor se veía derrotado ella se asustaba mucho más. Era su revancha, la única que tenía a su disposición, porque en Biarritz se sentía rodeado a todas horas; como una alimaña que ha caído en la trampa, se debatía, mordía y aún lograba intimidar un poco a sus cazadores.

Esa ventaja la perdía allí fuera. Es decir, desde que ponía un pie en el suelo que rodeaba el colchón. A menudo jugaban al escondite por la casa y Victor sabía que si lograba dar con Marguerite, si la pillaba por sorpresa, la mueca le haría dueño de la situación. Pero no lo conseguía. Aquel ejercicio duraba aún más que el de las rodillas pantalla, porque en realidad no se escondían: se limitaban a retirarse a otra habitación de la casa y esperar. En cuclillas junto a un zócalo o detrás de una puerta, permanecían inmóviles. La casa era muy ruidosa y los dos aguzaban el oído para escuchar el crujido de un paso o la respiración del otro, pues a veces se «escondían» muy cerca el uno del otro, separados por una pared o, como en una ocasión, solo por una puerta abierta, a ambos lados de la cual pasaron los dos un buen rato, conscientes de que el otro se encontraba a unos pocos centímetros de distancia. Se trataba de no hacer ningún ruido, de que no crujieran el suelo o las propias articulaciones, de evitar hasta el más ligero roce de la ropa, de respirar con calma y parsimonia. En este juego, la casa era la mejor aliada de Marguerite. Para entonces Victor conocía bien su distribución, y sus obstáculos y tramos peligrosos –un listón que chirría, una cámara de eco– le eran tan familiares como a ella, pero la casa estaba verdaderamente encantada, embrujada por Marguerite, por su convicción de que ella había vivido allí, de que esos juegos del escondite eran la reedición de otros más antiguos, de que todo el pasado, la suma de gestos, palabras y momentos que allí habían tenido lugar, ligaban a Marguerite a esa casa en la que él era un extraño, delatado por el aire mismo que respiraba, cuya circulación anómala bastaba para informar a Marguerite de su presencia. Sabiéndose abocado a la derrota, acababa por rendirse, por gritar «vale, vale, estoy aquí», pero ella, al otro lado de la puerta, no respondía, solo oía el silencio porque ella se había marchado hacía rato, sin ruido, y lo esperaba abajo para volver a empezar, sin haber tenido que librar un combate que la casa ganaba de calle en su lugar.

Siempre podía bajar y recurrir a las muecas, pero no hubiera servido de mucho. El problema de las muecas, como no tardó en comprender, se asemejaba al de las armas nucleares o, cuando menos, al de la idea simplista que tenían de ellas los medios durante la Guerra Fría: eran más eficaces que cualquier otra arma, sí, pero no podía servirse uno de ellas si no quería poner fin a la partida. Eran a la victoria lo que sería al jaque mate el gesto colérico del jugador de ajedrez que, sin saber ya qué estrategia adoptar ni qué pieza mover, las manda todas al suelo de un revés. Si deformaba su rostro, la asustaría y se asustaría tanto que acabaría por matarla, a menos que fuera ella quien le matara a él. Sí, de acuerdo, pero no era cuestión de llegar a tal extremo, y tarde o temprano era imperativo que se detuviera, lo que reducía sus ofensivas, por espantosas que fueran, a meras bravatas. Había que volver, pues, a las armas convencionales.

Pero por un bando como por el otro, la situación estaba bloqueada. Se quedaban en casa y a veces salían a dar una vuelta por la ciudad. Marguerite había renunciado a seguir haciendo teatro, a fingir que los perseguían y tenían que esconderse. Como le había dicho en el coche, ya no tenía sentido. Así que se movían siempre bajo la mirada de unos ojos invisibles, los ojos de sus enemigos, que los habían acogido y cuidaban de ellos: los enemigos a quienes Marguerite acabaría por entregarle, harta ya del juego. Ya no había necesidad de nombrarlos ni de andarse con rodeos, porque nada se les escapaba. Victor y Marguerite deambulaban por Biarritz con cierta inquietud, pero sin tomar la menor precaución, y allí describían los más complejos itinerarios antes de regresar a la guerrilla de amor que libraban en los estrechos confines del colchón, con sus rodillas móviles, sus muecas y sus caricias. No se iban ya a ninguna parte, habían llegado. Victor no había vuelto a ver el coche desde el primer día. «Lo he prestado», le dijo Marguerite. Ya no era cuestión de marcharse, de volver por donde habían venido. Estaban allí, en Biarritz, a la espera.

Solo podían estar seguros de que estaban ahí, en una casa abandonada de Biarritz, y de que pasaban la mayor parte del tiempo en una habitación vacía de la casa. Un chico y una chica de unos veinticinco años, llamados Victor y Marguerite, hacían el amor, hablaban y se contaban historias. Vivían en el presente (es decir, intensamente, como recomendaba el anuncio de Coca-Cola, en el que ninguno de los dos hubiera desentonado, jóvenes y guapos como eran, con sus perfectos bronceados), en el sentido de que solo el momento en que se encontraban juntos, en la cama, ocupados en contarse mentiras, solo ese momento les parecía revestido de una existencia incontestable, aunque precaria, pues estaba condenado a convertirse en pasado, a caer en ese espacio incierto que ellos acondicionaban a su antojo. Más allá de esa imagen provisionalmente real, pues se renovaba con frecuencia, comenzaba la incertidumbre.

Un historiador –como afirman ciertos historiadores escrupulosos, muy dados a presentar esta clase de paradojas epistemológicas a los estudiantes de primer año, y no se puede descartar que Victor o Marguerite hubieran comenzado a cursar la carrera de historia– puede tener por cierto y verificado el hecho de estar sentado ante su escritorio, en su despacho: no se trata, ni siquiera en ese primer año de universidad, de negar la realidad de las apariencias ni de convocar a cierta mariposa china, persuadida en sueños de ser ese historiador. Si se asoma a la ventana y echa un vistazo a la calle, podrá constatar la existencia de cierta clase de urbanización, de ciertas formas de vestir y de moverse, que tendrá motivos para juzgar características de los transeúntes de esa calle. Si presta oído, oirá que hablan en cierto idioma, el mismo en que están escritos los folios desplegados ante él, que recuerda haber emborronado durante las horas que precedieron a esta pausa dubitativa, fomentada por el calor sofocante de la tarde. Si echa otro vistazo, verá las paredes de la habitación, llenas de estanterías que a su vez están llenas de libros, que presuponen la transformación de un gran número de árboles en grandes cantidades de pasta de papel (si es que da crédito a los rumores que corren sobre la fabricación del papel), así como la existencia de ciertos procesos de impresión y la actividad, en diversas épocas, de eruditos consagrados a distintas materias, relacionadas con lo que sucedió en el mundo o en su vida privada en el último milenio o la media hora que precedió a su escritura. Todas esas observaciones y otras muchas le permiten aferrarse a unas cuantas certidumbres nada desdeñables. Pero, en general, la cadena de acontecimientos históricos precedentes de la que deriva esa estampa solo puede conocerse a través de tradiciones dudosas, librescas en su mayor parte, a través de esos libros mistificadores o mistificados que se acu-

194

mulan en las bibliotecas y, en menor medida, sobre su escritorio. La crítica rigurosa de las fuentes autoriza tales especulaciones y, puesto que cada documento examinado se presta a la sospecha del historiador, que nunca podrá estar seguro de que no sean producto de la ignorancia o la mala fe, es posible que toda la historia conocida, todos esos descubrimientos ingeniosos, cuya ficción acreditan libros y manuales, no sean en realidad sino la trama de un tejido urdido siglo tras siglo para ocultar, por así decirlo, que toda esa historia que se tiene por verificada es solo el resultado de una vasta conspiración de historiadores que la inventan mientras se desarrolla una serie de acontecimientos muy distintos, relegados de inmediato al olvido.

Victor y Marguerite habían trasladado estas dudas sobre la historia universal, que les importaba bien poco, a su historia privada, tanto a la común como a la individual. Según una teoría más bien peregrina, pocos días antes de debatir todas estas cuestiones en el salón de la villa abandonada junto al mar, Marguerite era una muchacha criada en una familia de curas y militares, llegada a Biarritz para pasar unos días de vacaciones en compañía de su novio, un chico muy majo y algo mayor que ella, con el que se había instalado en casa de sus abuelos en ausencia de estos (que se habían apuntado a un viaje organizado por el sureste asiático). Era un chalé precioso y confortable, pero ella se aburría un poco porque su novio, que cursaba la carrera de medicina, estudiaba como un loco a todas horas, interrumpiéndose solo para follar, cosa que hacía muy bien, por cierto, pero sin acabar de ajustarse a los gustos de la muchacha. Según la misma teoría, Victor era también un joven de clase media, de los que poseen pretensiones literarias muy por encima de sus posibilidades, que ha ido a enclaustrarse un mes en una localidad turística, fuera de temporada, esperando que la soledad y la melancolía fácil del lugar le ayuden a terminar o, cuando menos, a avanzar un poco en la novela que tiene entre manos desde hace años, desde su adolescencia, de hecho. Trabajaba pues sin muchas ganas, leía novelas policiacas e iba de café en café, confiando en su aire misterioso y taciturno y su altivo retraimiento para seducir a alguna rubia otoñal descarriada. Pese a ser un ligón timidísimo, era muy tenaz. A veces abordaba a una chica por la calle para suplicarle sin rodeos —pues la gravedad de la situación le obligaba a obviar las presentaciones— que lo acogiera, que lo escondiera en su casa; era, le decía, una cuestión de vida o muerte. Si la muchacha accedía, representaba el papel del fugitivo, sin dar demasiados detalles, y pasaba dos o tres días encerrado en su piso. Cuando habían hecho ya el amor y la muchacha, que no se había dejado engatusar, aprovechaba su incipiente complicidad para hacerle confesar que lo único que quería era ligar con ella de forma original, él confesaba o no, dependiendo de su humor y de las circunstancias. La amenaza imaginaria que pendía sobre él le confería a su presencia y a las relaciones que se iban esbozando un aire de tregua en medio del peligro que le entusiasmaba. En especial, le gustaba pasar todo el día solo en un piso vacío, extraño, mientras la chica trabajaba o atendía sus quehaceres. No cometía nunca la menor indiscreción, le embriagaba el mero hecho de estar ahí, en la cama, en la habitación de una desconocida. Aprendía a reconocer su olor, imaginaba su vida, sus gustos, sus actitudes cuando se encontraba allí a solas y, como también lo estaba él, estudiaba las expresiones conmovedoras o novelescas que podía componer en su rostro, preguntándose cuál era su mejor perfil ante el espejo del baño, enmarcado por artículos de aseo y maquillaje, de frascos de perfume que olisqueaba uno por uno. Otros días, cuando se sentía más atrevido, se hacía pasar por un viajero en el tiempo llegado del futuro, consciente de que la chica lo tomaría por un farsante de inmediato, pero convencido también, puesto que para él todo eso era el pasado, de que solo podían acabar siendo amantes.

Aquella certeza, aireada a menudo, era más bien exasperante para la chica, que al principio lo mandaba a paseo, asegurándole que por nada del mundo, pero a fuerza de decirle que ya sabía que iba a decir eso, de afirmar haberla oído ya decírselo, pero que eso no iba a impedir que se cumpliera su destino, es decir, que Victor se metiera en su cama esa misma noche, la propaganda acababa por dar sus frutos.

Cuando vio entrar en el café a Marguerite –que huía de la casa en la que su novio sudaba tinta entre sus fotocopias–, Victor dudó un momento entre sus dos métodos predilectos y escogió el primero, porque no se sentía muy en forma y porque el segundo exigía el despliegue de una lógica implacable y esa noche corría el riesgo de enredarse en aquella concatenación de pasado, presente y futuro en la que había conocido, iba a conocer o conocía a su nueva conquista.

Al ver que ella salía del café y se dirigía a su coche, un Citroën 4L amarillo, la siguió, subió a la vez que ella y se sentó a su lado: por suerte, la puerta estaba abierta. Marguerite lo dejó hacer con cierta sorpresa, pero sin apuro. Su cara le sonaba, se preguntaba si no sería –sí, claro que sí– el mismo joven que, en la soporífera recepción que habían dado dos días antes unos amigos también soporíferos en una mansión junto al campo de golf, se había pasado toda la noche mirándola de reojo, sin atreverse a decirle nada –disuadido tal vez por la presencia de su novio–, exhibiendo un aire absorto para hacerse el interesante y dándole vueltas en su cabeza, era evidente, a la frase llena de desenvoltura y de misterio que podía decirle si reunía el valor necesario, y que al final no le había dicho nada. Tampoco se puso especialmente nerviosa cuando, en el coche, la amenazó con una pistola imaginaria, que era solo su mano tiesa bajo la camisa, y le ordenó en tono brusco que arrancara y saliera de la ciudad, sin hacer preguntas. Marguerite obedeció con calma y pronto comenzó a avergonzarlo por la naturalidad con la que encajaba la situación, no la situación real, por supuesto –que estaba jugando a los fugitivos para ligar con ella–, sino la que Victor quería venderle. No solo lo trataba como si fuera de veras un aventurero en apuros, sino como si ella tuviera también su papel en esa aventura, el papel convencional pero siempre excitante –y en cuya interpretación se volcó de inmediato– de la chica misteriosa, encontrada por casualidad, que acude en ayuda del fugitivo, aunque luego resulta que su encuentro no había sido tan fortuito, que la chica –sea del bando que sea– está perfectamente al tanto del complot cuya existencia acaba de descubrir el fugitivo, que ha bloqueado tal vez sus secretos engranajes. Sin vacilar un instante, como si el programa de la noche estuviera previsto hasta en sus menores detalles, lo condujo hasta la casa en la que había vivido su tío y que, por un oscuro pleito de herencias, llevaba años abandonada. Le indicó el camino y saltó la verja con él: allí estaría a salvo, le aseguró. Y, dicho esto, le dio un beso.

Al final se quedó con él, hicieron el amor y, de paso, se prendaron el uno del otro. A la mañana siguiente se pasaban ya la pelota con la soltura necesaria para aceptar tácitamente que su encuentro de la víspera no era el primero, que habían fingido no conocerse para no levantar sospechas. Qué sospechas y de qué enemigos era algo que quedaba aún por atar, pero después de pasar unos días juntos en la villa –Marguerite se olvidó de su novio, que debía de estar recorriendo Biarritz en su busca y probablemente llamaría a sus padres o avisaría a la policía, pero qué más daba–, habían esbozado ya y seguían perfilando sin descanso una historia que en algunos aspectos era del todo incoherente, pero en otros demostraba una coherencia pasmosa, teniendo en cuenta las condiciones de su elaboración: cada cual iba inventando fragmentos y personajes y los dejaba caer, aun invertebrados, para que el otro les diera forma, les encontrara un sentido y los reclutara para contraatacar. Hasta el momento, todo lo que sabían el uno del otro derivaba de aquella improvisación cruzada, de aquella mitomanía que, por otro lado, no excluía el placer especulativo de la crítica. Los dos se entregaban a ella de vez en cuando, dentro de los márgenes del relato, y cada uno extraía o creía extraer un conocimiento fragmentario del *verdadero* pasado de su cómplice a través del episodio con el que este acababa de enriquecer su saga. Por fantasioso que fuera el episodio en cuestión, bien tenía que basarse en alguna experiencia personal auténtica.

Así fue como Marguerite fue cribando las contribuciones de Victor: la aventura de las carreteras (un recuerdo de sus vacaciones, un misterio menor aderezado a discreción), los ritos funerarios de la colonia francesa (extrapolados sin duda de observaciones espigadas en reuniones familiares) o su encuentro en el laboratorio de idiomas de la calle de Fleurus, que le permitió a ella ambientar en ese mismo laboratorio recién erigido los infortunios conyugales de monsieur Missier (uno de los platos fuertes de su contribución) y favoreció la eclosión de las tres Dewi entrelazadas, fabulaciones que Victor tampoco se privaba de someter a un examen riguroso: Marguerite o algún conocido suyo debía de haberse encontrado un día con algún vendedor de gorras pintoresco y le había causado tal impresión que se empeñó en introducirlo en el cuerpo del relato, sin molestarse siquiera en modificar el género de su mercancía para hacer de él un vendedor de felpudos estampados con iniciales, accesorio que habría tenido mucho más sentido, aunque no permitiera el regreso triunfal del motivo de las carreteras. Marguerite debía de haber viajado también en compañía de gente sumamente rácana que evitaba los peajes de las autopistas y tal vez había vivido en Asia...

Por minuciosas que fueran, estas investigaciones, como las de los críticos biográficos a la Sainte-Beuve, solo podían producir resultados mediocres, pepitas de verdad probable e inútil que no hacían mella en la coraza de mentiras construida desde el primer momento en torno a su relación, como para protegerla del mundo, y que no impedían que sus pasados reales se volvieran, también a sus ojos, volátiles e inconsistentes como pompas de jabón. Y al mismo tiempo, su pasado imaginario, urdido al capricho de la conversación, ganaba peso a diario, asumiendo una forma de vida orgánica, depredadora, que lo digería todo e iba integrando los sucesivos y heterogéneos aluviones, cuyo origen y autoría les importaba tan poco, en el fondo, como al propietario de un bar que los vasos publicitarios de tal o cual marca se empleen para consumir la bebida en cuestión con exclusión de todas las demás, que la cerveza Kronenbourg se sirva siempre en vasos de Kronenbourg, la Coca-Cola en vasos de Coca-Cola y nunca en los de Pepsi, etcétera.

Las biografías de Victor y Marguerite previas a su encuentro se trasvasaban una en otra con la misma facilidad, y cuando la curiosidad les picaba lo bastante como para indagar en ellas –y verificar de paso la atribución de tal o cual detalle– no encontraban en su lugar más que la historia inventada, el núcleo común del relato. Ya no sabían qué había aportado quién, ni de qué episodios verídicos esas aportaciones habían extraído sus argumentos y sustancias: podía ser Victor quien había conocido al representante de gorras o Marguerite quien había asistido a un laboratorio de idiomas cerca del Luxemburgo. Al fin y al cabo, ¿qué más daba? Los sucesivos estratos que componían sus respectivas contribuciones se habían fusionado de tal manera que la mañana de su visita al doctor Carène ya no se acordaban –o fingían no acordarse– de quién había puesto sobre el tapete esa ciudad que tan noble destino habría de tener en su mitología privada, esa ciudad llamada a expandirse, a albergar calles, bares y moradores fantásticos, esa ciudad industrial de Java Oriental en la que ninguno de los dos, según decían, había estado jamás. Un punto insignificante del atlas que quizá escogieron al azar, con los ojos cerrados, a menos que hubieran oído aquel topónimo durante la fiesta en la que coincidieron unos días antes –que parecían siglos, pues entretanto había transcurrido toda su vida–, en la mansión junto al campo de golf desde la que lanzaron al cielo aquellos globos aerostáticos. Sí, así fue, sin duda. Uno de los invitados, un joven con gafas y camisa Lacoste, se empecinó en escuchar –tras buscarla febrilmente entre la pila de discos, como si le fuera en ello la vida– una canción de Bertolt Brecht y Kurt Weil titulada «Surabaya Johnny».

Según otra hipótesis no menos peregrina, Victor y Marguerite se conocían desde hacía tiempo y el encuentro evocado en la primera hipótesis peregrina no era –como afirmaban al día siguiente, tras pasarse toda la noche afirmando lo contrario– sino uno más de sus muchos y, a decir verdad, un tanto repetitivos primeros encuentros, ni más ni menos fundamentado que los de la calle de Fleurus, el bar del hotel Bali o la mansión con vistas al campo de golf donde el joven de la camisa Lacoste escuchaba una y otra vez, con los ojos entornados, el tema «Surabaya Johnny».

Según una hipótesis aún más peregrina, no se conocían de nada hasta que se encontraron, a solas, en la habitación vacía de la villa de Biarritz, aquella tarde de principios de noviembre en que, tumbados en el colchón, se entretenían en especular y acumular hipótesis peregrinas sobre el origen de su relación. Sin embargo, aunque aquella tarde no gesticularon ni hicieron el amor, Marguerite conocía ya las muecas de Victor y este conocía el sabor del coño de Marguerite, así como la angustia de no conocer, como la conocía ella, la dicha de sentir sus manos posarse en sus pechos. Pero la audacia de esta hipótesis –mucho más peregrina que aquella, descartada en el acto, según la cual Victor y Marguerite eran los protagonistas de la novela que Victor trataba de escribir y, como tales, gozaban de libertades que le estaban vedadas al común de los mortales– consistía en la intuición de que todo lo que precedía al momento mismo en el que hablaban ya no existía y, por tanto, debía ser recreado por su conversación.

Un apunte acerca de esa conversación: a diferencia de tanta gente que, al proferir sonidos inarticulados y más o menos gemebundos creen sin duda elevar por encima del curso habitual de la existencia un paréntesis que cierran fumándose un cigarrillo y recobrando la dicción serena y reposada que tenían antes de abrirlo, Victor y Marguerite tenían la costumbre de continuarla –la conversación– mientras follaban. Con la voz un poco ahogada por la emoción –que el ejercicio del diálogo no mermaba en absoluto, todo lo contrario– y por la causa misma de esa emoción, a saber, el coño de Marguerite, al que pegaba su boca mientras hablaba, alzando la cabeza de vez en cuando para tomar aliento, Victor, preocupado como siempre por la verosimilitud de la historia, por su realismo incluso, le preguntó:

–¿Te parece creíble, aun así, que desde el primer encuentro, por la magia de una mirada, de un encadenamiento de gestos afortunados y réplicas soltadas al azar, dos personas puedan amarse con la pasión, la transparencia, la dicha y la complicidad necesarias para lanzarse desde el primer momento a inventar retrospectivamente la suma total de experiencias y mitologías que comparten y de la que precisamente, y eso en el mejor de los casos, podría derivar tan milagrosa complicidad?

–Sé bueno, anda –respondió Marguerite–, y deja de hablar entre dientes. No acabo de entender la pregunta, pero está claro que no, que no es posible. Y es más, la cosa acabará mal.

Entretanto, el relato se les estancó. Vivían en el presente, es cierto, pero, a fuerza de hablar, su historia se había ido encauzando poco a poco hacia ese presente y acababa de llegar a una conclusión provisional en la habitación donde se la estaban contando. A veces daban marcha atrás, claro, para rectificar detalles o imaginar otros nuevos, pero había que admitir que, en conjunto, desde su llegada a Biarritz se encontraban en un punto muerto. Y al cabo de unas horas, todas aquellas hipótesis peregrinas les aburrían soberanamente.

Llovía y hacía frío; tampoco aquel día salieron de casa. Por la mañana habían calentado grandes cubos de agua que habían vertido en la bañera, en la que se habían instalado. De vez en cuando, cada hora más o menos, uno de los dos salía tiritando e iba a buscar agua caliente –el cubo permanecía al fuego del hornillo– para que la temperatura de la bañera se mantuviera constante. A eso de las cuatro de la tarde –llevaban en remojo desde el mediodía y se entretenían en observar las yemas de sus dedos, cada vez más arrugadas–, Marguerite, tumbada boca arriba sobre el estómago de Victor, se quedó dormida. Para no despertarla, Victor trató de quedarse inmóvil, librando una lucha simultánea con un calambre en la pierna derecha, un principio de tortícolis –su nuca reposaba en el borde de la bañera, en el estrecho hueco entre el grifo y la pared de cemento raspado– y una intermitente pero obstinada erección. Para distraer su mente de todas estas molestias, trató de concentrarse en la posible incorporación a la historia de un artículo que había hojeado la víspera en una revista y que trataba de los mormones. Los mormones solo conciben la vida eterna, como la terrenal, en familia, en el sentido más lato de la palabra. La felicidad de sus adeptos en el paraíso depende así, en esencia, del número de parientes con los que allí puedan reunirse. Por otro lado, para acceder a ese paraíso es indispensable haber sido bautizado en la Iglesia de Jesucristo de los Santos de los Últimos Días, la única y verdadera iglesia de Dios. Así las cosas, si los antepasados de un mormón cualquiera no tuvieron esa suerte, si cometieron la estupidez de ser católicos o musulmanes, ese mormón se sentirá a buen seguro bendecido, pero también un poco solo, huérfano, lo que reducirá en buena medida su felicidad celestial. Los teólogos que antaño se preguntaban si Platón, Cicerón o Catón el Viejo estaban condenados a la gehena, ya que el cristianismo aún no existía en sus tiempos y no habían podido ser cristianos, solían concederles a estos hombres sin tacha, indudablemente justos e ilustrados, el beneficio de la duda, y suponían que, de haber tenido ocasión, habrían abrazado la verdadera religión. Los mormones han sistematizado y llevado a la práctica esta corrección retrospectiva y meramente formal, bautizando *post mortem* a todos los ancestros que consiguen identificar, remontándose por cada linaje y reconstruyendo un árbol genealógico lo más amplio posible. Una vez hallados e identificados los difuntos varios que, por no haber conocido la secta en vida, andarán pudriéndose en uno u otro purgatorio, los mormones van al templo, visten a sus niños con blusas blancas y los bautizan en nombre de aquellos ancestros, a quienes, por lo visto, la administración celestial o infernal anuncia entonces su ascenso, es de suponer que para su inmensa alegría. Al principio, estas búsquedas genealógicas eran artesanales, pero hace ya algunos años que se han informatizado. Era la única forma viable de enfrentarse a la magnitud de su obra de salvación, ya que la cifra de potenciales catecúmenos, vivos o muertos, se estima en más de dieciocho mil millones. ¿Por qué solo dieciocho mil millones?, se preguntó Victor, mientras se entretenía en pestañear contra el pelo de Marguerite. Al fin y al cabo, si uno tira del hilo hasta el final, todo el mundo está emparentado con todo el mundo.

En cualquier caso, le parecía que las actividades de la secta podían arrojar nueva luz sobre las de la colonia francesa y, por un momento, se planteó muy en serio transformarla en un estado mayor de criptomormones especialmente radicales, empeñados en recuperar a sus familias, sus amigos y hasta sus enemigos, matando si hacía falta a los que se mostraban reacios a recibir el bautismo en vida. Desde luego, esta interpretación no lo explicaba todo, y ese todo ganaba además en confusión a medida que se enriquecía. Hacía ya algún tiempo –desde que Marguerite se había dormido, en realidad– que Victor se confesaba insatisfecho con la historia en cuyos márgenes habían encallado. Soñaba con integrar ese batiburrillo de anécdotas y peripecias mal empalmadas, poco desarrolladas a veces o del todo inservibles en una trama perfectamente organizada, sin sombra alguna. Sueño comparable, como estaba dispuesto a admitir, al del autor de novelas negras poco previsor que, en lugar de elaborar primero la explicación general (quién cometió el crimen, cuándo, cómo y por qué) y solo entonces escribir un relato que brinde al lector todos y cada uno de los detalles que figuraban en la explicación o conducían a ella, se contenta con acumular pistas, giros argumentales y deducciones varias perdiendo de vista su objeto, con lo que a la hora de concluir la historia se pregunta aterrado cómo salir del apuro, cómo escribir uno de esos brillantes capítulos finales en que hasta la última anotación revela su cometido, su imperiosa necesidad. Obviamente, recurrir a los mormones no podía ser ninguna panacea y, de hecho, corría el riesgo de complicar aún más las cosas, aunque a estas alturas, ¿cómo salir del aprieto sino con una huida hacia delante? La perspectiva le arrancó un suspiro y Marguerite se despertó, dijo que tenía frío y, sin hacerse de rogar, recordó que le tocaba a ella ir a buscar agua y salió de la bañera y del cuarto de baño. Mientras estiraba los músculos entumecidos, Victor la oyó bajar por la escalera a trompicones, trajinar el cubo metálico y volver a subir. Vertió despacio el agua humeante en la bañera, con cuidado de no quemar a Victor, que se acurrucó en su rincón y luego, con cautela, agitó las piernas para acelerar la homogeneización de la temperatura. Antes de reunirse con él, Marguerite, sentada desnuda en el borde de la bañera, se sacudió los pies para desprender de sus plantas las briznas, el polvo y cualquier otra cosa que pudiera haber en el suelo de cemento del cuarto de baño –una docena de baldosas de barro junto al zócalo daban fe de que en otro tiempo la habitación estuvo alicatada– y, mientras lo hacía, le dijo a Victor:

–¿Sabes a quién acabo de encontrarme por la calle, volviendo de la playa? A monsieur Missier. Te acuerdas de él, ¿verdad?

–Bueno, bueno –dijo Victor, presintiendo que la irrupción de aquel homúnculo periférico, que Marguerite tenía en reserva desde el principio, anunciaba una operación de envergadura, y diciéndose que había que hacer algo para tomar la delantera, si es que aún era posible. Mientras él se perdía en sus vagas ensoñaciones y proyectaba una alianza con los mormones, ella había preparado su ofensiva...

Marguerite se deslizó contra él en la bañera y sonrió. Él le devolvió la sonrisa, rodeó con las manos su cintura y, a la manera de los tíos o los parientes lejanos que, una vez al año, con ocasión de la reunión familiar protocolaria, te preguntan cuántos años tienes y a qué curso vas y luego se toman el tiempo de sopesar tus respuestas, que no les harían ninguna falta si se acordaran de las que les diste el año anterior, añadió:

–Bueno, bueno, esto se pone serio.

HUIDA HACIA DELANTE: EL ENIGMA
DEL GRAFÓLOGO SOSPECHOSO

Dos días después de aquel baño, vieron que alguien había deslizado bajo la puerta un gran sobre de papel manila, sin franquear, en el que habían escrito el nombre de Marguerite. Contenía un legajo de folios mecanografiados, cuyo texto íntegro se reproduce a continuación:

No sé si seguiré con vida cuando lea usted estas líneas.

–Y dale, tú erre que erre –dijo Marguerite, que desde la primera frase, y pese a las protestas de Victor, dio por sentado que el autor de la carta era él, iniciativa que solo podía tener éxito gracias a su autoridad, pues a fin de cuentas ella era tan sospechosa como él y, en cierto modo, el pastiche evidente del estilo y los manierismos de Victor apuntaba más bien a su autoría. El problema era que ese argumento podía dar lugar a infinitas inversiones –era tan característica de Victor, la carta, que por fuerza tenía que ser de Marguerite pero, por eso mismo, una imitación tan perfecta de Victor a cargo de Marguerite solo podía ser obra de Victor, etcétera– y, dada su ambivalencia, solo beneficiaba al primero que tuviera la idea de esgrimirlo. (Como esa vez en que quedaron en un café y él la esperó durante más de dos horas, con lo que podía estar seguro de que le había dado plantón, y que cuando volvieron a encontrarse ella le reprochó su desconsideración con tal vehemencia, asegurando que era ella la que había sufrido el plantón con tanta y tan firme indignación y, por aterrador que pueda parecer, con tanta buena fe, que Victor se dejó acorralar tontamente en el banquillo de los acusados, se sintió conminado a defenderse y padeció todos los tormentos por los que debe de pasar la víctima de un error judicial, segura a un tiempo de su inocencia y de que todo apunta a su culpabilidad.)

No sé si seguiré con vida (como decíamos) *cuando lea usted estas líneas. Por eso se las escribo, antes de ir a Les Tamaris. Como no conozco a nadie, no tengo familia y apenas me quedan amigos, voy a confiarle estas breves memorias en cuanto acabe de redactarlas, porque me cae bien, usted y también su amigo, porque el azar nos reunió de nuevo hace un par de días y porque, abierto ya el sobre y llegada a este punto, aún no se ha encogido usted de hombros.*

Marguerite no se encogió de hombros, pero sí chascó la lengua, aplicándola dos veces a la cara interna de sus incisivos. Ajeno a la desaprobación implícita en la onomatopeya, Victor quiso imitarla con su lengua en la boca de ella, una empresa condenada al fracaso que les llevó sus buenos dos minutos, tras los cuales reanudaron la lectura.

Y también porque ya conoce un poco de mi vida privada y no tendré que contársela en detalle, lo que me resultaría largo y penoso.
        (Nota mecanografiada verticalmente al margen: *Releyendo lo escrito, confieso que este argumento es papel mojado: era de prever.*)
        Ya sabe que me casé con una joven a la que conocí durante mi estancia en Java, donde ella trabajaba como cantante lírica,

que volvimos juntos a Francia y que, hará ya casi diez años, ella me dejó. Nunca he sido feliz con las mujeres y, en el fondo, era un abandono con el que ya contaba; pero eso no quita que sufriera, y mucho. Un año después supe que había dejado al novio por el que me dejó a mí y a los que se habían sucedido entretanto antes de volver a casarse. No he vuelto a verla desde nuestra separación. Soy ateo, no creo en la vida después de la muerte y aún menos en la reunión de las almas que se separaron en la tierra. Aun así, mis descubrimientos de los últimos días me llevan a creer que Dewi y yo nos reuniremos muy pronto.

Al principio le escribía con frecuencia. Yo era muy desdichado, se hace usted cargo, y nunca he tenido el menor sentido del ridículo. Soy uno de esos hombres a los que el orgullo o el prurito de la eficacia no impide precipitarse por la cuesta de las lamentaciones, que ni siquiera desisten cuando la ruptura se ha consumado de forma irrevocable y siguen escribiendo a su amada para defender su causa perdida, haciéndolos aún más insufribles a ojos de ella. Dewi no contestó a ninguna de mis cartas y al final, en lugar de renunciar a escribirle, me abstuve tan solo de enviarle las cartas que le escribía. Hasta el año pasado debo de haberle escrito al menos una por semana: para mí era como una especie de plegaria, de diario íntimo. La certeza de que ella no las leería me permitía desahogarme a gusto y, aun así, era a ella a quien le escribía. A la que yo amaba, no a la que había dejado de amarme. Esta costumbre fue para mí un gran consuelo, créame: llegué a estarle agradecido por su silencio. Desde luego, no le habría escrito del mismo modo si ella hubiera podido leer lo que le contaba, le habría escrito a una mujer cuya vida e inquietudes conocía bien, a la que no perdonaban los años ni la enfermedad, a esa mujer con la que me he vuelto a encontrar hace unos días a través de otras cartas dirigidas a otras personas, cartas que ya ni siquiera sé si son de su puño y letra o no.

Lo que sí sé, gracias a la omnisciente mademoiselle Faucheux, es que se casó en segundas nupcias con un hombre rico, un psiquiatra, una de esas grandes eminencias de provincias, y que los dos vivían en Biarritz, donde él tenía su consulta. Su vida conyugal no tardó en verse ensombrecida por las depresiones recurrentes de Dewi, por su melancolía y sus constantes cambios de humor. Hace tres años, su marido se vio obligado a internarla. No en un manicomio, claro está, sino en la casa de convalecencia de Les Tamaris, junto a la que rondaba yo el otro día cuando me topé con usted. Dewi no salía nunca de allí. Según tengo entendido, la aparente libertad de la que gozan los internos es fruto de la discreción y el tacto con los que se los somete a una vigilancia que en realidad es incesante. Les Tamaris es propiedad del doctor Carène, su marido, que trabaja allí por las mañanas. Al poco de internar allí a Dewi, Carène dejó su casa en el centro de Biarritz e hizo acondicionar el antiguo pabellón de los guardas, donde se instaló para poder estar cerca de ella y donde sigue viviendo, que yo sepa, aunque Dewi ya no esté. Allí iré a verle mañana por la mañana.

Como hace casi un año que perdí el contacto con mademoiselle Faucheux, no tenía noticias de Dewi. No sabía si vivía aún en Biarritz, con su marido o con otro hombre. Ni siquiera sabía si seguía viva. De ella solo me quedaban mis recuerdos, a menudo amargos, pero no exentos de amor, y su voz en las cintas magnéticas de las que usted y su amigo hicieron un uso tan particular (lo que, dicho sea de paso, es otra buena razón para escogerla a usted como confidente: fui testigo de su encuentro). Casi todas las noches yo escuchaba aquellas cintas para oírle decir las frases que yo había escrito para ella. No teman haberme ofendido con sus comentarios despectivos sobre esa voz, sobre la interpretación o el texto. Comprenda que sé muy bien lo que era Dewi y que esa lucidez no resta un ápice de fervor a mis sentimientos.

Fue por pura casualidad que fui a dar hace tres días, en las estanterías de una librería, con la obra de Roland Carène Escritura y psique, de reciente publicación. Es un libro denso, serio, desconocido para el público no especializado y probablemente despreciado por los especialistas: el librero me dijo que el autor corrió con los gastos de la publicación. La curiosidad me impelió primero a mirar en la solapa la foto del tipo, al que no le guardaba ningún rencor: al fin y al cabo, ni siquiera fue él quien me arrebató a mi mujer. Muy pronto podré comprobar si el retrato le hacía justicia: muestra a un hombre de unos cincuenta años, con el rostro más bien fofo pero las facciones claras, bien delineadas y, tras las gafas, unos ojos azules pequeños y penetrantes. Una breve nota biográfica informa de que vivió y ejerció mucho tiempo en Asia: en Camboya, Laos e Indonesia. Compré el libro con la esperanza de saber algo más sobre él. La verdad es que no esperaba que una obra científica contuviera muchas confidencias personales, pero bueno, escriba uno lo que escriba, por fuerza ha de poner en ello un poco de sí mismo. Y debo decir que no me equivocaba.

Como el título indica, es un tratado de grafología. No tengo la menor idea sobre esa ciencia, ni siquiera sé si se considera tal. Como todo el mundo, reacciono de manera instintiva a las distintas caligrafías, aunque solo me revelen secretos superficiales y falsos, a buen seguro. Las letras me parecen bonitas o feas, sencillas o complicadas, simpáticas o antipáticas a veces, en ellas puedo barruntar el grado de alfabetización del redactor, y poco más. Por mi parte, escribo siempre a máquina. Adquirí la costumbre en las oficinas donde trabajé y mi propia letra, sobre la que me abstengo de emitir veredicto alguno, no es muy legible.

–Puedes ahorrarte los comentarios facilones –dijo Victor.

También las cartas que no enviaba a Dewi las mecanografiaba. En cualquier caso, la grafología es una ciencia bien curiosa. Pretende ayudarnos a conocer al ser humano, sus tendencias duraderas y sus estados transitorios, a través de las huellas escritas que deja, pero analizándolas desde un ángulo inusual. La forma se considera aquí más reveladora que el contenido. Bueno, no exactamente, pero digamos que el grafólogo debe ceñirse a la forma. El trazado de las letras, los espacios que hay entre las palabras y otros rasgos de la escritura nos transmiten un mensaje que nada tiene que ver con el mensaje explícito del texto y que tiene además la ventaja de ser involuntario (salvo en caso de alteraciones deliberadas, que no engañan al especialista y tienen un valor aún más probatorio) y constante (a menos que existan alteraciones circunstanciales imputables a la prisa, a la enfermedad y a otras causas diversas que también pueden tomarse en consideración). Lo que quiero decir, de forma bastante esquemática, es que la escritura al dictado de un texto sobre cuyo contenido no tiene uno la menor responsabilidad no afecta en nada al valor grafológico del espécimen resultante. Desde un punto de vista grafológico, una página de Shakespeare que copio a mano dice mucho sobre mí y nada sobre Shakespeare. Del mismo modo, y no escojo este ejemplo al azar, ciertas señales particulares en las astas, las barras de las tes, los puntos de las íes o los palos de las letras son más fiables a la hora de detectar la propensión del sujeto al crimen que el informe detallado que componen esas letras, que las confesiones precisas sobre el nombre de la tienda donde compró el cuchillo de carnicero y el rincón del huerto donde enterró el cadáver, convenientemente cortado a cachitos. Eso es algo patente en la presentación de cualquier libro de grafología. Este, en particular, está ilustrado con 223 facsímiles de diversos fragmentos manuscritos, de los que el autor se sirve para respaldar sus demostraciones. Varían mucho en tamaño: algunos ocupan una página entera; otros reproducen unas pocas líneas o unas palabras.

En primer lugar, cabe preguntarse por la procedencia de todos estos documentos. ¿Cuándo escribe la gente? Si excluimos el caso de los escritores profesionales y las personas que llevan un diario o que, en un sentido lato, escriben para su uso personal (y cuyos manuscritos, por tanto, no podrían haber acabado en un *libro de esta clase, al menos en principio), la fuente principal es por fuerza la correspondencia, ya sea privada o profesional. Habría que suponer, pues, que la mayor parte de los especímenes reproducidos son extractos de cartas. Y no estaría de más preguntarse entonces por qué vía han acabado en este libro. Está claro que no todas las cartas iban dirigidas al autor: eso implicaría que solo está hablando de personas que conoce, lo que sería, entiendo, poco científico y un tanto embarazoso. Puede que, al igual que los filatelistas, los grafólogos coleccionen cartas de los orígenes más diversos, y que Carène, psiquiatra de profesión, les pidiera a algunos de sus pacientes que escribieran para él. Bien que se publican los dibujos de los locos y sus test de Rorschach, al fin y al cabo. La cuestión es saber si esos colaboradores voluntarios, sin los que el libro no existiría, estaban al menos informados del uso que Carène haría de sus cartas.*

Todos estos fragmentos manuscritos se presentan amputados sin prestar atención a su sentido explícito. Hay también pasajes de cartas escritas en varias lenguas extranjeras, en inglés, en alemán y, como verán, en indonesio, sin ninguna nota a pie de página que proporcione su traducción y desvele el propósito que, después de todo, motivó su escritura. En cambio, el texto teórico, que proporciona una interpretación autorizada de los mismos, se reproduce en letra de imprenta y, por ende, solo podría aportar información sobre el tipógrafo o el impresor, suponiendo que algún día se establezca, según criterios similares, una psicología de estas artes.

La única información que tenemos acerca del autor es su nombre, unos pocos datos biográficos y la fotografía de la solapa, tras la que parece atrincherarse con sorna, como un fisonomista que nos brindara tan solo su firma. El lector más bien singular que soy yo sabe también que es o era el marido de su exmujer. Con todo, no se puede descartar (como pensé en el acto, sin imaginar a qué paradoja me conduciría esa intuición) que su propia letra figure entre las muestras reproducidas, al amparo de un anonimato general cuyas deficiencias no tardé en descubrir, y que se le presente así al lector, enmascarado.

Antes incluso de llegar a la conclusión de que algo sospechoso se escondía en esas páginas, mientras hojeaba el libro en el metro, camino de casa, me dije que sería curioso e instructivo invertir la relación establecida por el grafólogo entre el significado y el significante y examinar el sentido explícito de aquellos jirones de tiniebla surgidos de plumas anónimas y sometidos a su análisis (me disculpará este arrebato de lirismo, me refiero simplemente a la tinta negra). Además, había comprado el libro con la esperanza de encontrar alguna muestra de la letra de Dewi para completar mi exigua colección de recuerdos de ella. Aparte de los casetes, lo único que tengo es una carta y una postal de su puño y letra, que datan de los comienzos de nuestro matrimonio, además de unas pocas notas prosaicas —«No buelbo a casa a cenar. No esperar. Hay jamón en el frigerador», «Perdo la llave, estoy en casa de los Naturel» (los vecinos del tercero)— y una página arrancada de una agenda en la que figuran estas palabras que aún no alcanzo a explicarme y cuya corrección ortográfica me induce a pensar que las copió: «apisonar las colmenillas». Me pregunto si esta expresión no tendrá un significado más bien procaz. Su letra era infantil: cuando la conocí, trazaba redondeles y a veces corazones sobre las íes en lugar de puntos.

La esperanza de encontrar algún espécimen suyo en Escritura y psique *se nutría de mi debilidad por las simetrías, por las correspondencias ocultas. Me habría emocionado y hasta habría sentido cierta solidaridad con Carène si resultaba que los dos maridos de Dewi, sus dos principales víctimas (ya ve qué mutación se estaba operando* a priori *en mi cabeza), se habían sentido tentados de incluir una imagen suya en las creaciones de sus respectivas artes, por menores que estas fueran: que después de haber grabado yo su voz para mi método de indonesio (junto a la de otro, por desgracia), el grafólogo hubiera fijado para siempre su letra en un libro, y que esas manifestaciones* secundarias pero orgánicas de una mujer de carne y hueso por la que se habían derramado tantas lágrimas y puede que tanta sangre (había mucho navajero en los antros de Yakarta) hubieran sido conservadas intactas, al servicio de proyectos en los que ella solo había participado por pura casualidad, sin que los usuarios de las cintas o los lectores del libro supieran nada de lo que había sido aquella mujer, aunque ambos proyectos se hubieran armado en torno a ella y no fueran en realidad más que un medio para su conservación. Le ruego que me perdone, voy a tratar de acortar un poco las frases. Además, me estaba desviando un poco del asunto. Aunque no tanto, porque es esencial que entienda que Dewi es una mujer que ha sido muy amada, por dos hombres al menos. Por monstruoso que me parezca hoy Carène, y aunque la matara, como he llegado a creer, creo también que su amor por ella no era menor que el mío. También debe saber que, al menos en ese aspecto, y en otros concomitantes, los dos hombres de quienes le hablo se parecen mucho. Lo cual me lleva a deducir que, al escribir su libro, Carène se dirigía a mí. Pero no se impaciente, que ahora me explico. Del mismo modo que ciertos hombres tienen un tipo femenino inmutable y aman siempre a una única mujer ideal, encarnada sucesivamente en varios ejemplares concretos, ciertas mujeres, como Dewi, están destinadas a ser amadas por un tipo de hombre específico y a hacer infelices o arrastrar incluso a la locura a los distintos individuos que a lo largo de su vida encarnan a ese tipo, cuyas características esenciales son en este caso, a mi entender, cierta propensión a la melancolía, a la idealización, a preservar a toda costa, recurriendo en su impotencia creativa a los más descabellados procedimientos, la imagen radiante de esa mujer, que sus infidelidades y mezquindades han degradado... o bien, de un modo más perverso, la imagen de esas mismas debilidades. En cierto modo, es por eso que la he escogido a usted, señorita, como destinataria de esta carta que, pese a mis esfuerzos, se me está alargando mucho más de lo que quería, y eso que aún no he di-

cho nada. No quiero apenarla enfrentándola al espectro del amor humano, cuyo equilibrio es siempre desigual; sobre todo porque, aunque apenas los he tratado, a usted y a su amigo, creo que por algún milagro inexplicable escapan a esa regla que yo creía universal. Lo que existe entre ustedes, como salta a la vista, es algo precioso y raro, y quiero creer que no se reduce a la ilusión ordinaria de los primeros compases del amor, una ilusión corriente y pronto disipada que yo, debo decir, nunca he llegado a conocer. Desde el principio supe cuál era el reparto del amor que nos unía a Dewi y a mí, y que ella no ponía mucho de su parte, por no decir que no ponía nada. En el fondo, si les cuento todo esto es porque no pueden entenderlo, y espero sinceramente que no puedan entenderlo jamás. A un idealista como yo le es grato saber que el amor existe, tal como uno se lo imaginaba de adolescente, tal como lo expresan las palabras de las primeras cartas y las primeras efusiones que uno escribe o pronuncia, aunque a menudo ya no crea en ellas para entonces.

Al leer este verboso pero conmovedor pasaje, inclinado a su lado sobre el manuscrito, Victor temió que le inspirara a Marguerite algún comentario irónico. No fue así. Ella se limitó a darle un beso rápido en la comisura de los labios. Luego sopló hacia el folio, sobre el que había caído la ceniza de su cigarrillo. Fue apenas un instante, pero Victor supo en el acto (y no solo después, al rememorarlo en la biblioteca) que esa pausa, ese atisbo de ternura luminosa, cuya sola tristeza se cifraba en haber pasado ya, sería para siempre el momento más feliz de su vida.

Se acerca la hora. Voy a tener que aparcar mis sentimentalismos y reanudar el relato, cuyo último episodio tendrá lugar muy pronto en Les Tamaris: cuando usted lea esto, es probable que haya concluido ya.

La letra de Dewi aparecía cuatro veces en Escritura y psique. *El primer facsímil es el de un sobre en el que una mano que reconocí de inmediato —conservaba aún su costumbre de redondear los puntos sobre las íes— había escrito un nombre y una dirección:*

M. Bobby Prawito
9, route des Haies
Biarritz

Al leerlo no pude evitar un respingo. Ese nombre, que no le dirá a usted nada, me perseguirá a mí hasta el fin de mis días. Es el del joven estudiante de arquitectura al que la escuela de idiomas a la que iban ustedes le confió el papel de Halim en mi método de indonesio, el joven con quien Dewi se fue cuando me abandonó. Su voz ya la conocen.

Pese a mi turbación, seguí examinando la muestra. A juzgar por el matasellos, la carta había sido expedida en Biarritz el 9 de diciembre de 1981. Nunca hubiera imaginado que, diez años después, Dewi pudiera seguir en contacto —epistolar al menos, ya que estaba internada— con el tal Bobby.

El dictamen grafológico de Carène me dejó estupefacto: según su análisis, la letra era la de una mujer atormentada, desequilibrada, con tendencias suicidas que podían volverse contra los demás. Incluso para quien ignorase que la autora de la muestra era la mujer del autor, era sorprendente que este pudiera sacar conclusiones tan categóricas y negativas a partir de una dirección anotada en un sobre. Para empezar, porque —como señala el propio autor, que de hecho estudia el espécimen en un párrafo dedicado a esa cuestión— la redacción de una dirección postal exige un mínimo de legibilidad e impone por tanto una alteración voluntaria de la letra que resta relevancia al análisis. Y también porque la mención del destinatario atenta en parte contra el anonimato de la remitente, de la que se nos ofrece un retrato psíquico tan desfavorable. ¿No podía haber escogido un pasaje más inocuo que no mencionara el nombre de nadie?

Estas son preguntas que podría hacerse el lector no informado. El lector informado, que ha reconocido en la remitente a la mujer el autor y al examante de esta en el destinatario, se hace otras preguntas. Sabe que el diagnóstico está al menos parcialmente justificado, puesto que la mujer ha sido internada, pero se pregunta por la relación que existía aún entre Dewi y Bobby, y sobre el conocimiento que tenía de ella Carène, por sus razones para publicar el sobre que atestigua esa relación y, por último, por el modo en que ese sobre llegó a manos de Carène. No pudo ser interceptada antes de que llegara al correo, porque lleva su matasellos. ¿Debemos suponer, entonces, que Bobby era en realidad un amigo de la pareja, que se avenía a enviar su correspondencia con Dewi a su marido, igual que habría compartido con él los sellos si los hubiese coleccionado? No me acaba de cuadrar.

Pasemos ahora al segundo facsímil, una página extraída de un cuaderno escolar, que se presenta guillotinada a derecha e izquierda. La amputación sirve, supongo, para disimular el sentido explícito del texto –que de todos modos pasaría desapercibido al lector especializado, atento únicamente a la letra– y prevenir la curiosidad de los lectores profanos como yo. Me recuerda un poco a ese pequeño rectángulo negro que cubre los ojos de los delincuentes menores de edad o aún no juzgados en las fotos que publica la prensa. En ambos casos, el deseo de preservar el anonimato es meramente simbólico. El texto de Dewi, por ejemplo, no se ha visto muy mermado por la poda y no creo que haga falta rellenar los espacios en blanco simétricos a ambos lados de cada línea.

Así que lo copio tal cual, paladeando la ironía de hacerlo a máquina:

> dame Glippe sigue temiendo a Roland, que
> jugar en tamaris para entrenar a los muerto

mino más largo posible entre un punto y ot
banco junto al lago, se sale de ahí y tambi
a lo alto de la escalinata. Entonces tienes q
go en línea recta, 200 metros nada más po
no hay que ir en línea recta, no. Hay que c
l mayor tiempo posible para que todos de
bueltas en el jardín y el primero que llegu
l balcón pierde y Roland lo encierra en la h
ión 982. Los muertos dan bueltas sin parar.
ame Glippe me dice que en la isla dan buel
do el día. Roland les enseña para que pued

Dos cosas llaman la atención al leer este texto, a mi entender. En primer lugar, el comedimiento de la censura, que ha dejado un texto bastante inteligible, por poco que uno se esfuerce en descifrar la torpe caligrafía de Dewi. En segundo lugar, la clase de detalles que proporciona. El nombre de Roland aparece tres veces y también aparece el nombre de la finca, ese «tamaris». Cuando uno sabe además que Les Tamaris es una casa de convalecencia y que Roland es su director y el autor del libro, cabe sospechar que este, al imponer a sus pacientes tan extravagantes ejercicios, está también un poco perturbado. Nunca he oído hablar de tratamientos psiquiátricos que obliguen a los pacientes, so pena de terribles castigos, a encontrar el camino más largo entre un punto y otro de un parque. Por otro lado, un detalle sigue envuelto en el más absoluto misterio: la alusión a los muertos, que parece equiparar a los enfermos.

Sea como fuere, comprenderá que mi curiosidad, avivada ya por el primer facsímil, fuera a más, y que al interés meramente sentimental por las huellas accidentales que la vida y amores de mi mujer pudieran haber dejado en un libro, venía a añadirse ahora un interés casi detectivesco por un hombre capaz de reproducir, aunque sea de tapadillo, testimonios tan extraños que le atañen de forma personal. Porque me resisto a creer que esa carta no fuera escogida deliberadamente y con un propósito muy concreto. Empezaba a tener ganas de leerme el libro de Carène de cabo a rabo para confirmar una teoría esbozada al vuelo, a saber, la de que Escritura y psique *era una especie de autobiografía camuflada o más bien una colección de documentos sobre su autor, procedentes de sus allegados, documentos sobre los que él tenía la última palabra, al convertirlos en las pruebas sobre las que se basaba su diagnóstico. Este reciclaje científico de lo que pensaban y escribían sobre él quienes lo conocían —¿les plantearía ese tema de redacción a sus pacientes?— se operaba con cierta saña en el caso de Dewi, tachada ya de loca suicida a partir de una dirección escrita en un sobre, y cuyo segundo facsímil le permitía a Carène deducir varios trastornos físicos —al parecer, su letra delata una diabetes de la que yo no tenía noticia— y psíquicos. Le resumiré este último punto, para ahorrarle la jerga médica: paranoia y manía persecutoria susceptible de sublimación criminal, amén de un par de finezas que no me parecen muy científicas: carácter caprichoso, autoritario, etc. Puede que sea todo cierto, pero me da la sensación de que, al arremeter de esta manera contra su paciente, el autor renuncia a buena parte de la autoridad de la que le inviste su calidad (entendiendo por calidad el hecho de que sus textos se presenten impresos y no manuscritos, con lo que es juez y no parte). Todo lo cual hace de su diagnóstico un nuevo documento que añadir al expediente sobre la psique del propio autor.*

El tercer facsímil, que lleva el subtítulo de «Trastornos graves de la identidad», no ha sido amputado en absoluto. Veo en esta muestra de respeto la señal de una evolución en el estatuto de Dewi (a los condenados que no se salvan por la juventud o la duda no se les cubren ya los ojos con el rectángulo protector) y, por encima de todo, la vergüenza del censor ante un texto que no podía cortar sin alterar su inteligibilidad. Al final, prevaleció el deseo de preservarla, aunque esté reservada a los happy few *que entienden el indonesio. Esta es su traducción:*

Madame Glippe está muerta, lo sé. La conocía bien, su sobrino Gérard, que es ingeniero, vive en Surabaya.

–¿Se apellidaba Glippe? –preguntó Marguerite.
–Glippe, sí.

Así que Indonesia le interesaba y conversábamos a menudo. Yo estaba presente cuando le dio aquel ataque, del miedo que le daba Roland, y murió. Estaba muerta y yo lo vi, pero Roland me dijo que no dijera nada o me mataría. Sé que se la llevó a la habitación 982, a la que nadie tiene acceso. Y debes creerme si te digo que una semana después volví a verla en el jardín, buscando el camino más largo. Era ella, estoy segura, como si estuviera viva. La vi dos veces y ya no volvió a aparecer. Roland me dijo que se había ido a Surabaya a visitar a su sobrino y que pensaba ir a descansar a Java Oriental, y que si me iba de la lengua me enviaría allí también a mí. Allí es donde envía a los muertos. ¿Qué hacer, Bobby? Si Roland se entera de que te estoy escribiendo esto, me matará.

Me cuesta describirle lo que sentí al leer esta última frase que, tomada al pie de la letra, es poco menos que una confesión. Lo que sí le diré es que todo cambió para mí y que, instintivamente, supe que Dewi estaba muerta.

Me dirá usted que la conclusión es apresurada, que la carta plantea dos alternativas, una de las cuales es mucho más verosímil que la otra. Primera: la casa de Les Tamaris está encantada, sus internos difuntos reaparecen y vuelven a desaparecer, sin que se sepa cómo ni adónde van (a Surabaya, al parecer); Dewi, que ha descubierto el secreto, sabe que al divulgarlo incurrirá en la venganza de su marido, que, si es verdad lo que dice, ya debe de haberse consumado, porque la carta se reproduce en el libro y él tiene que haberla leído. Todo parece un poco cogido por los pelos, no tengo empacho en admitirlo, y cualquier persona sensata se inclinaría por la segunda alternativa, que es la siguiente: Dewi delira, es la carta de una loca. De hecho, esa es la razón por la que aparece en el libro, en el que, sin necesidad de traducción o alusión alguna a su contenido, sirve para ilustrar una vez más las tendencias paranoicas de su autora.

Bobby, Roland está detrás de la puerta con su jeringuilla. Lo sabe todo, va a matarme. He tratado de llamar a la policía. Si no te ha matado ya también a ti, llama a la policía, diles que me ha matado, a mí y a madame Gli

La frase se interrumpe ahí, en seco, en mitad de ese nombre tan fácil de completar. Las alternativas, como decía, son las mismas: o Dewi padece una manía persecutoria y acusa erróneamente a su marido de querer asesinarla para proteger Dios sabe qué tráfico de zombis, o bien está en sus cabales, escribió esa carta cinco minutos antes de morir y Carène, después de matarla, recuperó la nota que quería enviarle –pero, ¿cómo? ¿Lanzándola por la ventana, tal vez...?– a Bobby para publicarla en su libro con toda la frialdad del mundo.

Por supuesto, el mítico lector sensato que yo pretendía ser descartaría de un plumazo una hipótesis tan peregrina. Aun así, e incluso obviando el hecho de que un lector sensato y con la cabeza sobre los hombros no se habría metido nunca en semejante embrollo, se hará usted cargo del estado en que me habían sumido mis primeros descubrimientos. Había comprado el libro unas horas antes, movido por una vaga curiosidad, y había dedicado toda una tarde ociosa a buscar las apariciones de Dewi. Su cariz cada vez más dramático me fue alarmando y, al anochecer, me encontraba ya enfermo de incertidumbre y ansiedad. La idea de la muerte de Dewi se había alojado tan firmemente en mi cabeza que tenía que verificar de inmediato todo lo que cupiera verificar. Así que busqué y encontré en la guía telefónica

223

de la región de Pirineos Atlánticos un Carène (Dr. R.) y también un Prawito (B.), aunque a este no lo encontré en la misma guía y tuve que consultar la del año anterior. Ya no había ningún abonado con ese número, pero lo marqué de todos modos, porque escuchar la voz de Carène al otro lado de la línea me daba verdadero pavor. Aun así, entrada ya la noche me decidí a llamarle: me veía incapaz de esperar al día siguiente. Contestó una voz de mujer, de mujer mayor, extranjera, que me preguntó qué quería. ¿Hablar con la señora Carène? Eso no iba a ser posible. ¿De parte de quién? Me presenté como un amigo de la familia que acababa de volver de un viaje a Indonesia. En ese caso, dijo la mujer tras un silencio, como si desconfiara de mí, tendría que haberla visto usted: la señora estaba pasando una temporada en Indonesia, precisamente. La información me dejó tan conmocionado que a punto estuve de colgar, pero conseguí responderle, con relativa seguridad, que no la había visto, que su familia creía que ella seguía en Les Tamaris. No, repuso la mujer, aunque era probable que no hubiese visitado allí a su familia, por motivos personales, y solo hubiera visto a los amigos franceses de su marido. Podía escribirle, si quería, y enviar la carta al consulado francés en Surabaya, en jalan Darmokali 10. Le di las gracias y colgué, con el corazón a mil por hora y la cabeza hecha un lío. Tratando de no darle más vueltas, como un sonámbulo, me puse en comunicación con el consulado. Calculé que debían de ser allí las diez de la mañana. Un hombre joven, un tanto sorprendido por la pregunta, me confirmó que madame Carène recibía su correspondencia en aquella dirección, por la que sus amigos pasaban a recogerla de vez en cuando. Madame Carène no residía en Surabaya, estaba de vacaciones en algún lugar de Java Oriental, el chico no sabía nada más. ¿Y madame Glippe? Madame Glippe estaba con madame Carène, podía escribirle también al consulado. No, él no había tenido ocasión de conocer en persona a ninguna de las dos. En Surabaya solo habían estado de paso.

Ya no entendía nada y creo que temblaba de fiebre. Por un lado, los primeros datos que conseguía reforzaban la monstruosa hipótesis planteada por la propia Dewi. Si aceptaba la ecuación y me atenía al lenguaje en clave de Les Tamaris, estar de vacaciones en Java Oriental equivalía a estar muerto, con lo que había que deducir que el fantasma de Dewi rondaba ya por las antípodas, donde había ido a reunirse con el de madame Glippe. En caso contrario, estaba allí de viaje, posibilidad que, teniendo en cuenta el deterioro de su salud mental, del que sus cartas daban fe, resultaba igual de dudoso.

No creo en fantasmas, pero algo me decía que Dewi estaba muerta. Sin embargo, y aunque el joven francés del consulado –al que tan amablemente me habían remitido– no la había visto, sí había oído hablar de ella. ¿Debía concluir que era todo un complot, urdido en Surabaya por los cómplices de Carène, o alguna otra clase de impostura?

A esas alturas, ¿qué podía hacer, salvo dar vueltas por mi habitación, debatiéndome entre el miedo de enloquecer y el de tener un buen motivo para hacerlo? ¿Informar a la policía? ¿Qué iba a decirles? ¿Bastaría con mostrarles un tratado de grafología en el que se reproducían los extractos de unas cartas escritas por una mujer aquejada de manía persecutoria para que la policía entendiera que se trataba de una persecución real, rematada con un asesinato y –porque la cosa no acababa ahí– la aparición de un cuerpo resurrecto al otro lado del mundo? Se habrían reído en mi cara. ¿Debía partir para Indonesia, buscar allí a madame Glippe y madame Carène, asegurarme de que estaban muertas, desenmascarar a las dos viajeras que tal vez habían usurpado sus identidades y demandar de paso al cuerpo consular? Era una locura y tampoco tenía dinero para el billete. Pero algo tenía que hacer, había que pasar a la acción. Al final decidí tomar un tren a Biarritz a la mañana siguiente. El resto de la noche, que por supuesto pasé en vela, lo dediqué a leer Escritura y psique *y tratar de poner un poco de orden en mis certezas y sospechas.*

225

Una cosa, al menos, me parecía y sigue pareciéndome indudable: la presencia de uno o dos pasajes extraños entre los 223 especímenes de caligrafía del libro podría ser accidental; pero el hecho de que todas las cartas de Dewi encerraran un mensaje y que el orden en que se presentaban contribuyera a darles sentido me persuadía de que Carène había concebido su tratado como una especie de criptograma, cuyo verdadero sentido podía extraerse de los textos manuscritos o, cuando menos, de algunos de ellos, un sentido del que los textos impresos eran solo la envoltura. En realidad, estoy convencido de que no daba a sus análisis la menor importancia y habría aceptado sin pestañear las más acerbas críticas sobre sus diagnósticos grafológicos. El más desinformado de los lectores coincidirá conmigo en que el valor científico de la obra es escaso y no es de extrañar que el autor tuviera que publicarla a su costa: ningún editor serio habría aceptado semejante panfleto mal construido, repleto de interpretaciones aproximativas y a menudo contradictorias, que en mi opinión no son más que pura y simple paja.

Pero había algo más: ¿había examinado a conciencia aquel doble fondo del libro? Los 219 facsímiles restantes, los fragmentos que no escribió Dewi, ¿son también puro relleno o tienen alguna función? Todos esos fragmentos en los que no descubro detalles relevantes y que me resigno a considerar neutros, accidentales, todos esos fragmentos que no me dicen nada, ¿no participarán también de ese sentido oculto, que presentan desde otros ángulos de ataque? No tengo forma de averiguarlo.

Ahora bien, si nos ceñimos a las cuatro páginas que me llamaron la atención, y suponiendo que su sucesión esconde la confesión de Carène, que asesinó a su mujer, como he llegado a sospechar, ¿qué diablo pudo llevarle a cometer semejante imprudencia? ¿Fue el cinismo del criminal que, mientras la policía registra su casa, se pone a parlotear con voz chillona y golpea con la contera metálica de su bastón la pared recién cimentada tras la que agoniza su víctima, o la variante más esteticista de ese mismo cinismo, que consiste en sacar a la luz lo que debía permanecer oculto (justificaré estas referencias literarias más adelante)?

En cualquier caso, para denunciarse a sí mismo de este modo, por escrito y con todas las letras, debía de estar seguro de que su libro, una obra autoeditada y de escasa difusión, atraería como mucho la atención de los especialistas, y que en principio estos se limitarían a leer el texto impreso (y muy por encima, dada la inconsistencia de las teorías de su colega) y luego, si les picaba la curiosidad, someterían los manuscritos a un examen estrictamente grafológico, es decir, ciego a su contenido. Podría parecer una protección endeble, pero se ve apuntalada por los comentarios del autor, que permiten atribuir las acusaciones de Dewi a la paranoia, y eso sin contar que las dos misivas más comprometedoras se reproducen en indonesio.

Pero esto es lo que más me inquieta: la naturaleza misma de las pantallas tras las que Carène ocultó sus confesiones permite también esbozar un retrato robot del sabueso cuya perspicacia quería poner a prueba, porque de eso no me cabe duda. Podría ser un aficionado a la grafología o alguien a quien, por el motivo que sea, le interesa la persona del autor o la de alguno de sus allegados. Un hombre que lee el indonesio con fluidez y que se siente más atraído por los pasajes sospechosos que por el resto: este hombre, me pregunté, ¿no era yo?

¿Acaso no soy yo, Nicolas Missier, el lector atento y suspicaz con el que debía de soñar mientras elaboraba su charada, el que se pondrá alerta al menor detalle insólito, el que posee para entrar en el libro eso que los juristas llaman un «interés personal legítimo» y que, una vez allí, dará por fuerza con las pistas que el autor ha ido sembrando para que él las recoja y las interprete, con mayor o menor acierto? Ni por un segundo imaginé que había desvelado el principio de un misterio gracias a la negligencia del culpable, ni que me encaminaba hacia su solución sin su conocimiento. Y es evidente que lo que voy a descubrir es lo que él quería que descubriera.

Durante aquella noche febril se me ocurrió la idea —que me ronda aún— de que todas y cada una de mis dudas habían sido previstas por Carène, que sabía de antemano todo lo que yo haría y cómo iba a emplear la llave que él mismo me tendía complaciente para desenmascararlo, especulando sobre mi amor por Dewi, una llave que había fabricado él mismo, especialmente dentada para abrir puertas secretas y desplazarme por una casa cuya distribución había planeado con esmero, una llave con la que descifrar los enigmas que él mismo había enunciado por y para mí. Meterse en un libro, el que sea, es resignarse a esa dictadura, a la arbitrariedad del amo de la casa, que se arroga todos los derechos, entre ellos el de disimular y embrollar las pistas y los puntos de vista, por los procedimientos que él mismo elija. Nadie puede sustraerse a su arbitrariedad, a menos que aparque el libro, y yo aún tenía mucho que aprender de él. Para mí no había vuelta atrás, había mordido el anzuelo.

Al día siguiente (es decir, anteayer) estaba en Biarritz. Me alegré mucho de encontrarme con usted aquí, fue como si una presencia amiga me diera la bienvenida a una ciudad donde, sin embargo, no espero encontrar otra cosa que la confirmación de la muerte de Dewi y el anuncio de la mía. Después de despedirnos me quedé en el taxi, que me llevó a la carretera de las Haies, en un suburbio horrendo al que no le pega nada el nombre.[1] Tras la llamada de la víspera, sabía que Bobby ya no vivía allí, pero esperaba obtener al menos su nueva dirección, por repelente que me fuera la idea de encontrarme de nuevo con aquel joven, que ya no debía de serlo tanto, y cuya voz en los casetes me provoca aún atroces arrebatos de celos.

Cuando le dije a la portera a quién buscaba, me miró con una mezcla de curiosidad e inquietud y me preguntó si era pariente suyo. Cuando le dije que no, que lo conocía de vista, se quedó más tranquila y se embarcó en un relato pormenorizado

1. *Haie* significa «seto» en francés. *(N. del T.)*

del crimen, del que le ahorraré a usted los detalles: le bastará saber que Bobby fue asesinado en su casa hace tres meses y que en su brazo se encontró la aguja rota de una jeringuilla con la que le inyectaron un veneno terrible que, según el forense, lo paralizó en el acto y lo mató en cuestión de minutos.

La investigación seguía abierta.

Ya se imagina las conclusiones que saqué yo de aquel trágico post scriptum *a la última carta de Dewi:* todo encajaba. Lo que no se imaginará usted y no tengo ya ningún motivo para ocultarle es la rabia lacerante con la que acogí la noticia. En cualquier otra circunstancia, la muerte de Bobby no me habría dado ninguna pena. Pero al asesinarlo a la vez que a Dewi, Carène los había unido a los dos por toda la eternidad, y la vaga solidaridad de cornudo que sentía hacia el grafólogo –pues, pese a la incomprensible historia de los muertos redivivos, sigo creyendo que el móvil principal fueron los celos– se vio empañada por la sensación de que este había cometido una pifia irremediable, uniendo por segunda vez a los amantes que se proponía separar: por ese crimen merecía mil veces el castigo que las confesiones cifradas de su libro debían acarrearle.

Me quedé ahí de pie, como petrificado, en el lóbrego pasillo que hacía las veces de vestíbulo del edificio. ¿Qué quedaba por hacer? Mis pesquisas ya no tenían ningún sentido. Dewi estaba muerta, Bobby estaba muerto y su asesino me esperaba sin duda al cabo de la calle, pero nada me obligaba ya a recorrer aquel último tramo. Nada salvo el deseo enfermizo de confirmar lo que ya sabía y morir por ello, también yo.

La voz inquieta de la portera me devolvió a la realidad. Creo que ni siquiera me sorprendí cuando me preguntó si por casualidad me apellidaba Missier. Respondí que sí y me dijo que ya le habían prevenido de mi llegada y tenía una carta para mí, que le había entregado a primera hora de la tarde una chica, una rubia muy alta que conducía un 4L amarillo.

Victor miró de reojo a Marguerite, pero ella ni se inmutó.

Miré el sobre sin franquear que me tendía y leí:

Monsieur Nicolas Missier
c/o Bobby Prawito

La vaga incredulidad que sentí no respondía al hecho de que me aguardara allí una carta, hecho increíble de por sí, sino a la amabilidad de la portera, que se había comprometido a entregar una carta a un desconocido que preguntaba por la víctima de un asesinato cuyo piso debía de seguir precintado por la policía, y que cumplió su misión con total naturalidad y sin hacer preguntas.

—¿No llamará a la policía? —pregunté tímidamente.

—¿Se figura usted que llamo a la policía cada vez que reparto el correo? A ese paso no acabaría nunca.

No insistí.

Abrí la carta en la calle, frente al edificio, sin mucha curiosidad. Y lo que descubrí fue que Carène había decidido ensañarse, aplastarme con su omnipotencia, con una ostentación de nuevo rico. Este es, en cualquier caso, el mensaje que contenía el sobre:

Monsieur Missier,
Cuando abra esta carta, no estaré ya en este mundo.

Marguerite dejó caer la hoja que sostenía y exhaló un suspiro.

—¿Nadie te ha dicho nunca que tienes una mentalidad un poco cargante, a la larga?

—Vamos a hacer un alto —dijo Victor, conciliador—. Para distraerte, te contaré una historia, una historia maravillosa que además es autobiográfica. Me sucedió en uno de mis muchos viajes a uno de los rincones más salvajes y remotos de Oriente.

—Soy todo oídos.

—Pues verás, fue durante una cacería de jaguares, en Java Oriental...

—Si hubieras estado en Java Oriental u Occidental, sabrías que los rincones más salvajes y remotos de la isla se parecen mucho a un vagón de metro a las seis de la tarde, solo que hay menos jaguares. Pero corramos un tupido velo.

—Corrámoslo, sí. Como te decía, yo andaba cazando jaguares en Java Oriental. Me seguían y precedían varios porteadores: los de delante se abrían camino a machetazos a través de la frondosa vegetación; los de detrás llevaban fusiles, carabinas, pistolas de bengalas y algún que otro lanza-gatos, por precaución. Avanzaba pues por la jungla, atento al menor ruido, al crujido de la hierba, a un aullido lejano. Era todo de lo más pintoresco. Llegamos entonces a una especie de templo en ruinas, como el de Angkor, ya te imaginas, y como empezaba a estar cansado decidí echarme una siesta. Los porteadores que iban delante me imitaron y lo mismo hicieron los de detrás. Estaba todo el mundo encantado. Yo dormía como un tronco cuando de pronto, en mi sueño, tuve la sensación de que me observaban. Abrí los ojos...

Victor hizo aquí una pausa, como esperando que lo animaran a continuar. Marguerite, dócil, preguntó:

—¿Y entonces?

—Entonces, ante mis ojos aparecieron otros ojos. Dos ojos amarillos, líquidos, crueles. Y en torno a esos ojos amarillos vi dibujarse el hocico de un jaguar y, tras el hocico, el propio jaguar. Una bestia.

Nuevo silencio.

—¿Y entonces?

—Entonces, palpé disimuladamente en torno a mí en busca del fusil, la carabina, la pistola de bengalas y, si me apuras, hasta el lanza-gatos. Mis dedos no encontraron más que vacío y hierba aplastada...

—Pues estabas apañado. ¿Y entonces?

—Entonces miré alrededor, lo que, gracias a mi visión periférica extraordinariamente desarrollada, pude hacer sin dejar de mirar al jaguar a los ojos en ningún momento. Nadie. Los porteadores se habían largado. Y aquellos ojos amarillos, líquidos, crueles, seguían mirándome fijamente...

—¿Y entonces?

—Entonces intuí que se disponía a saltar, pero salté antes que él, parapetándome detrás de un muro decorado con bajorrelieves que representaban escenas del Ramayana, contra el que me había recostado para echar la siesta. Una fracción de segundo después la fiera saltó, con increíble celeridad...

—¿Y entonces?

—El felino saltó el muro hacia donde yo me encontraba, pero no me alcanzó, por suerte, o más bien porque logré esquivarlo hábilmente. Rodó sobre sí mismo, se estiró y recobró su posición inicial, solo que a unos metros de mí. Sus ojos amarillos, líquidos, crueles...

—Vale, vale, al grano.

—Bueno. Allí cerca se alzaba un baniano gigantesco, centenario. No sé si te lo he dicho, pero trepar a los árboles es una de mis especialidades. Así que trepé por el baniano a toda velocidad. Luego miré hacia abajo...

—Sí, ¿y entonces?

—Pues que el jaguar también se había puesto a trepar, solo que iba un poco más despacio: los jaguares no son buenos trepadores. Pero subir, suben, y ya podía yo trepar cada vez más alto, hasta el punto donde las ramas comenzaban a ser frágiles, que la fiera me seguía...

—¿Y entonces?

—Entonces me entró el pánico. Debes saber, querida mía,

que cuando te pisa los talones un jaguar de gran envergadura, una hembra para más inri, que son las peores, y te mira con esos ojos, y tú no tienes ningún arma y sientes que las ramas a las que te agarras se quebrarán bajo tu peso en cualquier momento, lo más normal es que te entre el pánico.

—No sé —le interrumpió Marguerite—, pero me harías muy feliz si aparcaras tu maldita costumbre de hablar en la segunda persona del singular en lugar de la primera, cuando le estás contando a alguien las cosas que has hecho y visto tú, no tu interlocutor. Si hay una muletilla tuya que me moleste, es esa. Así que haz un esfuerzo, anda.

—*Touché* —reconoció Victor, en francés en el original—. El caso es que la rama estaba a punto de ceder, el jaguar esperaba tranquilamente en la rama de abajo, con la boca abierta, y a mí me entró el pánico. Cosa que a ti, por supuesto, no te habría pasado nunca en tales circunstancias. El crujido de la rama llegó a mis oídos al mismo tiempo que el chasquido de la mandíbula del jaguar, que entrenaba sus maxilares...

—¿Y entonces?

—Pues que la rama se partió. Yo caí al suelo y, para colmo de males, me torcí el tobillo. El jaguar bajó de un brinco y ya vi que no se había torcido nada, el muy cabrón.

—¿Y entonces?

—Entonces nos vimos en la misma situación que un minuto antes, salvo por que lo tenía más cerca y estaba a punto de saltar...

—Con sus ojos líquidos.

—Con sus ojos líquidos. Por no hablar de su boca, porque el bicho estaba salivando como loco. Sentí entonces un bulto en mi pantalón.

—¿Se te puso dura?

—No, era mi navaja. La saqué y traté de desplegarla.

—¿Y entonces?

—Pues que aquella porquería de navaja se había atascado.

O a lo mejor es que se me olvidó quitarle el seguro, con los nervios. Vamos, que no pude abrirla...

—¿Y entonces?

—Entonces, querida mía, eché a correr.

—¿Y entonces?

—Entonces el jaguar echó a correr detrás de mí. Y corren que se las pelan, los jaguares. Sobre todo las hembras.

—¿Y entonces? ¿Qué pasó?

—Entonces sentí su cálido aliento en la nuca, y salivaba tanto la fiera que, en fin, me caían salivazos por todas partes, un horror...

—¿Y entonces?

—Entonces tropecé con una raíz y me partí los morros, y el jaguar saltó.

—¿Y entonces?

Victor se interrumpió, puso su mejor expresión de suspicacia y le dijo:

—Pero bueno, ¿tú eres amiga mía o amiga del jaguar?

Dicho lo cual se echó a reír a carcajadas, dando a entender que aquel era el remate de la anécdota. Marguerite lo miró con la expresión más obtusa de su repertorio, la misma cara de incomprensión desconsolada que se le había quedado al belga del ala delta en Drôme cuando la adorable hijita de los granjeros le contó durante un paseo la interminable y jadeante historia de los vecinos que se pusieron enfermos y, según *creía* todo el mundo, tenían un cólico, hasta que después de un minucioso examen, el médico concluyó que efectivamente *tenían* un cólico (aquel día fueron Marguerite y Victor los que se rieron a carcajadas). Esta vez, Marguerite se limitó a comentar:

—Si es rollo zen, tu fabulita, se me ha hecho un poco larga. Si no, es una solemne idiotez.

Victor, ofendido, carraspeó y repuso:

—Bueno, basta de bromas. Volvamos a las cosas serias.

La carta decía, pues:

Monsieur Missier,

Cuando abra esta carta, no estaré ya en este mundo. No estaré en él en absoluto, al contrario que su mujer. ¿No habrá olvidado usted su pasado?

El doctor nos va a matar. No solo por celos, sino porque queremos llamar a la policía. No sé a qué se dedica exactamente, es un misterio. Dewi me contó muchas cosas. En Les Tamaris mataba a montones de pacientes que luego seguían con vida. Caminan por las carreteras, trabajan en las carreteras y los manda a Surabaya y creo que también a otros lugares. Los pacientes son familiares de sus amigos de Surabaya. Cuando la inyección los mata, se van de Les Tamaris y se reúnen con su familia en Surabaya. Pero yo no iré a ninguna parte. A mí me ha matado de verdad. Y a usted también le matará, si no llama antes a la policía.

BOBBY PRAWITO

En la parte inferior del folio había una posdata, escrita con otra letra y otra tinta:

Lea la parte de Poe.

Y eso es todo. Luego pienso preguntarle a Carène qué sentido tiene esta carta, por qué se molestó en atribuírsela a Bobby y por qué insiste en encajar esta disparatada historia de fantasmas en lo que a todas luces es un drama pasional.

De vuelta al hotel, para quedarme más tranquilo, leí las páginas de Escritura y psique *dedicadas a Edgar Allan Poe. Entre otros manuscritos autógrafos de personajes ilustres (Charles de Gaulle, Lord Byron, Georges Duhamel...) el libro incluye nada menos que tres del poeta norteamericano, que dan ocasión a una*

235

extensa exégesis. Son extractos de cuentos que he podido identificar, cotejándolos con la edición de sus obras completas (ayer pasé la mañana en la biblioteca municipal). Lo primero que pensé al leer esos relatos, que son famosísimos –se trata de «El gato negro» y «La carta robada»– fue que Carène me subestimaba si creía necesarias aquellas referencias para guiarme por los arcanos de su libro. A mi entender, la sesgada elección de estos textos –el primero cuenta la historia de un hombre que mata a su mujer y finge que esta se ha ido de viaje, pero provoca a la policía hasta ser descubierto; el segundo afirma que la mejor manera de esconder un objeto es dejarlo bien a la vista– constituye una especie de pleonasmo, una rebuscada mise en abyme. *En cuanto al análisis que hace Carène de los tres especímenes, yo diría que las conclusiones que saca, de orden psicoanalítico, habrían sido las mismas para cualquier otro tipo de letra, siempre y cuando fuera la de Poe.*

Aun así, me llamó la atención un pasaje en el que Carène cuenta que en la época en que escribió «El gato negro», Poe padecía un trastorno mental grave y se dejó seducir por los proyectos de un coleccionista de autógrafos que había conocido en Richmond. Parece ser que el tipo lo convenció de que podía vender sus manuscritos a precio de oro, aun en vida, y Poe empezó a cuidar su caligrafía. Pero ahí no acababan sus desvaríos. Las halagüeñas perspectivas de un mercado entusiasta que le arrebataría sus manuscritos de las manos le sumió en un delirio de organización económica y previsiones de ventas que era un reflejo de sus fracasadas aspiraciones a la opulencia material. Pero al mismo tiempo se propuso sembrar el pánico en ese mercado, imaginado y regulado con gran esmero, equilibrado por una oferta desdeñosa por su parte y una demanda insaciable por parte de los coleccionistas, y pensó en inundarlo de falsificaciones, duplicados y, sobre todo, copias idénticas de sus manuscritos, originales todas ellas, que a lo largo de dos semanas, el tiempo que le duró aquel frenesí febril y alcoholizado, se dedicó a copiar sistemáticamente. Según Carène, pues, existían tres manuscritos de «El gato negro», los tres del puño y letra de Poe y casi idénticos: el mismo número de palabras por línea, el mismo número de líneas por página, el mismo papel, las mismas tachaduras, etc. En el libro se reproducen dos cuartillas que a primera vista parecen idénticas, en efecto, y Carène se dedica a comentar las ínfimas diferencias entre ambas versiones, cuyo orden cronológico no se ha podido establecer.

No estoy muy familiarizado con la vida y la obra de Edgar Allan Poe, pero me pareció que esta historia extravagante de manuscritos copiados chirriaba un poco. Así que me acerqué a la biblioteca y consulté las pocas obras que pude encontrar sobre el poeta norteamericano. El diagnóstico psicoanalítico de Carène se tenía en pie, a grandes rasgos, pero de su pasión por los manuscritos autógrafos no había ni rastro, ni de su deseo de burlar a cientos de presuntos entusiastas dispuestos a matarse por unas pocas líneas garabateadas por un periodista alcoholizado. Además, si hemos de dar crédito a los biógrafos de Poe, la mayoría de sus manuscritos se han perdido. Evidentemente, la historia es pura invención de Carène, un mero pretexto para incluir sus falsificaciones: una cuartilla que podía ser auténtica (o no: habría que averiguar si se conserva un original de «El gato negro», lo que tampoco probaría nada) y al menos una cuartilla falsificada por Carène, presentada como una imitación realizada por el propio Poe.

Al llamarme la atención sobre aquella impostura concreta y demostrable en la posdata de una carta que solo podía ser una falsificación, Carène quería sin duda hacerme entender, a su enrevesada manera, que todo, absolutamente todo en Escritura y psique era falso o al menos apócrifo. Todos los textos manuscritos, sin excepción, debían de haber sido escritos por la misma persona, la persona que en un principio pensé que se limitaba a reunir material disperso. En mi opinión, ni Dewi, ni Bobby, ni Poe ni nadie escribió una sola línea de esas muestras grafológicas. No contento con publicar pasajes inculpatorios contra sí *mismo, Carène los escribió de su puño y letra para atribuírselos luego a autores diversos, como el dramaturgo distribuye sus diálogos entre personajes a los que trata, a menudo en vano, de prestar alguna clase de autonomía. Y de paso burlaba o trataba de burlar al gremio de los grafólogos, sometiendo a su escrutinio una impresionante colección de falsificaciones. Me pregunto si sus colegas se lo tragaron todo —en cuyo caso, supongo que la obra les pareció simplemente floja, juzgándola a partir del texto impreso— o si alguno descubrió el pastel. Aunque es cierto que la detección del fraude grafológico habría conducido tarde o temprano a la del delito que confiesa, e imagino que el asunto habría trascendido. No, todo indica que hasta ahora* Escritura y psique *solo ha tenido un verdadero lector, y ese lector he sido yo.*

Demostrada la falsedad del documento, ¿habría que colegir que los hechos que refiere tampoco tuvieron lugar? Si la muerte de Dewi no ha sido anunciada por ella sino por su marido, ¿significa eso que no está muerta? Me temo que no es el caso. Bobby fue asesinado, de eso no cabe duda (a menos, claro está, que la portera estuviera conchabada con Carène y me mintiera: confieso que es una posibilidad que se me acaba de ocurrir y no he consultado los periódicos de este verano para confirmar el crimen). Además, Dewi se parece mucho a la víctima de «El gato negro» y a las de otros cuentos macabros y sucesos varios: una mujer que se esfuma sin dejar rastro y que oficialmente ha sido despachada a las antípodas, a Ulan-Bator o a Surabaya —ciudades que se me antojan ahora inmensas reservas de fantasmas—, pero que no embarcó, que permaneció en puerto, si es que cabe llamar puerto al zulo donde la emparedaron, a la bañera de cal viva donde se disolvió el cuerpo que tanto amé, a la fosa cavada en el parque donde se descompone su cadáver, a todos los escondites posibles junto a los que, consciente del peligro y presa del vértigo, el asesino se da importancia, dirige las pesquisas, se afana en levantar sospechas que, por algún milagro, no calarán hasta el último mo-

mento entre una legión de policías obtusos y grafólogos diploma-
dos, personajes que no tienen en la novela otra función que la de
realzar el papel del detective aficionado protagonista. Pero Carène
también apela a ese aficionado y ahora mismo está esperando su
visita.

    Soy consciente de que esta crónica, a la que pronto pondré el
punto final, quedará inconclusa.
    En resumidas cuentas, estoy convencido de que Carène des-
cubrió o se sacó de la manga la aventura entre Dewi y Bobby
—aunque no acabo de entender cómo podían verse, estando ella
internada—, que se los cargó y luego escribió, a modo de lápida, el
libro en el que puede leerse la historia del crimen. Tal vez se
arrepintiera, no tanto de haberlos matado como de haber reuni-
do a sus víctimas en la muerte. Mi propia reacción me induce a
creerlo. Y quizá ese remordimiento —volviendo a las zonas grises—
le inspiró ese cuento chino de zombis con el que aderezó el verda-
dero drama, como una intuición retrospectiva de sus dos muertos.
Supongo que el propio Carène ha dejado de distinguir entre lo
que cuenta y lo que realmente ocurrió, y en su libro esa posibili-
dad de discriminación póstuma permite a Dewi seguir con vida
gracias a sus cuidados, mientras que Bobby regresa definitiva-
mente a la nada.
    A menos que uno esté dispuesto a creer que Carène es capaz
de resucitar a los muertos, solo se me ocurre esta explicación, que
no lo explica todo y presenta lagunas y contradicciones que sería
preciso aclarar sobre la base de la manifiesta enajenación mental
de Carène. Que pretenda haber salvado a Dewi de la muerte que
él mismo le dio es comprensible, pero, ¿por qué concebir ese extra-
ño circuito de zombis y ese tráfico de muertos vivientes entre Bia-
rritz y Java Oriental, con escala en Surabaya?
    Supongo que esta organización, cuyo esquema apenas esbo-
za, debe incluir referencias a personas y acontecimientos de su
vida que desconozco. Lo único que sé, porque escribí mi método

de indonesio según un principio similar, es que esas referencias pueden resultarle absolutamente ininteligibles al profano.

Es más, aunque tiendo a considerarme el lector privilegiado al que se dirige Escritura y psique, *podría ser, como he apuntado antes, que el libro estuviera repleto de pistas análogas a la que yo he seguido, accesibles a otras personas, que se verán atraídas por otros indicios, por otros topónimos y otros nombres propios, por otras caligrafías. Instruido en el misterio gracias a mi pasada intimidad con la protagonista, podría haberlo sido del mismo modo si hubiera conocido a un subalterno, a un segundón, a un miembro de la familia Glippe, por poner el caso, cuya escritura habría reconocido al pasar una página y que, por otra vía, me habría conducido a la verdad: a la misma verdad, es de suponer, pues pese a todo, y por diversos que puedan ser sus vericuetos y puertas de acceso, sigo creyendo en la unidad argumental de la obra.*

En Escritura y psique *abundan los nombres propios y los fragmentos extraños que no he podido examinar por falta de tiempo y, sobre todo, de un «interés personal legítimo». Esa página arrancada de una agenda, por ejemplo, con una fecha del calendario chino y el mensaje «M. nos entregará a V. en bandeja de plata. Médor»; el anuncio de la llegada a Les Tamaris de un tal Pierre-Thierry; ese sobre dirigido a un tal M. Drume, del consulado francés de Surabaya; los catorce karatecas que aparecen en más de una ocasión...*

–Supongo que tuviste que fletar un chárter para mandar ahí a toda la familia –dijo Marguerite, entre risas.

...pistas dispersas que son letra muerta para mí, pero que tal vez tengan sentido para otros lectores. A esos «otros lectores» hipotéticos debía de dirigir Carène sus divagaciones sobre los viajes entre Biarritz y Surabaya de esos muertos adiestrados en Les Tamaris para caminar por «carreteras» (?). Es posible que desde la

publicación del libro haya recibido ya un buen número de visitas atraídas por alguno de sus cebos. O puede que no. Yo, al menos, ahí estaré.

Antes de concluir mi crónica, me gustaría pedirle un favor. Estoy seguro de que si escribiera a Dewi al consulado de Surabaya me llegaría una respuesta suya en unas semanas. Y reconocería su letra. Mientras se le remita a él la correspondencia dirigida a ese apartado de correos, que recogerá algún cómplice suyo, quizá el cónsul en persona, seguro que Carène responde. Si tuviera tiempo, saciaría mi curiosidad accionando el mecanismo por mi cuenta, para saber qué le dictaba esta vez su malicia. Pero no lo tengo. Encontrará pues, adjuntos a esta larguísima carta, cinco sobres cerrados dirigidos a Roland Carène.

–¿Están? –preguntó Marguerite.

Victor agitó el gran sobre marrón, del que inmediatamente se desprendieron otros cinco más pequeños.

–Ya ves –dijo–. No se están de nada.

Disculpe que abuse así de su amabilidad, pero sé que su amigo pasó una temporada en Surabaya, donde es probable que conserve aún algún contacto. Lo que le pido es que mande allí estas cartas y le pida a una persona de confianza que las expida, a razón de una por semana, tan pronto las reciba. No quiero ocultarle nada, aunque algo me dice que ya habrá adivinado usted qué contienen: son cartas de Dewi a su marido, anunciándole su regreso inminente. He falsificado su letra lo mejor que he podido. No podría engañar a un especialista, pero creo que bastará para darle que pensar. Y bastará también, si Carène conserva su sangre fría, para asegurarle a mi falsificación un modesto lugar en una próxima edición de su obra. Si dentro de un rato Carène me mata y si, al recibir estas cartas, adivina su origen y ve en ellas una elegante respuesta a la carta de Bobby que me hizo llegar y permite que figuren en su obra, me sentiré un poco como el visitante de un museo que, fascinado por un cuadro, y a fuerza de contemplarlo, acaba por desaparecer y ser absorbido por él. Nadie se da cuenta, ni siquiera el guardián, pero en un segundo plano, perdido entre caballeros y curiosos, aparece un personajillo de más.

Ya fui desterrado de las cintas magnéticas donde esperaba permanecer para siempre junto a Dewi y dudo mucho que mi fantasma acabe rondando en compañía del suyo por las carreteras de Java Oriental, por mucho que Carène insista en ello para atraerme a su trampa. Pero espero de corazón que me conceda un lugar junto a ella en su libro y que, para no desmerecer su colección, imite mi letra, que es una imitación de la de Dewi. Es un curioso triángulo amoroso, pero no aspiro ya a ninguna otra clase de inmortalidad.

Está amaneciendo. Voy a cerrar el sobre, lo dejaré en su casa, que me queda de camino, y en breve llamaré a la puerta de Carène. Le deseo toda la felicidad del mundo, por descontado. En cuanto a mí, estoy cansado, y es un alivio saber que todo acabará muy pronto.

Nicolas Missier

Eran las doce del mediodía. Los folios que acababan de leer yacían esparcidos alrededor del colchón sobre el que estaban tumbados, uno al lado del otro.

–Para que lo sepas –dijo al fin Marguerite–, soy la amiga del jaguar. Al menos él no confunde la primera y la segunda persona del singular.

Victor se acercó, le dio un beso en la nuca y, con los labios pegados a su oreja derecha, le susurró:

–Jungla.

–Te quiero –respondió Marguerite, en voz aún más baja.

Luego, entre los dos, contaron el final de la historia.

EL PRESENTE (O JUSTO DESPUÉS)

Llegaron a Les Tamaris a primera hora de la tarde. Marguerite conocía el camino. La casa de convalecencia parecía más bien un hotel y entraron sin dificultad. Enfilaron por el camino de grava que conducía a los edificios del centro y unos pacientes sentados en sillones de ratán sobre el césped se volvieron al verlos pasar. Algunos los saludaron con aire distraído. El cielo se estaba encapotando. Guiados por el portero que les había abierto la verja, pasaron junto a la gran casa de dos plantas que debía de alojar a los internos y descendieron por una suave cuesta que iba a dar a un estanque. Al otro lado había un campo de golf, medio oculto por un seto de tuyas. Podían distinguirse algunos golfistas vestidos de blanco y se entreoían sus voces transportadas por la brisa, aunque no se entendía lo que decían, entre el ruido sordo de las pelotas golpeadas. En el parque de Les Tamaris, entre bancos de madera rodeados de macizos de hortensias, varios senderos aparentemente inútiles cruzaban la cuesta. Los había rectos y sinuosos, y estaban bastante transitados. Dos de los pacientes con los que se cruzaron en uno de ellos sopesaban la idea de dar una vuelta en barca.

Muy cerca del estanque, Victor reconoció a Pierre-Thierry, agachándose a intervalos regulares para recoger unos arcos de cróquet plantados en el césped. Dada su inclinación, el juego debía ser difícil, si no impracticable. Al verlos llegar se incorporó y le guiñó un ojo a Victor desde la distancia. Llevaba una bata a rayas y se le veía un poco demacrado, pero de excelente humor. Llamó a Victor y cuando se acercó, le dijo:

–¡Ya ves que al final los mormones no estaban en el ajo!

–Todo el mundo se puede equivocar –repuso Victor secamente.

P.-T. los siguió con la mirada mientras se alejaban, con la expresión regocijada, y retomó luego su tarea, recogiendo los arcos y arrastrando tras él un carrito en el que había guardado los mazos.

Llegaron por fin al antiguo pabellón del guarda, donde vivía Roland Carène. Era una verdadera mansión, de aspecto lujoso, situada en el ángulo formado por la ribera del estanque y el muro que circundaba la propiedad. El portero los dejó en la puerta, después de repetir lo que ya les había dicho al abrirles la verja: no sabía si el doctor podría recibirlos, pero por probar no se perdía nada, ¿verdad? Subieron los peldaños de la escalera de entrada, llamaron al timbre y esperaron. Unos gorriones pasaron volando. Empezaba a lloviznar. Victor y Marguerite bajaron los ojos y contemplaron el felpudo que había delante de la puerta, un rectángulo de felpa amarillenta con un ribete verde en cuyo centro estaban impresas, también en verde, cuatro letras: Dr. R. C.

Y cuando, un minuto después de llamar a la puerta, le llegó del interior de la casa un ruido que identificó de inmediato, a Victor se le antojó que era la música del felpudo, su comentario sonoro difundido tetrafónicamente por las cuatro letras –una de ellas más débil– distanciadas de tal manera que el sonido no parecía proceder de cuatro fuentes localizadas, sino del espacio que delimitaban. El ruido provenía de un pasillo situado a cierta distancia y lo producía un par de esas sandalias llamadas chanclas o chancletas, compuestas de una suela de goma espuma y dos correas de cuero o más a menudo de plástico, unidas entre el dedo gordo del pie y los otros cuatro. Con su deportiva elasticidad, sus chasquidos le devolvieron a Surabaya, donde las chanclas son de uso corriente, sobre todo entre las clases populares, entre los empleados domésticos o los conductores de *rickshaws*, que en la estación de lluvias suelen tener que vadear treinta centímetros de agua y no se molestan en llevar zapatos. Justo cuando dio con el recuerdo fónico que buscaba en su memoria, que era el chasquido de las chancletas del jardinero al marcharse por las noches y al regresar por las mañanas –entre medias andaba descalzo–, abrió la puerta una china ataviada en un sarong morado que le cubría los tobillos, le envolvía los hombros y caía generosamente sobre sus caderas. Llevaba el pelo recogido en un moño muy prieto, atravesado por dos largas agujas, que recordaba al peinado de las cantantes de ópera que interpretan *Madame Butterfly*. En un francés impecable, pero articulado con labios displicentes, les preguntó por el objeto de su visita y, una vez informada de que la chica rubia y pálida apoyada en la columna del porche quería ver al doctor lo antes posible, adoptó el aire triunfal de la persona a quien le asiste el derecho o cualquier reglamento interno para mostrarse desagradable con total impunidad, y les dijo que eso era imposible sin una cita. Tal vez la expresión lánguida y desconsolada de Marguerite no fuera el recurso más eficaz para enternecer al personal de la consulta de un psiquiatra, ajeno a la noción de urgencia, que enfrentada a una persona al borde del desmayo no tiene otro reflejo que remitirla a su médico de cabecera o, si desea humillarla de veras, a la farmacia más cercana. Y habrían dado media vuelta, derrotados, si en ese preciso instante no hubiera cruzado el vestíbulo la silueta de un hombre, apenas discernible en la penumbra, y Victor no le hubiera interpelado con un «¡doctor, doctor!» más bien impertinente que, pese a todo, surtió efecto y desvió al médico de su camino para atraerlo hacia el umbral.

El doctor Carène se parecía a la descripción que les había dado monsieur Missier. También él les recomendó que pidieran cita, pero al final se dejó ablandar por el semblante contrito de Marguerite y la acertadísima mirada que Victor le lanzó de reojo, la mirada que un hombre que conserva la cabeza fría y no se deja impresionar por los sollozos de una mujer, pero sabe también tomar las riendas con silenciosa eficiencia cuando un caso reviste verdadera seriedad, le dirige a otro hombre al que, en virtud de una solicitud así formulada, le confiere idénticas cualidades, como si estuviese completamente seguro de que el otro, tras su portentosa mirada, no cometerá la estupidez de cuestionar sus razones.

Cruzaron el vestíbulo tras el doctor Carène y subieron por una escalera achaparrada que conducía a una biblioteca con las paredes forradas de libros de arriba abajo y decorada con multitud de objetos de arte asiáticos. Cuando se hizo a un lado para dejarle entrar, Victor miró a Marguerite, que sonrió, dando a la mirada de Victor el valor retrospectivo –que no tenía, pero adquirió enseguida– de una invitación a dar media vuelta, a regresar al territorio acogedor y protegido de sus fabulaciones cotidianas. Con un leve movimiento de la barbilla, Marguerite le señaló la biblioteca y la imponente espalda de Carène, como para decirle que era demasiado tarde para dar marcha atrás, que él lo había querido y ahora había que apechugar con las consecuencias, o que era ella quien lo había querido y quien se las había apañado para llevarlo hasta allí, y que la puerta que se cerraba ahora silenciosamente a sus espaldas era la de la trampa a la que ella lo había arrastrado. Esa mirada provocó el derrumbe mental decisivo de Victor, que en un momento pasó de ser el detective audaz que se adentra en la guarida del sabio loco, seguro de triunfar *in extremis*, a ser la víctima repentinamente lúcida de un complot, a la que cada gesto y cada mirada revelan los engranajes hasta entonces ocultos del mecanismo que está a punto de triturarla.

Aun así, se aferró como pudo al plan que había trazado con Marguerite, repasando cada paso sucesivo en su fuero interno. Marguerite debía seguir a Carène a su consulta para hablar con él a solas, como es de rigor. Victor se quedaría en la sala de espera. Marguerite le contaría al médico la historia de los sueños recurrentes que lo habían atormentado a él de niño: un episodio que por fuerza tenía que interesar a un psiquiatra. Le confesaría que tenía miedo de llegar a la última fase del sueño, que la veía venir y trataba de no quedarse dormida, porque intuía el horror cada vez más próximo, que la acechaba, que podía desatarse en el próximo sueño: habría bastado con adormilarse un poco y estaba tan cansada... Le llevaría su tiempo contarle todo eso. Y entretanto, Victor registraría la casa en busca del cadáver. Si monsieur Missier había venido aquella mañana a dejarse matar, tenía de quedar algún rastro de su visita. Y Victor lo buscaría. Era arriesgado, desde luego, pero Marguerite tenía el revólver (habían encontrado uno) y, si la cosa se ponía fea con Carène, no dudaría en usarlo...

Los tres estaban ahora sentados en unos sillones. Carène no parecía tener mucha prisa por pasar a la consulta y disfrutaba de la conversación. Su voz era agradable, musical. Se interesó por ellos y les preguntó si eran de Biarritz: ¡Ah! ¡De París! Y se lanzó a una evocación nostálgica de la ciudad que había tenido que dejar atrás por los problemas de salud de su mujer. Marguerite respondía, haciendo caso omiso del reparto original de los papeles, cuando el suyo era el de una chica extenuada, incapaz de enfrascarse en aquella clase de cháchara. Victor, por el contrario, debía hablar con el médico como la madre que acompaña a su hijo, que se ve relegado a un segundo plano mientras conversan los adultos para acaparar luego la escena, durante el breve lapso de la consulta propiamente dicha.

Mientras descapullaba el filtro de un cigarrillo y alisaba, con una concentración fuera de lugar, el extremo irregular por el que asomaba una brizna de tabaco, Victor se percató de que le temblaban las manos. Hizo un esfuerzo desesperado por reaccionar y retomar el control de la situación con un comentario que le pareció sensato y anodino sobre las obras viarias de la avenida. Carène lo miró entonces con un asombro cortés, como si fuera él el demente que su amiga cuerda había llevado a la consulta del psiquiatra.

(Lástima que no lleváramos el numerito preparado, pensó Victor. En la consulta, ella podría haberle explicado que no debía atosigarme, que debía respetar aquel delirio, al que ella se prestaba porque era el único modo de someterme al examen psiquiátrico sin que yo me diera cuenta. Eso le habría dado aún más sustancia a la mirada responsable que le había lanzado en la puerta...) Y en aquel preciso instante, porque le había leído el pensamiento, o por un prurito de simetría, o para tranquilizar al perturbado y seguirle la corriente, Carène cruzó con Victor una mirada que era una réplica exacta de la anterior, con la que le informaba que ya era hora de pasar a asuntos más serios y retirarse a su consulta con la falsa paciente.

Tras obtener el asentimiento tácito, previo a la confirmación oficial, y seguro de la firmeza de aquel terreno de complicidad masculina y competente sobre el que Victor había establecido su relación un cuarto de hora antes, Carène pudo preguntarle a Victor, como una mera formalidad, si no le importaba esperar en la biblioteca mientras atendía a Marguerite.

–Seguro que aquí no se aburre, ¿verdad? –bromeó, abarcando con un gesto las paredes cubiertas de libros.

Victor asintió y buscó en vano los ojos de Marguerite. Desde que habían entrado en la biblioteca, ella había rehuido su mirada y adoptó ahora la misma política. Carène la acompañó al despacho contiguo, donde pasaba consulta, y cerró la puerta. Victor se quedó solo.

«Bueno, bueno. Aquí estamos», se dijo, y de inmediato le asaltó la amenazadora entidad de la biblioteca: en gran parte, la amenaza estaba en lo que sucedía en la habitación de al lado, pero había algo más. Aquellos objetos asiáticos, todos aquellos jarrones, budas, abanicos, telas y mesas lacadas que hasta el momento habían permanecido a cierta distancia, absorbido como estaba por la situación, le confirmaron que se encontraba en el santuario al que se iba acercando desde hacía meses, desde Surabaya. Tiempo atrás, desde alguna habitación secreta en lo alto del hotel Bali, sus enemigos se habían dispersado para darle caza, y habían logrado seguirle la pista hasta Biarritz, como los esbirros en chanclas que siguen por el apacible condado de Sussex al excolono aquejado de paludismo que creía haberlos despistado mudándose de ciudad en ciudad, cambiando diez veces de nombre y de aspecto físico: hasta que un lluvioso día de primavera, en una calle de Exeter o al final de una duna, aparece el malayo. Y el hombre que se ocultaba tras el pseudónimo de mayor MacKain comprende entonces que fue allí mismo, en Exeter, donde se fraguó la venganza, y que después de dar un gigantesco rodeo por Oriente, donde adoptó una forma humana, ha vuelto para caer sobre él. Evidentemente, era en Biarritz, en aquella mansión de ventanas emplomadas, en aquella habitación repleta de antigüedades chinas o malayas, donde se encontraba desde siempre el centro del que manaban los monstruos. Había llegado a la última estancia y, no tanto porque fuera o no verosímil como porque se sentía de pronto agotado, la espiral dialéctica que en teoría permitía aplazar el momento se interrumpió ahí, en aquel punto. En principio, el juego del «ella sabe que yo sé que ella sabe, etcétera» puede prolongarse indefinidamente, anidando a perpetuidad las sucesivas cajitas de bombones. Pero llega un momento en que, sin cuestionar la legitimidad de la operación ni desvirtuar el razonamiento, uno se ve incapaz de continuar, porque no se acuerda ya de todo lo que se ha dicho desde el principio ni sabe exactamente en qué inversión está y, sobre todo, porque está cansado. Al tirar ahí la toalla, Victor consagraba a Carène como instancia suprema y señor de las escrituras, por un procedimiento análogo al de los juegos de azar en los que gana el color sobre el que se posa la bola. Y sea cual sea el punto en que uno se ha detenido, el examen retrospectivo de las etapas por las que ha pasado justifica siempre, *a posteriori*, que haya acabado por detenerse en ese y no en otro. Todo lo que había pasado, fuera lo que fuese, debía terminar allí.

Al otro lado de la puerta, Carène felicitaba sin duda a Marguerite por la destreza que había demostrado al entregarle a su víctima. A menos que guardaran silencio, esperando su reacción. De hecho, era muy posible que lo estuvieran observando. En la pared perpendicular a la que separaba la consulta de la biblioteca había una chimenea, coronada por un gran espejo con un marco ornado de estuco, que debía de ser unidireccional. No estaban ya en la consulta sino en otra habitación, o en un pasillo tal vez, desde donde espiaban a través del espejo. ¿Saldría de la biblioteca y registraría la casa, como habían planeado? ¿Se marcharía y volvería a casa, lo cual no cambiaría nada? ¿O abriría de golpe la puerta de la consulta, vería que no estaban y se reuniría con ellos en el pasillo, al otro lado del espejo?

Desde el suyo, Victor acercó la cara al azogue, sintió el contacto frío de la superficie en los labios y la lamió, consciente de que Marguerite podía ver su boca deformada contra el cristal y ponía allí también la suya, a unos milímetros de distancia. O su sexo, aunque la chimenea era demasiado alta, a menos que se subiera a una silla o Carène se aviniera a auparla. O tal vez, sabiéndole tan seguro de que le devolvería el beso, le dejaba creer que lo besaba y lo observaba a cierta distancia, comentando la situación con el grafólogo.

Retrocedió entonces de golpe, impulsado por un movimiento semejante al de esas figurillas con la base de plomo que se balancean hacia delante y hacia atrás. Manteniendo esa regularidad pendular, se aproximó de nuevo al espejo, acentuando o más bien petrificando la mueca iniciada antes del repliegue. Luego, con una rotación que le pareció convincentemente mecánica, le dio la espalda al espejo y regresó al centro de la biblioteca.

Del bolsillo de la chaqueta sacó la llave 982, que arrojó sobre la alfombra junto con los cinco sobres que había cogido con la intención de enviárselos a mademoiselle Sudirno a la vuelta de su visita, para que ella se los enviara a Carène. Los abrió uno por uno. Todos contenían notas o cartas breves, de su puño y letra.

La primera era un haikú irregular que había compuesto unos días antes para Marguerite, entre dos cartas de Surabaya, y no era más que un remedo descarado de uno de los más célebres aforismos zen:

> *Los labios de la amada:*
> *como un aplauso*
> *a una sola mano.*

La segunda decía:

¿Te acuerdas, amor mío? Cuando eras niña te escondías en esta biblioteca junto a tu mejor amiga. Comprabais en la charcutería de la esquina (que ya no existe) uno de esos quesos repugnantes, ovalados y pringosos, un «Caprice des dieux», lo sacabais

del envoltorio, acurrucadas bajo la mesa, y cada una lo mordía
por un lado. Teníais que coméroslo lo más deprisa posible, sin
manos. El queso iba menguando entre vuestras fauces mordis-
queantes y, cuando se acababa, os besabais y os partíais de risa.
¿No es una historia encantadora y veraz?

Me gustaría tanto saber cómo eras en otro tiempo.

«Chorradas y más chorradas», farfulló Victor.

Las otras tres cartas estaban en indonesio y no entendió lo que decían. De todos modos, las leyó en voz alta, como había hecho con las dos primeras. Luego rompió las cinco en mil pedazos, operación durante la que no dejó de parlotear consigo mismo.

Al cabo de un momento reparó en que había dejado de hablar. Una huelga de silencio, pensó, es como una huelga de hambre: no se empieza, se prosigue. Llevas unas horas sin hablar y sigues sin hablar unas horas más tarde, al día siguiente, por siempre jamás. Es solo un silencio que se prolonga.

Victor se encontraba ahora a los pies de una de las estanterías, con las piernas extendidas sobre la alfombra, donde se esparcían los pedacitos de papel de las cartas. Con los brazos colgando y la cabeza muy erguida, miraba fijamente la pantalla de una lámpara cuya luz dorada se reflejaba en los muebles y cuya base, una especie de jarrón panzudo, representaba a una fiera salvaje caminando por la jungla. Permaneció inmóvil. Sereno ya, a salvo. Callar. Nada más que decidir, ninguna vida que llevar, no ser para el prójimo sino un objeto extraño. No tener que dar explicaciones. Sentirse seguro, protegido: no se puede matar, escarnecer o volver loco a un hombre que ha dejado de hablar. Nada se le puede hacer, salvo ocuparse de él o dejarlo en paz. Se había librado.

Pensó sin temor en lo que iba a suceder. Carène y Marguerite no tardarían en salir de la consulta, y aquella reaparición que tanto miedo le daba unos minutos antes no le parecía ahora más que un episodio tedioso que podía transcurrir así o asá, pues importaba bien poco. Con un cuidado obsesivo había previsto, comparado y temido hasta la menor variación de los distintos escenarios que había pergeñado en su cabeza. No podía determinar su progresión dramática, pero imaginaba al menos los puntos álgidos, los momentos decisivos: una palabra, un ademán, la palma de una mano, la jeringuilla reluciente entre los dedos del grafólogo loco. Estas variaciones, que en su monólogo discontinuo exigían siempre el colapso de su conciencia, se anunciaban ahora como acontecimientos a un tiempo imprevisibles y del todo indiferentes. Ningún misterio de Surabaya o de ninguna otra parte, ningún crimen, ninguna falsificación epistolar podía interesarle ya. Callaría.

Y aun así no dejaba de prever, combinar y disponer mentalmente los caóticos átomos vitales que compondrían las horas venideras. Solo que la acción de esas horas no sería ya el último acto de la trama que lo atormentaba, sino que se organizaría en torno al silencio que había decidido guardar. Ya vería cómo se las apañaría Marguerite. Callar sin dar explicaciones, no abrir más la boca, es algo que por fuerza crea compañeros de juego, que no tienen más remedio que aceptar la partida y jugarla en serio: nadie puede hurtarse a un estímulo de esta clase. Casi que empezaba a disfrutar imaginando el desarrollo material, cronológico, de esa nueva fase en la que su decisión los obligaba a entrar, arrumbando con el grafólogo sospechoso, el tráfico javanés de peones camineros zombis y los pasados entretejidos en los que se basaban estos últimos episodios, sin mucha coherencia o discernimiento. La introducción de aquella nueva regla, impuesta unilateralmente a una compañera que aún no la conocía, improvisada en un principio para salir del apuro, a causa de esa especie de congelación cerebral en la que la situación había sumido a Victor, tenía una primera consecuencia, que no era la de dar marcha atrás, sino la de eludir simple y llanamente dicha situación.

En lugar de temer el momento en que Carène y Marguerite saldrían de la consulta y los tres se reunirían de nuevo en la biblioteca, en lugar de ver en él una auténtica prueba de fuerza en que el silencio sería su única arma contra la jeringuilla, Victor se resignó a que fuera solo un marrón o, en el peor de los casos, un momento delicado que bien podía transcurrir sin sobresaltos. Hasta el momento apenas había abierto la boca y sus únicas palabras parecían haber sorprendido al médico. Tanto era así que, al tratar de rememorar la escena, empezaba a pensar que su comentario había sido un verdadero despropósito. No alcanzaba a recordar qué era, por supuesto. En cualquier caso, había que contar con la posibilidad de que su mutismo no provocara la menor reacción, cuando terminara la consulta. Carène saldría, no, dejaría salir primero a Marguerite, intercambiaría unas palabras con ella y luego se dirigiría a Victor, era más que probable, pero con un poco de suerte Victor podría responder con una sonrisa de aprobación o un gesto de asentimiento: con eso bastaría, si el doctor no insistía. Por supuesto, si le preguntaba algo o le hacía algún comentario que exigiera una respuesta, las cosas se complicarían. Pronto le resultaría imposible justificar ese silencio, atribuirlo a un presunto laconismo, ni siquiera a una descortesía, y el carácter sistemático de aquella nueva política se haría evidente enseguida.

En el fondo, le traía sin cuidado. No tendría que darles ninguna explicación. Todo sucedería en torno a él, a propósito de él. Victor sería un mero espectador, que escucharía a Carène y Marguerite hacerle preguntas cada vez más vehementes y debatir entre ellos la conducta apropiada. Tal vez recibiera un par de bofetadas o un buen zarandeo, a lo mejor le daban una ducha fría o lo internaban de oficio en Les Tamaris. Pero, a fin de cuentas, tomara la situación el rumbo que tomase, ya fuera su silencio descubierto en presencia de Carène o a solas con Marguerite, podía esperar con total tranquilidad. Callar, eso era todo. Atenerse a su propio silencio. No soltar prenda ni reaccionar, aunque lo torturaran para arrancarle una palabra o lo dejaran pudriéndose en un rincón, como a un niño que se hace el interesante y que acabará con su pataleta en cuanto le demos la espalda y se vea privado de público.

Víctor aún no estaba muy seguro del tipo de silencio que debía mantener para provocar uno u otro diagnóstico. Para quien no está familiarizado con ella, la afasia puede imputarse en principio a una sordera (descartada), a una discapacidad motora crónica u accidental (pero entonces, el deseo de expresarse, aun cuando se vea frustrado por un impedimento físico, encuentra una salida en forma de gruñidos, sonidos inarticulados y gestos que sustituyen la palabra ausente con otras formas de habla, más rudimentarias, pero que indican un deseo firme de comunicarse: descartada también, por supuesto) o, por último, a la decisión consciente de no pronunciar palabra ni sonido de ninguna clase. En su caso, esta tercera opción no tardaría en resultar obvia. Desde luego, no podía hacerse el sordo, ni fingir que no entendía lo que le decían, esas preguntas cada vez más apremiantes. Si conservaba un mínimo prurito de exactitud y coherencia (aunque en realidad se hubiera eximido ya de esa responsabilidad, descargada ahora en los testigos de su huelga de silencio), la dificultad estribaría precisamente en no expresar nada. Nada en absoluto. En lograr que la supresión del verbo no fuera compensada, a pesar suyo, por la expresión de su mirada, de su rostro, de sus gestos. No se trataba de parecer aquejado de una repentina oligofrenia, incapaz de entender nada, no se trataba de no parpadear si le acercaban una llama a los ojos, de no reaccionar al golpe del martillo bajo la rodilla. Había que encontrar un equilibrio entre la evidencia de una aprehensión normal de la realidad, si es que existe tal cosa, de unas facultades físicas y mentales intactas, y la de su rechazo unilateral de toda clase de comunicación. Establecer contacto visual de buen grado, por ejemplo, pero sin sostener las miradas, lo que habría resultado inevitablemente en la complicidad de ambos contrincantes. De todos modos, sabía que en realidad su fuerza residiría en pasar por alto todas estas reglas y dejarse guiar por las reacciones de los demás. Cada vez que olvidara sus propósitos (salvo el de callar) alteraría la lógica que hubiera permitido reducir su conducta a un cuadro clínico coherente, creando una confusión aún mayor. Si conseguía guardar silencio todo jugaría en su favor, incluso sus contradicciones. Ya podía dejarse encasillar o suscitar la perplejidad de los psiquiatras, ser tenido por un loco o por un farsante, internado, cuidado o abandonado, que nada podría hacer mella en el monolito en que estaba a punto de convertirse. No había ninguna línea de conducta a la que ceñirse a rajatabla, salvo el silencio, la indolencia, la vacancia. Entender un día y al siguiente, no. Si Marguerite decía «vamos» o «dame fuego, por favor», ponerse en movimiento o quedarse quieto, tenderle una cerilla o no hacerlo, sin preocuparse por la consistencia de sus acciones, sin ofrecer al mundo exterior una fachada de rechazo homogéneo, sino más bien una especie de confuso repliegue, una superficie granulada, turbia, irregular, contra la que chocaría, se atenuaría y se desinflaría toda iniciativa exterior. Suscitar sucesiva o simultáneamente la inquietud, la curiosidad, la exasperación del prójimo y, en última instancia, el hastío, esa clase de hastío que acaba por provocar el dilema sin solución o la abominación sin remedio, sin lustre, que perdura, como el hecho de tener que morir un día o del mal en la tierra, que, una vez mitigada la emoción de su descubrimiento, no resulta ya tan perturbador: lo aparcamos en un rincón de la conciencia, donde sabemos que está, y de vez en cuando le echamos un vistazo furtivo para asegurarnos de que sigue ahí: un hastío estacionario.

Sin duda, una vez salvado el escollo de la eventual conversación con el psiquiatra biarrota que un juego periclitado los había llevado a visitar, Victor y Marguerite volverían a la casa, paseando bajo la llovizna por la avenida de los tamariscos. Marguerite también guardaría silencio o hablaría por los codos para reactivar el juego y no someterse al dictado de Victor. Volverían a casa, se sentarían o se tumbarían juntos en el colchón a contemplar la lluvia, a untar paté de lata en galletas saladas. Marguerite fingiría sin duda pasar por alto su silencio. Supondría que era un antojo de una noche y, al igual que él, evitaría ceñirse a una estrategia rigurosa: hablaría cuando le apeteciera, le haría preguntas, se enfadaría cuando él no respondiera, no simularía indiferencia. En otros momentos no solo no la simularía, sino que la sentiría de veras y, sin mediar cálculo alguno, dejaría que Victor se macerara en su capricho infantil. Tampoco vacilaría en instarle a hablar a todas horas, en regañarlo si no cedía, en darle largos besos para hacerle entender la estupidez de su obstinación, de la sensación de derrota y resignación que, según Victor, le embargaría si no se atenía a su plan. Sabía bien que no le sería fácil resistir a aquel asedio. La forma en que Marguerite imponía su visión de las cosas, su naturalidad, sus verdades evidentes eran tan imperiosas que si se echaba a reír y decretaba que había que ser un perfecto necio para perseverar en aquella clase de alardes, él corría el riesgo de rendirse a esa nueva evidencia y pasar a considerar su proyecto, aquel repliegue ideal, un mero berrinche, tan despojado, de pronto, de su valor absoluto como lo había sido hacía un momento el miedo ante la perspectiva de morir envenenado por la inyección del diabólico doctor. Marguerite tenía un don para arruinar los planes ajenos, para poner de relieve su inanidad, y Victor tenía miedo de acabar por reírse, por reírse de haberle dado tanta importancia a aquella idea demencial de callar para siempre, a esa determinación que encontraría ahora grotesca, engendrada en un momento de delirio. Temía perder la convicción de que hablar era un fracaso, una catástrofe, temía no poder ya ajustarse a su propia decisión, no por efecto directo de la oposición de Marguerite, sino porque esa decisión dejaría ya de ser la suya y se convertiría en la decisión de un pequeño Victor atormentado, vencido, un mal perdedor cuya derrota sellaría una vez más su complicidad, en un terreno en el que toda la ventaja volvía a ser de Marguerite.

Lo esencial, pensaba para darse ánimos, era superar el umbral por debajo del cual Marguerite se impondría sin dificultad, darle la vuelta a la contienda. No ceder cuando ella recurriera a todo su arsenal, en el que convivían en desorden la desenvoltura, el sarcasmo, la ternura, la indiferencia, sus pechos puntiagudos y la orden pura y dura de poner fin a una broma que había perdido la gracia... Si salía victorioso, el fracaso minaría la confianza de Marguerite y las posiciones se invertirían. («¿Estás seguro?», oía ya decir a Marguerite, con sorna.) No ceder cuando obstinarse pareciera más absurdo, seguir en sus trece hasta el momento en que volviera a resultarle fácil, tanto por la fuerza de la costumbre como por la excitación del jugador que se ha quedado sin sus piezas importantes pero, burlando la vigilancia de su adversario, corona un peón y controla de golpe una partida que tenía perdida. Aguantar a cualquier precio, aguantar mientras Marguerite creyera poder derrotarlo, aguantar sin rendirse a artimañas como las que el capitán Haddock empleaba en parejas circunstancias para arrancar al profesor Tornasol de su postración amnésica: hacer estallar petardos bajo la butaca del paciente (aunque Silvestre tenía la ventaja de ser duro de oído), disfrazarse de diablo o de fantasma, acariciarse ante él y llegar al éxtasis, leerle en voz alta cartas de Surabaya, maniobras todas destinadas a provocar una conmoción salutífera, inversa a la que sumió al pobre infeliz en su actual estado. Si aguantaba a pie firme, no obstante, la partida estaba ganada.

¿Qué haría entonces Marguerite? Desde luego, no recurriría a amigos o conocidos comunes que pudieran ejercer alguna influencia sobre él: eso estaba descartado. No tenían amigos, ignoraban a sus familias y solo en una ensoñación una pizca sádica podía Victor imaginar la penosa asociación de Marguerite con una madre angustiada, pongamos por caso, imaginarlas unidas las dos, solidarias, llorando junto al lecho de un paciente tan distante como aquellos irlandeses en huelga de hambre que aquel año iban muriendo, uno tras otro, para ser reemplazados de inmediato por otros presos a los que sus familias, esposas y amigos trataban en vano de disuadir. No, Marguerite se haría cargo de la situación sin ninguna ayuda. Se quedaría con él, como si nada hubiera cambiado. Pero, ¿hasta cuándo? Una pregunta delicada, pues era más que probable que la chica fuera capaz de vivir en compañía de un mudo un año o puede que dos –¿cuándo dejarlo?–, encerrada con él en una casa deshabitada; de considerar aquella extraña autarquía como un fenómeno curioso y aceptarlo como una parte de su vida; de garantizar su subsistencia material, como de costumbre, de forma invisible e incognoscible, sin trabajar, sin ver a nadie, sin ahorro ni prodigalidad. Podría ser que hasta le cogiera el gusto.

Hasta que un buen día se hartara de él, lo abandonara y no volviera a verlo. Él caería entonces fatalmente en manos de algún organismo público, sería absorbido por el sistema médico-judicial, del que sin duda acabaría dependiendo. Solo, no podría seguir viviendo en el feliz proteccionismo que ella había sabido conservar mediante una operación muy real, cotidiana, pero tan mágica como la que le sirve al utopista para separar sobre el papel su isla ideal del resto del mundo, para hacer *tabula rasa* y desligar esa isla de las ataduras políticas y económicas que dictan el destino del más autónomo de los principados, y que, al romperse, podrían arruinar todas las perspectivas de las ciudades ideales que tan delicadamente elabora. Marguerite llevaba esa isla ideal a cuestas y, sin ella, tenía que preguntarse cómo sobreviviría, a quién pertenecía la villa, si sus propietarios pensaban volver, preguntas todas ellas que ella tenía la habilidad de dejar en el aire y, por tanto, de desechar. Si alguien venía, encontraban otra casa y sanseacabó. Lo que no se podía comprar lo robaba o lo pedía prestado a alguno de sus misteriosos amigos invisibles, que sacaba de debajo de las piedras, que velaban discretamente por su bienestar y, al parecer, sin pedir nada a cambio. En ausencia de Marguerite, Victor se sabía demasiado torpe para conservar aquella vida nómada. Lo confiarían al cuidado de algún pariente, de unos padres solícitos, o lo internarían en un manicomio. Tendría allí un techo, le darían de comer, lo animarían en vano a recobrar el habla.

No le faltarían cosas que hacer. Podría preguntarse, por ejemplo, cuáles habían sido sus últimas palabras. Intentar, durante el resto de su vida, reconstruir el soliloquio que había mantenido en la biblioteca antes de callar, antes de darse cuenta de que callaba. Rumiar todo aquello una y otra vez, recordar todas las palabras que había pronunciado hasta la última, que no sabía que lo era mientras la profería, del mismo modo en que no sabría que hacía el amor con Marguerite por última vez antes de que le dejara. Y algo le decía que nunca podría dar con aquella última palabra.

Cuidado, peligro, peligro, pensó, y, mientras lo pensaba, supo ya que las cosas estaban a punto de irse al carajo. Se creía fuera de su alcance gracias a una operación de sustracción que les escamotearía la víctima a sus torturadores. No volvería a decir palabra, no estaría allí. Muy bien, sí, muy astuto, pero, ¿de dónde había sacado semejante idea?

Ahora bien, para concebir tal operación, para imaginar cómo sucederían las cosas, tuvo que recobrar una lucidez que trataba de distorsionar orientándola hacia esa única línea de fuga, pero que, al tiempo que le presentaba esa perspectiva, le señalaba, en primer lugar, que su valor solo podía ser absoluto, es decir, si se mantenía hasta la muerte, y, en segundo lugar, que aquella era en realidad una decisión efímera, tomada en un pronto, nacida de un movimiento providencial del pensamiento, desarrollada en un arrebato y condenada a ser eclipsada por el siguiente. Tarde o temprano (temprano más bien, puede que ya mismo) tendría que renunciar a la quimera y encontrarse de nuevo donde estaba, frente al horror. En la biblioteca de Roland Carène. Dentro de un momento vería si podía callar, si sabía adoptar ese mutismo impasible que habría de desconcertar a Marguerite y neutralizar toda conspiración. Por lo demás, no había ya conspiración alguna, tal vez ni siquiera hubiese Marguerite alguna, pero él sí estaba allí. Y muy pronto vería girar el pomo de porcelana blanca de la puerta.

¿Cabría imaginarlo como un condenado a muerte cuya apelación ha sido rechazada y que, en su última noche, se figura que le bastará con guardar silencio al despuntar el alba, o con decir simplemente que no, que no quiere, para ser liberado, para ahuyentar la pesadilla? La puerta se abre de pronto, se enciende la bombilla del techo y es verdad, la verdad es eso, todos los rituales que preceden a la ejecución, todo aquel horror inimaginable. Siempre puede callarse, apelar a la razón, argüir que no se puede matar a un ser humano así, que sabe que es solo una mascarada, sin más objeto que el de amedrentarle, y sí, está asustado, muerto de miedo, ha pasado una noche horrible, pero ya está bien, ya basta... Siempre puede gritar al ver que no, que al parecer no basta, o, aún mejor, guardar silencio, un silencio obstinado, convertirse así en una mera curiosidad en los anales de la pena capital. Lo mirarán con cierto interés, aunque han visto ya reacciones de todos los colores: mira, este no dice ni mu, no da tanta pena, aunque es cierto que impresiona tanto como si llorara o forcejeara. Y eso es exactamente lo que ocurre: la puerta que se abre, los hombres de negro, abotargados, afligidos, el capellán con su sonrisa maliciosa, los pasillos, el ruido de los pasos...

De la planta baja le llegó el chasquido rítmico de las chancletas. La china debía de estar caminando por el pasillo.

Eso y nada más. Y por mucho que se remonte en el pasado, por más que busque la bifurcación donde enfiló por el camino equivocado, se diría que no fue la cadena de acontecimientos, compuesta de eslabones ensamblados de forma fortuita, la que lo condujo hasta aquí, sino que esa cadena la había forjado retrospectivamente, a partir de aquí, de *eso*, de todo ese horror. Victor barajaba sus pasados, los ponía a prueba uno tras otro, para tratar de encontrar alguno que no terminara en la biblioteca de Roland Carène, que no desembocara en el momento fatídico en que giraba –y ya comenzaba a girar, ya estaba– el pomo de la puerta que separaba la biblioteca de la consulta del psiquiatra. No había estado nunca en Surabaya, no había escrito la carta atribuida a monsieur Missier, no le propuso a Marguerite hacía un rato la absurda pesquisa que había terminado en casa de Carène. A Marguerite tampoco la conocía, de hecho. Ni siquiera existía.

Pero él, sí. Y, ya fuera por uno u otro cúmulo de circunstancias, lo cierto es que estaba en la biblioteca y el pomo giraba, y no servía de mucho decirse que no sabía quiénes eran Roland Carène o los Missier, las Dewis, los expatriados franceses de Surabaya, ni siquiera Marguerite. Ya puestos, podía dejar de reconocerse a sí mismo, pero eso no iba a evitar que estuviera ahí, muerto de miedo, que el pomo girase ya, coagulando un instante dilatado hasta alcanzar las dimensiones de su vida entera, cuyo pasado importaba bien poco de ahí en adelante.

En realidad, ese pasado había dejado de existir al entrar en la biblioteca, y a Victor le costaba Dios y ayuda convencerse —y lo intentaba, aunque no sirviera de nada— de que no había vivido siempre en aquella habitación.

La llovizna desdibujaba el jardín. No la veía, pero la oía repiquetear por rachas contra la vidriera emplomada, un rosetón bastante feo que adornaba la única ventana de la biblioteca.

Abolido su pasado, *se acordó* sin embargo de algo, de algo muy concreto. Y no le fue de ninguna ayuda.

Se acordó de que ya había tenido esa impresión, esa revelación, la de ver de pronto el mundo y su propia vida tal como eran, bajo el disfraz del trajín cotidiano, de la costumbre y la ilusión. Esa certeza absoluta e inmediata de ser, no una persona más o menos libre y responsable, a la que le sucedían ciertas cosas más o menos agradables, sino una especie de ilota, atontado por una fuerza maligna que, por algún motivo, le inyectaba la sustancia de un sueño ininterrumpido y más o menos coherente, gracias al cual creía llevar la vida que creía llevar en su día a día. Esa intuición fulgurante, que no dejaba lugar a dudas, no era nueva para él. Y eso debería haber bastado para desacreditarla, pero no lo hizo.

En más de una ocasión había conocido la realidad. Lo había hecho una vez, de forma más o menos lúdica, en un laboratorio de lenguas en el que se aburría. Y otra en una habitación de una casa situada en una ciudad situada en una isla situada al otro lado del mundo.

Aquella noche lejana sabía perfectamente que la realidad, la única realidad, era aquella habitación, que nunca hubo nada más que aquellas paredes sucias, aquellas sábanas rozadas y aquel baúl del rincón, que eso era todo lo que había conocido. Solo que allí soñaba sin interrupción: que era un joven llamado Victor, nacido en cierta ciudad de cierto país con cierta historia cuyas fechas señaladas conocía, en el seno de cierta familia, con ciertos amigos, enamorado de una tal Marguerite, un joven que se había embarcado en un viaje que lo llevó hasta aquella habitación (o que había imaginado junto a Marguerite viaje y habitación: el sueño dejaba este punto en el aire). Y habría podido perder un buen rato detallando su biografía fantástica, así como la civilización que postulaba, pero en realidad se encontraba allí desde siempre, repantingado en un sillón de mimbre, con los brazos caídos, rozando las baldosas húmedas con las puntas de los dedos extendidos. Nunca había llevado a cabo otros movimientos que los necesarios para llegar a la cama, que era un colchón en el suelo, o para ir de allí al cuarto de baño, donde se metía en la bañera, se afeitaba, se miraba en el espejo que había sobre el lavabo y volvía luego al sillón. Siempre había estado allí y sabía que se quedaría allí para siempre. Los dioses malignos, o nadie en absoluto, crearon en torno a él, para su exclusivo uso y disfrute, aquel cuchitril mugriento, su calabozo, el único mundo que había conocido, su único paisaje, y le permitieron amueblarlo con la vida y pasiones imaginarias de aquel Victor fantasmal cuyos rasgos ahora mismo se le escapaban. Aquella noche supo que por primera vez (la del laboratorio no contaba en realidad, allí se había limitado a parodiar la verdad sin conocerla) tenía un atisbo de su verdadera vida, y la revelación le resultó a un tiempo aterradora y preciosa. Se entiende que fuera aterradora; pero era preciosa también, como lo es siempre el conocimiento. De hecho, para el recluso abandonado en su cuchitril al que le infunden sueños (¿quién y por qué?) y un pasado renovado sin cesar que le vela la verdad, no hay bien más preciado que la lucidez, pese al sufrimiento que conlleva. Pero esa lucidez resulta además en otro tipo de sufrimiento, que es la perspectiva de perderla. Aquella noche, el ilota era muy consciente de que la crisis llegaba a su fin, que iba a regresar al sueño, en el que se diría que aquella noche se le habían ocurrido las ideas más extrañas, que decididamente estaba perdiendo la chaveta en Surabaya. Cuando en realidad iba a quedarse para siempre en aquella habitación, sentado en el sillón, solo que no lo sabría, y creería haberse marchado tiempo atrás para viajar en compañía de Marguerite, para jugar con ella. Antes o después volvería a las luces resplandecientes, artificiales, caleidoscópicas de aquella vil ficción, y aunque la ficción fuera feliz y la realidad espantosa, lo único que deseaba era conservar la clarividencia y desprenderse de aquellas sombras. Victor, el protagonista de la película en tecnicolor que proyectaba su cerebro, retomaría en cualquier momento su alegre existencia y él habría querido que supiera la verdad, gritarle que todo era una farsa, que él estaba *ahí*, en su sillón, o acuclillado, desnudo, abrazándose las rodillas sobre el embaldosado del cuarto de baño, contemplando el ir y venir de una cucaracha que llevaba allí desde siempre y seguiría ahí el resto de la eternidad. ¿Cómo dejar algún rastro que pudiera encontrar, cómo lanzar esa botella al mar, cómo minar esa estúpida felicidad o infelicidad y hacerle saber que no existían, que no había que creer en ellas, que la verdad se reducía a *eso*, a sus movimientos atolondrados de costumbre, a esa habitación, que esa había sido la única realidad de la que trataba de distraerle todo un mundo de simulacros? Y aunque lograra comunicar con él –pero, ¿cómo?–, Victor no le creería, se acordaría tan solo del sueño infernal de aquella noche infernal, y no serviría de nada.

De nada sirvió, en efecto. El sueño siguió su curso, tranquilamente, y el destello se apagó.

Y ahora estaba en la biblioteca.

Había pasado en la biblioteca toda su vida, si es que eso significaba algo. Llevaba toda la vida hollando aquella alfombra mullida sembrada de pedacitos de papel carentes de sentido, contemplando aquellos bibelots orientales, recorriendo las estanterías, mirando por la vidriera emplomada contra la que repiquetea la lluvia, tratando de retener o inventar un pasado desintegrado hacía tiempo (sus buenos diez minutos, de hecho). Toda la vida esperando a que el pomo de la puerta girara, viendo por fin ese pomo girar. Y sabía y se repetía desde siempre: «Aquí estoy, siempre he estado aquí. Todo el pasado que creía vivir no solo conducía aquí, sino que era (y eso, por cierto, lo aclara todo) solo un sueño que emanaba de aquí, el sueño que estaba teniendo aquí».

En un episodio de ese sueño figuraba incluso una revelación de idéntica naturaleza. Pero en la biblioteca estaba bien claro, le era del todo evidente que aquella noche lejana, en Surabaya, la misma sensación era a su vez una nota al margen de aquella fantasía desvaída compuesta de su infancia, de sus amigos, de los libros que había leído, de sus encuentros con Marguerite y las conspiraciones de Roland Carène, y que aquel constructo biográfico estaba destinado a preceder el giro del pomo de porcelana.

En teoría –y esto a Victor le hizo gracia–, el hecho de relegar la primera revelación al rango de los recuerdos imaginarios habría debido relegar a la segunda al mismo rango o al menos relativizarla, para dar lugar a la posibilidad de una tercera revelación posterior. Pero, por retomar el ejemplo del condenado a muerte, con el que Victor se complacía ahora en identificarse, si el reo en cuestión ha soñado ya una vez, con inusitada nitidez, que era ejecutado, si hasta el despertar, y puede que un rato más, ha padecido la ilusión de su propio tormento, ese recuerdo puede, a la postre, ayudarle a soportar la *verdadera* última noche, y permitirle creer que, si la soñó una vez, no hay razón para que esta vez no sea también un sueño, la misma pesadilla, de un realismo atroz, sí, pero que se esfumará por la mañana. Y cuando llega la mañana y una mano le da un golpecito en el hombro y luego se lo sacude, cuando una voz temblorosa le dice que es la hora y debe armarse de valor, el recuerdo de haber vivido todo eso en sueños –incluido ese episodio– no podrá contrarrestar la certeza de que esta vez va en serio. Tal vez esa certeza no fuera menor en el sueño, pero eso al condenado le importa ahora un rábano: toda su vida era pues esto, esta mañana, la celda, los hombres de negro, la bombilla del techo y pongamos que la media hora siguiente.

El segundo siguiente, para Victor, sería el siguiente a perpetuidad. Inmóvil, de espaldas a la estantería, miraba fijamente la puerta, oía el chasquido de las chancletas en el pasillo de abajo y la lluvia afuera, el frufrú de las ramas zarandeadas por el viento, que golpeaban de vez en cuando contra la vidriera. Se diría que estaba granizando.

Desde siempre esperaba así, desde siempre crepitaba la vidriera y giraba el pomo de la puerta. Siempre había sido ahí.

Para soportar la espera, aquel constante ir y venir entre cuatro paredes, se había contado historias. O alguien se las había susurrado, sin que él se percatara. Carène, tal vez, si es que Carène existía. Y en tal caso, incorporarse a sí mismo en el relato tenía su parte de coquetería.

Así que Victor nació, fue a la escuela, trató a gente, tomó ascensores, viajó, aprendió idiomas, pintó con pulverizador, soñó, trató de escribir, apisonó colmenillas, amó a chicas y acarició sus cuerpos. Y en particular encontró y amó a Marguerite, inventó con ella aventuras, pasados intercambiables y escurridizos, le prestó a ella más imaginación de la que él poseía y entre los dos fueron tejiendo su historia común, tendidos en un colchón en medio de una habitación vacía, en una casa vacía en la que, cuando volviera a soñar, si se le concedía soñar, tal vez se encontraría de nuevo a su lado para retomar el hilo. La amiga del jaguar, con su complicidad, había impuesto rodeos, había seguido pistas falsas para despistarlo y conducirlo, paso a paso, de vuelta a la biblioteca. Y ahora ni siquiera estaba al otro lado de la puerta, ni ella, ni el grafólogo ni nadie. Se había ido hacía tiempo, sin hacer ruido. Y él, Victor, volvía a estar en la habitación. El pomo giraba en la puerta. Ahí estaba.

Ahí está.

Surabaya – Pont de Clans
Abril de 1981 – agosto de 1982